一妻當關 4 完

不繫舟 著

文創風 1114

風文創
1114

目錄

第三十一章

到了正月十四這天，姜家的馬車按照約好的時間來接她。

沈驚春的穿戴比上次去周家還要低調，這種低調當然不是指用料上，而是指衣服的花色，要多樸素就有多樸素，可偏偏做衣服的料子又是值錢的料子。

姜瑩瑩穿的也比平時低調得多，要不是怕皇帝記仇給姜侯爺穿小鞋，她甚至也想打扮得像沈驚春這樣了。

賞花宴設在城外長公主的別院裡，與沈驚春的茶山隔了二十來里路，不算多遠。

既然是賞花宴，那自然要有花可賞，這莊子與高家的莊子一樣，同樣以梅花出名，甚至梅林的規格還比高家的莊子大得多。

沈驚春根本不想去看什麼梅林，對她而言，什麼梅林、桃林的，哪有賺錢重要？要不是長公主的邀請實在推託不得，她根本不會來。

姜瑩瑩也是這個意思。

上次她聽了沈驚春的話，回去後將自己的心思告知了她爹，姜侯爺雖然詫異，但沒有過多猶豫就答應了下來，只說找時間去探探張家的口風，若是張齡棠有意結這門親，他們兩家就先將親事定下來。

初六借著高家唱堂會的機會，姜夫人同張齡棠的娘略一提，對方就明白了姜家的意思，沒兩天就給了答覆，說是過了上元之後就請媒人上門提親。

所以她們兩人今天來此，純粹就是湊個數罷了。

平陽長公主在江南出生，她這個宅子是很正宗的江南園林，占地面積近百畝，若是沒有人帶路，走在其中很容易迷路。

京城這種風格的園林基本沒有，沈驚春雖然沒有見過這麼大的園林，但表現得還算淡定，可姜瑩瑩就不一樣了。

京城靠北，園林風格更偏向於現代人所說的皇家園林，幾乎一進門，姜瑩瑩就被這種從未見過的園林風格給吸引住了。

給她們領路的是個十來歲的丫鬟，大約本來就是這個莊子裡伺候的人，對裡面彎彎繞繞的路顯得很熟悉，口才也不錯，碰到好看的、稀奇的地方也會視情況介紹幾句。

一路走下來，讓姜瑩瑩大受震撼。

臨近午時，那小丫鬟才停下了腳步，語帶歉意地道：「長公主在梅園那邊為諸位小姐、公子準備了午膳，還請兩位移步。」

兩人雖然不太想去，但確實不好真的不去，當即便說沒事，請小丫鬟在前面帶路。

幾人並未原路返回，而是順著正在遊覽的連廊一路往前。

走過一片假山群，眼前豁然開朗的同時，幾道人影也出現在眾人面前。

要不是沈驚春明確知道陳淮今天沒來，她都差點要以為側著身子站在前方跟人說話的是他了。

單看側臉，乍看之下，是真的很像，可只要是熟悉的人來看，第二眼就覺得不太像了，再看第三眼，就知道這完全是兩個人。

身邊的姜瑩瑩也皺了皺眉。「周渭川跟趙靜芳，這兩個人怎麼混到一起去了？」

前方小亭子離這邊不算遠，二人也並非是孤男寡女，且亭子外面不遠處還站著幾名婢女。兩人的談話聲都不算大，站在她們這邊根本聽不到說的是什麼。

那叫柳枝的小丫鬟顯然也沒想到這種情況，不確定地問道：「這條路是通往梅園最近的路，如果不走這邊，還要繞到九曲連廊那邊才能過去。」

「就沒有其他的路能走嗎？」姜瑩瑩遲疑地問道。

一路走過來，每一處特別的景色叫什麼柳枝都有介紹，九曲連廊建的曲徑通幽，令人印象深刻，姜瑩瑩當然不會這麼快就忘記，但關鍵在於那個連廊離這邊很遠。

這種江南園林不好坐轎，一路逛過來都是靠著兩條腿，想到要走那麼遠的路再回去，她就有點受不了。

柳枝老老實實地搖頭。

她們這邊還沒商量出來到底怎麼辦，倒是趙靜芳和周渭川已經說完了話。他們說話的時候看上去挺坦蕩的，兩人之間還隔著兩、三步的距離，沈驚春幾人也就沒避開。不知道那邊說了什麼，反正周渭川離開之前往這邊看了一眼，而趙靜芳則繼續待著。

原想著周渭川一走，趙靜芳也不會多待，本來想等他們走了，一行人再過去的打算落了空。

沈驚春乾脆道：「走，一直等著也不是個事。我家裡有點忙，吃完午飯我就打算告辭了。」

姜瑩瑩也點了點頭。

一行人順著小路，很快就到了那邊，走近之後，礙於禮節，遠遠地朝趙靜芳行了一禮，柳枝便打算帶著幾人繞過亭子前面那條路，從旁邊那條小路過去。

可惜，趙靜芳身邊的大丫鬟揚聲喊住了她們。

這回離得近，那大丫鬟的嗓門又高，想裝聽不到都沒辦法，柳枝看看那邊、又看看這邊，顯得很為難。

喊話的丫鬟臉上帶著不可一世的倨傲表情。「我家郡主請二位過來說話！」

這個二位指的是誰，顯而易見。

沈驚春看了一眼姜瑩瑩後，神色淡淡地抬腳走了過去。

亭子是個八角亭，雕梁畫棟很是精緻，中間擺著一張圓桌，上面擺了幾盤瓜果、點心。

大周律明文規定，任何人在未犯罪的情況下，見官不用跪。

二人進了亭子，也沒坐下，姜瑩瑩不耐煩與趙靜芳虛與委蛇，便直接問道：「不知郡主找我二人何事？」

趙靜芳如今不過二十出頭，卻已經接連死了兩位丈夫。

雖然皇帝在滎陽公主嚥氣之前答應過她要好好照顧趙靜芳，可這種情況下，當皇帝的也實在沒臉再給她張羅第三門婚事。

皇帝不僅不給她找第三任丈夫，還叫宮裡的娘娘明確告訴她，想要玩沒關係，但不能以勢壓人，仗著郡主的身分做出強搶良家美少男的舉動來丟皇家的臉面。

趙靜芳如今的生活，全靠皇帝的寵愛，雖心中百般不情願，卻不得不遵守皇帝定下的規矩。

但強搶是一回事，別人巴結她、主動送人給她，又是另外一回事。

譬如陳淮。

趙靜芳一手撐著下巴，似笑非笑地看了一眼姜瑩瑩，視線就落在了沈驚春身上，問道：「陳淮是妳夫君？」

這個話問的。

沈驚春挑了挑眉，還不等她開口，趙靜芳就朝邊上站著的婢女抬了抬下巴。

那婢女立刻會意，伸手往袖袋之中一摸，拿出厚厚一疊銀票，「啪」的一聲摔在了石桌之上。

沈驚春目測了一下，這麼厚的一疊銀票，如果面額都是一百兩的話，加起來最起碼有三萬兩之多。

銀票落在桌上，最上面幾張被慣力震得飄落在地，但婢女看都沒看一眼，只專注地看著沈驚春，渾身上下似乎連頭髮絲都帶著鄙夷地道：「四萬兩銀票，妳跟陳舉人和離。」她似乎根本不關心別人是怎麼想的，依舊用那種不可一世的語氣繼續說道：「只要妳答應，這四萬兩妳即刻就可以拿走，真正和離之後，還有六萬兩給妳，一共是十萬兩。對妳這樣的人而言，就是躺著花，一輩子也花不完了吧？」

這種情況，顯然在所有人的意料之外。

姜瑩瑩怎麼也想不到趙靜芳居然這麼不講究，她的臉色瞬間難看起來，身邊幾個丫鬟也是怒目而視。

沈驚春看了看眼前的丫鬟，視線移到趙靜芳臉上頓了頓，才彎腰將地上的幾張銀票撿了起來，拍了拍上面不存在的灰，重新跟那一疊銀票放在了一起。「郡主是在打發叫花子嗎？」她衝著趙靜芳笑了笑。

雖然這件事聽起來很離譜，但有人願意花十萬兩來買她離開陳淮，這只能說明陳淮真的很優秀，無論是人品、才學還是長相。

「我給郡主算一筆帳。」沈驚春拉著姜瑩瑩，在趙靜芳對面坐了下來。「我夫君這個人，想來郡主也是瞭解過的，就拿內閣次輔張閣老來打個不太恰當的比方吧，張閣老三十歲才開始展露頭角，如今不過五十出頭，短短二十多年間，就從一個寒門學子成了朝廷數一數二的輔臣。他們家有多少田莊、鋪子，這個咱們外人不清楚，但只說他們家在甜水巷那邊的宅子，雖然是聖上賞下來的，可若論真金白銀，怕是沒有三萬兩拿不下來吧？張閣老年紀還不算太老，起碼還能再堅持個十年吧？我夫君如今不過二十出頭，比之張閣老更有優勢得多。

「再說到子孫後代上面，兩個優秀的人生育的孩子，很大的機率也是同樣的優秀，比如剛才在這邊同郡主交談的周渭川周公子，他的父親雖是寒門出身卻有才學，而他的母親出身名門，從小受到良好的教育，所以他們倆的孩子年紀輕輕便已經才滿京都……」

沈驚春語速很快且吐字清晰，嘰哩呱啦的，一會兒就說了一大堆話出來，每說一句，趙靜芳的臉色就難看一分。

終於，趙靜芳忍不住在桌上一拍，怒喝道：「閉嘴！」她一指面前坐著的兩人，冷笑一聲道：「給我把這兩個不知死活的蠢貨丟下去醒醒腦！」

兩個？姜瑩瑩覺得很冤枉，她什麼都沒做啊，憑啥把她也丟下去？這好沒道理啊！

姜瑩瑩一起身就拉著沈驚春的手想往後退，可沒退兩步，就被後面聽了趙靜芳的命令而圍上來的丫鬟、僕婦們給攔住了去路。

這回跟著一起來的，只有姜瑩瑩的兩個婢女雨集和乘霞，外加跟著沈驚春的夏至。那個叫柳枝的丫鬟見勢不對，已經先一步溜走，叫幫手去了。

三人一聽這個吩咐，立刻就慌了，不管不顧地往裡衝。

但趙靜芳身邊跟著的都是有些武藝在身的，雨集三人哪是她們的對手？人家不過兩手一推，就將她們推得往後連退數步。

亭子裡，沈驚春的神色也冷了下來。「郡主這樣做不太好吧？」

如果這是其他的人，敢這麼說話，她只怕一刻也忍不了，先送對方下去喝幾口水了，偏偏對方是趙靜芳，皇帝的外孫女。

趙靜芳冷笑一聲，沒有回答，但意思很明顯。

身後幾人立刻會意，一把撲上前。

沈驚春不能隨意對趙靜芳出手，但對上這幾個僕婦卻是無所顧忌。只是這些人身手都不錯，遠不像她以前接觸到的那些人好打發，女人的身段又軟，被幾個人圍了上來，一時間她實在有些施展不開。腦中剛冒出「擒賊先擒王」的念頭，亭子外就有幾聲驚呼聲傳來，隨即撲通一聲響，有人落水了！

亭子裡的動靜停了一瞬。

沈驚春下意識地往身邊看去，剛才還緊緊挨在她身邊的姜瑩瑩已經不見了蹤影！她扭頭往亭子外的水面上看去，人已經掉進水裡不停的撲騰了。

對於姜瑩瑩這樣的大家閨秀，會水的人很少，她也不例外。掉進水裡之後又驚又怕，她幾乎是無意識的開始撲騰。

大冬天的，大家身上都穿得很多，浸濕之後顯得很沈，拖著人往下墜，姜瑩瑩撲了幾下，浮浮沈沈間被迫喝了好幾口冷水，跟岸邊的距離不僅沒近，反倒還往水中央去了。

趙靜芳反應過來，不但沒叫身邊的人去救，反倒是看著水裡的人哈哈大笑了起來。

沈驚春拳頭握得很緊，很想一拳打死這不知死活的蠢女人，但她理智尚在，打了趙靜芳這一時間是爽快了，可後續恐怕就會有源源不斷的麻煩找上門來，畢竟這人可不是徐長寧那樣的貨色可比的。

她沒有遲疑，飛快地脫了外衣和裡面的夾襖，兩腳相互一蹬，棉鞋就被蹬了下來，兩步衝到亭子邊，想都不想就跳了下去。一入水，她就冷得打了個哆嗦。

不遠處，姜瑩瑩身上的衣服吸夠了水，人已經開始往下沈。沈驚春咬著牙，手腳僵硬地往那邊游去，眼看著快要接近，才一頭扎進水裡，繞到姜瑩瑩背後，先托著她的腰將人往上送。

等姜瑩瑩呼吸到新鮮的空氣，沈驚春的手臂才穿過她的腋下，托著她仰面蛙泳往岸邊靠。

院子裡地勢本來就較高，亭臺水榭下面還墊著山石，環顧四周並沒有多少能上岸的地方，唯有她們方才過來的假山群那邊，還算能找到施力點。

沈驚春四下一看，就托著人往那邊游去。

亭子裡的趙靜芳也一臉趣味地往那邊走。

等落水的兩人好不容易到了岸邊，沈驚春的手剛扒上了岸邊的假山，趙靜芳身邊丫鬟的腳就落在了沈驚春的手上。

湖水冰冷，在裡面折騰了這麼久，雙手早已被凍麻了，被人一腳踩在手上，痛感其實並不如平常來得強烈，但沈驚春心裡壓抑的火氣卻是怎麼也壓不住了。

她將手用力一抽，手掌就被假山劃出了道道血痕，但她看也沒看，抓著那隻方才還踩著她的腳就往湖裡一帶。

假山這邊地勢本就不平，這一下立刻就將人給帶了下來，撲通一聲落了水。

從水中央游到這邊，姜瑩瑩的心情已經平復很多，自己揪著一邊垂下來的藤蔓，儘量靠著岸邊。

沈驚春一手扒著假山，一手在臉上抹了一把，狠狠一腳就踹在落水之後不停撲騰的丫鬟身上，低聲罵了一句國罵。

有了前車之鑒，後面的人也不敢隨便上前了，趙靜芳的臉色難看至極。

雙方僵持間，一陣急促的腳步聲從遠到近，很快就出現在眾人的視線之中。

趙靜芳身邊那幾個僕婦看到來人，像是貓見了老鼠一般，紛紛低下了頭。

沈驚春和姜瑩瑩人在水裡，視線被擋住，並不能看到來人是誰，只聽到一道溫和中透著兩分嚴肅的聲音傳了過來——

「郡主這是做什麼？沈娘子和姜小姐是長公主請來的客人，郡主這樣欺辱客人，眼裡可還有長公主？」

平平無奇的一段話，卻叫趙靜芳直接愣住。她看著來人，張了張嘴，但對上對方的眼神，原本想要推託解釋的話不知道怎麼就說不出口了。

常嬤嬤根本沒想要趙靜芳的回答，她淡淡地朝身邊跟來的人道：「水裡那個先救上來，等今天的賞花宴結束後，亂棍打死。記得將園子裡所有的人都召集到一起，讓大家都瞧瞧耀武揚威得罪長公主的客人是什麼樣的下場。」

後面跟來的人應了一聲，就有兩人跳下水去撈那名丫鬟了。

趙靜芳滿臉不可置信地看著常嬤嬤。她可以肯定，最後面那句話說的不是水裡的丫鬟，而是對她的一種警告！

為什麼？就因為她戲耍了一番沈驚春嗎？嫡親的外姑祖母就要當著這麼多人的面打她的臉？

常嬤嬤並不在意趙靜芳怎麼想，她一邊往水邊走，一邊朝餘下的人道：「郡主累了，今日有客在，吵吵鬧鬧的影響休息，妳們幫郡主收拾東西，即刻送她回郡主府。若路上稍有差池，妳們該知道等著妳們的是什麼。」

誰都知道，常嬤嬤是平陽長公主身邊的第一紅人，在外行走，常嬤嬤的話就代表著長公主的話。

沒人想去觸嘉慧郡主的霉頭，但跟惹怒長公主比起來，顯然還是得罪嘉慧郡主要好一些。

趙靜芳帶來的幾個人已經被推搡到一邊，不敢講話了。

跟著常嬤嬤來的幾個婆子笑著上前，請趙靜芳走。

雨集、夏至三人也一把撲到了湖邊，抹著淚水將兩位主子往上拉。

在水裡泡了這麼會兒，兩人早已經凍得不住的哆嗦。

一上岸，夏至就拿著棉衣要給沈驚春披上。

沈驚春哆哆嗦嗦地搖了搖頭，咬著牙指了指姜瑩瑩，示意將衣服給她穿。

夏至雖不理解，但卻照做。

常嬤嬤滿臉歉意地道：「讓二位受委屈了。」

沈驚春哆嗦地擺了擺手，倒是想客套兩句，但身上被冷水凍得冰涼，實在是說不出話來。

常嬤嬤顯然也知道她們現在不好受，一伸手就招呼了兩個身強體健的婆子過來，讓她們揹著兩人走。

園子很大，隨處都能見到供人休息的地方。

繞過涼亭再往前走不遠，便有一座小院子可以供人歇腳。

常嬤嬤是個很細緻的人，才一看到沈驚春和姜瑩瑩落水，就立刻叫身邊的人去收拾屋子了。

因為今日來赴宴的人多，園子裡各處都備著熱水方便賓客們使用，二人被兩個健壯的婆子揹著到地方時，熱水已經準備妥當。

這處園子有一部分建在水面上，裡面並未按照京城這邊的習慣打火炕，但屋子裡已經燃起了多個火盆。

這裡地方並不大，兩個乾淨的浴桶擺在同一間屋子裡，中間用兩扇圍屏隔開，浴桶裡正往外冒著氤氳的熱氣。

沈驚春幾乎迫不及待地轉到屏風後面脫了衣服就泡進熱水裡，水溫略有些燙，但卻燙得人渾身舒服。

等到泡澡出來，常嬤嬤已經命人捧著乾淨的衣物來了。

本來稍微講究點的人家赴宴，都會帶點備用的衣物以備不時之需，沈驚春原來沒想起來這事，還是姜瑩瑩提醒的，這次也帶著，但之前起爭執的時候，裝衣服的小包袱掉落在地，被人踩了數腳，已經髒得不能穿了。

常嬤嬤讓人拿來的兩套衣服，雖然一眼看上去很新，但若仔細一瞧，便不難看出來，這衣服只是保管得當，實際上已經有些年頭了。

更令沈驚春想不明白的是，從她穿上這套衣服開始，常嬤嬤看向她的眼神裡就帶著一種說不出的欣慰。

她在欣慰什麼？沈驚春有些不明所以。

沈驚春先看了看姜瑩瑩，再看了看自己。她對布料什麼的並不算瞭解，但有一點她還是能看得出來的，她身上不論是上襖還是下搭的馬面裙，都用到了織金和妝花的工藝，就連布料看上去都很名貴，是尋常人一輩子也穿不起的感覺。

但好在，常嬤嬤並未多留，等二人收拾妥當，常嬤嬤就站了起來。

「今日落了水，頭髮尚未乾，出去吹了風只怕晚上會頭痛。如今也近午時了，我讓廚房那邊單送一桌菜過來，吃完飯妳們可以好好在這邊休息休息，裡面一應物件都是新換的。」

常嬤嬤走後，門也被帶了起來，主僕幾人圍著兩個火盆，默默無言。

好半晌，姜瑩瑩才道：「這個常嬤嬤……有點熱情過了頭。」

屋子裡只有她們主僕五人，雨集、乘霞都是在姜瑩瑩身邊服侍多年的人，沈驚春對夏至也很放心。

「還有……」姜瑩瑩的身子微微前傾，離沈驚春更近了些。「妳居然認識長公主身邊的頭號大紅人常嬤嬤？」

長公主不常出現在人前，常嬤嬤更像是她的代表，京城裡這些後起之秀中，不認識長公主的大有人在，因為等閒也見不到，但鮮少會有人不認識常嬤嬤。

從常嬤嬤露面開始，雖然沒有特意關照過沈驚春，但有眼睛的人都能看得出來，常嬤嬤看沈驚春的神色明顯帶著一股真情實感的溫和。

沈驚春無奈地攤手嘆了口氣，將當初在奉持縣遇到落石，常嬤嬤伸出援手的事情說了一遍。

姜瑩瑩聽得一臉感慨，嘆道：「妳這運氣，真的沒話說，隨便出個遠門，都能遇到這樣的大人物。」說完就未在這件事上多做糾結。

沈驚春想的卻有點多。常嬤嬤確實很不對勁，不論從什麼角度出發，她都沒道理會為了一個外人去喝斥皇帝的親外孫女。而且這衣服確實過於昂貴，主人家準備一些換洗衣物給來賓使用，這是很正常的事，但哪怕平陽長公主再有錢、地位再高，也不該拿出這樣的衣物來。

沒多久，果然有下人拎著不少食物過來了，不知是廚房離得近，還是保溫措施做得好，擺上桌時還是熱的。

吃完了飯，雨集帶著姜夫人的話回轉——等一會兒消食，大家就準備告辭，院子太大，雙方又分得很散，也不要想著會合了，乾脆在園子外碰頭，有姜夫人代為辭行，她們二人就不必再多跑一趟。

沒多久，一直在烤火的兩人頭髮總算乾得差不多了，梳妝完畢，倒是身上的衣服成了個麻煩。

柳枝一直伺候在一邊，見兩人看著身上的衣服不語，便很體貼地道：「常嬤嬤說了，一件衣服不值當什麼，二位貴客只管穿回去就是。倒是咱們園子裡招待不周，出了這樣的事，希望二位貴客多擔待才是。」

二人不管心裡怎麼想，但面子上還是表現得客客氣氣的。

等到徹底收拾完，時間也近未時末了。走的時候和來的時候一樣，都是柳枝在前面領著她們主僕幾個。

出了歇腳的小院走出去沒多遠，沈驚春就覺得有點怪怪的，那感覺就像是有人在背後盯著自己看一樣。

她下意識地四下一看，便見不遠處一座二層小樓上，果然有人正看著她。

那人一身緇衣，手上掛著串長長的念珠，頭髮看上去白的多、黑的少，一絲不苟地盤在頭上。

「妳在看什麼？」姜瑩瑩問道。她停下腳步，順著沈驚春看的方向望過去，那一方空空盪盪，並沒有什麼特別的景色。

沈驚春收回了目光，淡淡地道：「沒什麼，走吧。」

姜瑩瑩看過去的時候，那身穿緇衣的老婦人就已經轉身消失了。

出去的路無比順暢，到了園外，姜夫人已經帶著文宣侯世子夫人許氏等在車上。

姜瑩瑩依舊與沈驚春坐一輛車。

馬車一路往京城走，先將沈驚春送回了家。

國子監還未開學，陸昀這些天也忙著準備正式上值的事情，因此陳淮整天在家看書，沈驚春一到家就迫不及待地將他拉進屋裡，壓著聲音小心翼翼地道：「我懷疑我爹是平陽長公主的兒子。」

陳淮怔了怔，一下子沒反應過來。

沈驚春抓著陳淮的手，一屁股坐在炕上，向後一倒，靠在了墊得高高的引枕上，心情無比複雜地道：「我知道這事聽起來有點匪夷所思，但我有證據。」

平陽長公主出生在江南，或者說得再具體一點，是出生在慶陽，她在祁縣那邊有座別院，這是眾所周知的事情。

三十多年前，她在東翠山廣教寺裡遇刺，然後肚子裡的孩子早產，就留在祁縣照顧孩子，後來早產的孩子身子骨兒不行，儘管長公主費盡心思替孩子調養，可最終那個孩子也沒能留住，這才有了後面的杏林春。

但沈驚春想說的是，那場令整個慶陽都震盪不已的刺殺事件發生時，其實沈老太太和村裡另外幾個懷了孕的婦人也在。

廣教寺的香火很旺，沈老太太每次懷孕都要去那邊數次，在她連生兩個男娃之後，也帶動了村裡的其他孕婦，幾個月分不一的孕婦雇了牛車一起去廣教寺，誰知道剛好遇上了刺殺。

沈老太太已經生過三個孩子，有了經驗，加上月分大了，即便受了驚嚇，孩子還是順利落地。其他月分小一些的孕婦，甚至被那場刺殺嚇得直接落了胎。

沈驚春一個才回平山村沒兩年的人之所以知道這件事，就是因為當初沈老太太在將他們一家老小趕出老宅的時候用過一個理由——沈延平不是她親生的。

所以後來沈驚春還特意找了時間問過族長家的夫人。

「上一次，咱們去金林寺時，我就覺得那個常嬤嬤看我的眼神不對了，聽到我有個哥哥時也很驚訝，而且……」沈驚春想了想，又道：「牛痘那次，京城來的那個太監，是姓蘇吧？當時他看我們兄妹的眼神，現在想來其實也有點不對勁。」

畢竟才過去大半年，何況陳淮本來就是個心細的人，當時就注意到宣旨太監曾盯著沈家兄妹看了好一會兒，現在沈驚春提起此事，他立刻記了起來。

「京城離祁縣並不算太遠，如果是當時在金林寺就有所懷疑，以長公主的能耐，不說八百里加急，起碼派人六百里加急是能做到的，從當時到現在也有一個月了，這麼長時間還沒得到真相，卻還是用這樣溫和的態度對妳，想來定是因為祁縣那邊的調查出了問題。」

二人正說著話，房門就被人給敲響了，夏至的聲音在門外響起——

「娘子，祁縣那邊來人了，說是您隔房的大堂哥。」

嗯？隔房的大堂哥？

夫妻二人對視一眼，那不就是沈志清的大哥沈志輝嗎？

祁縣到京城，走水路也要十來天，如今連上元都未過，他只怕是年前就從祁縣往這邊趕了。家裡出了什麼樣的事情，能讓他年都不過就往京城跑？

二人出了門。

沈志輝已經被請到堂屋坐下，此刻正略帶好奇地打量著屋子裡的陳設。或許是趕路的原因，幾個月不見，這位大堂哥看上去滄桑不少，下巴上一圈非常明顯的鬍渣，整個人顯得風塵僕僕。

一瞧見二人進門，沈志輝立刻站了起來，先是同兩人打了招呼，然後就看著沈驚春身上那套昂貴的衣服，顯得有幾分拘束，交握著雙手站在原地。

沈驚春順著他的視線往自己身上看了看，立刻就道：「淮哥你陪大哥說會兒話，我去換身衣服。」這套衣服穿在身上，確實有點嚇人。

沈驚春回了房，很快就換了一套家常的衣服出來。

堂屋裡，夏至已經上了三盞茶。

許是陳淮陪著聊了幾句，沈志輝倒是顯得鬆快許多，瞧見換好衣服進門的堂妹，臉上也帶了微微的笑意。

三人略聊了幾句，沈志輝就說到了這次赴京的主要原因。「從你們走後，家裡延貴叔他們和志華又吵了幾次，後來有次吵得凶，動起了手，老太太不知道被誰推得摔了一跤，直接癱了，入冬之後情況就不大好，小年都沒熬過去人就沒了。」

沈驚春這次是真的驚訝了，不可一世的沈老太太居然就這麼死了？

陳淮皺眉道：「離得這麼遠，花點銀子託來往的鏢局或商隊帶封信來就是，何必親自跑這麼一趟？」

哪怕是冬天，但離得太遠，就算消息傳到這邊，沈老太太的遺體也不可能在家裡放著過年。

沈志輝的表情嚴肅了幾分。「年前，有一群北方口音的人找到了村裡，打聽起延平叔的事情。咱們族裡人不敢亂說，倒是其他兩姓有人私下收了錢，說了一些，但大體也是大家都知道的事情。那群人見問不出什麼，這才直接找到了沈家。那群人看上去就不太好惹的樣子，延貴叔怕惹麻煩，就說兄弟兩個關係不大好，不太清楚延平叔的事情，再加上二大爺病得不輕，那群人就找到了我家。我爺爺覺得事情不簡單，這才叫我親自跑一趟京城，給你們通個信。」

沈驚春看了一眼陳淮。

夫妻二人心中同時浮現了一個念頭——這大概就是長公主的人了。

時間太過久遠，已經過了三十多年，當年經手這件事的人有多少活著還未可知，但最瞭解這件事的沈老太太已經去世，想要找尋三十多年前的真相，在資訊爆炸的現代都不是一件容易的事情，更何況是各方面條件都落後的古代。

或許，這也是為什麼長公主府到現在都沒有其他動靜的原因。

一瞬間，沈驚春的腦子裡就閃過了無數的念頭，最後卻只是寬慰道：「沒事，我爹一輩子都窩在平山村，能有啥事？大哥你一路過來，想來也累得很，先洗個澡歇一歇，明天我娘和四哥他們應該會提前來過節，到時候再帶你去外面好好逛逛。」

沈志輝知道這件事並不像堂妹表現出來得這樣風輕雲淡，但這到底是他們自家的事情，且看沈驚春夫妻兩個的表情並不驚慌，所以他也就沒有多問。

第二天，方氏等人還沒到，反倒是長公主府的人先到了。

一排三輛有平陽長公主府標記的馬車，在七、八名騎著高頭大馬的護衛護衛下，停在了沈家的院子外。

除了第一輛車上坐著常嬤嬤和兩名陪同她一起前來的丫鬟，後面兩輛車上帶的全是各種禮物。

高橋這邊住的大多都是平民，縱使不認得長公主府的標記，但這些護衛卻已經足夠讓人驚訝，巷子口一下子就聚了不少人往裡面張望。

常嬤嬤顯然很滿意這樣的效果，一進門就滿是笑意地道：「昨日賞花宴怠慢了娘子，我家長公主知道後狠狠罰了下僕，今日一早就叫府裡人備了厚禮來登門道歉。」

常嬤嬤雖然進了門，但那兩個丫鬟和馬伕卻還在往裡搬東西。院門沒關，常嬤嬤年紀看著不小，但聲音卻是中氣十足，尤其「長公主」三個字還特意加了重音，外頭湊過來看熱鬧的街坊瞬間譁然。

公主府的下人已經搬了東西開始往裡送，第一批是幾個蓋得嚴嚴實實的盒子。

見沈家眾人的眼神都往盒子上看，常嬤嬤便笑道：「長公主久不給人送禮，也不知道現在的年輕小娘子喜歡什麼，上次聽聞貴府大公子受了傷，就命我們拿了些藥材過來。」她說著，神態自然地往院子四周看了看。「大公子的身體還好吧？」

沈驚春心道：妳前面說了那麼多，最後這句才是重中之重吧！

開口還稱大公子，顯然已經覺得沈延平的事八九不離十了，大約只差祁縣那邊的具體消息過來就可以認親了。

沈驚春一邊將人往堂屋裡請，一邊笑道：「之前去金林寺看的病已經徹底好了，只是年前不小心摔了一下，如今正在城外宅子裡將養，問題不大，養上幾個月也就好得差不多了。」

想來這位常嬤嬤早已經將沈家的情況打聽清楚了，聽沈驚春這麼說也並未露出什麼驚訝之色，關心了幾句沈驚秋的身體問題後，就將話題引到了沈家其他人身上。

這小夫妻兩個她是見過的，這次著重問的就是方氏和兩個孩子。

昨日回來，沈驚春就跟陳淮商討過此事，這時聽常嬤嬤問起，也就神色如常的回答，話家常一樣將家裡的情況說給了常嬤嬤聽。

常嬤嬤聽得認真。

聽到他們受到不公平對待的時候，臉上會閃過心疼和不悅，聽到沈驚春回家之後憑一己之力將這個家拉起來的時候，眼裡也有自豪。

沈驚春有心想說總能找到話，時間過得飛快，等李嬸來喊吃飯，常嬤嬤才意識到已經中午了。

儘管不想這麼早就走，但卻不得不起身告辭。

平陽長公主不便親自來此，才派了她過來，若是中午她不回去，長公主很可能中午等著消息就不吃飯了。

沈驚春留了兩句，見她堅持，便只好將人送出門。臨走前對於常嬤嬤再三邀請她有時間去長公主府做客的事，也只好先答應了下來。

等人一走，在書房待著的陳淮和沈志輝才來到堂屋。

常嬤嬤帶來的禮物很多，沒打開之前，只用看的就看得眼花撩亂了。珍貴的綾羅綢緞、金銀首飾不算，最開始拿進來的那批藥材裡，竟有兩支老參。

沈志輝拿上手一掂量，便斷定這人參起碼重六、七兩。

七兩參，八兩寶，這樣大的人參可遇不可求，更何況還是兩支。

沈驚春跟夏至一起把東西全部都收拾好，分門別類一番。重要的東西都搬到他們房裡鎖了起來，實際是偷渡到了空間裡；不重要的東西則是放到了旁邊充當庫房的小耳房裡。

好在沈志輝不是個好奇心特別重的人，再加上沒多久，方氏等人的車輛就到了，他的注意力一下子就被吸引走了。

家裡下人們都到了門口迎接方氏等人，沈驚春才鬆了口氣，無奈地看了看陳淮。

這長公主的手筆也太嚇人了，再多來這麼幾次，只怕他們家在這一片也沒法安穩度日了。

沈志輝進京，最高興的莫過於沈志清這個親弟弟。

只是相比起跟這個親弟弟敘敘兄弟情，沈志輝的注意力全都集中在沈驚秋這個堂弟身上。

沈驚春則跟方氏、李嬸她們準備晚飯，雖然今日才十四，但因來了客人的緣故，晚飯準備得很豐盛。

期間，沈志清如同在自家一樣，不停地招呼著大哥吃飯。

沈志輝感慨之餘，又有點羨慕自家弟弟的好運道。

一頓飯吃得賓客盡歡，等到碗筷被撤了下去，一家人捧著茶碗，方氏才問道：「志輝怎麼忽然來京城了？可是村裡有什麼事？」

「二奶奶年前去了，二大爺的近況也有點不好，我爺爺叫我進京來通知你們一聲，順便也看看志清在這邊過得怎麼樣。」

沈志輝說著，不由得看了沈驚春一眼。

村裡來人打聽沈延平一事，之前沈驚春就囑咐他不要在方氏面前露了口風。

這樣大的事情，以方氏的性格，若是知道了，恐怕要徹夜難安，不如順其自然，若是長公主查明沈延平是她的兒子，到時候真的認親了，這事也就了了，好過現在提心弔膽的。

方氏聽了一愣，看了看閨女，才又看了看沈志輝。「怎麼會？」

她的語氣也如沈驚春剛知道這個消息時一樣，充滿了不可置信。

沈延富這個讓老太太引以為傲的長子死於天花時，老太太都撐過來了，他們一家從平山村離開的時候老太太還活蹦亂跳的，這才幾個月，現在人居然就沒了？

沈志清也是滿臉的驚愕，有點不敢相信。

沈志輝便又將之前的說辭陳述了一遍。

方氏聽完，沈默了好一會兒，才感嘆道：「這也是命，唉……咱們要不要回去一趟？」

之前他們跟老宅鬧得再不愉快，可老太太到底是沈延平的親娘。

方氏轉頭看向閨女。雖然如今兒子已經恢復了正常，但一旦家裡有什麼事，方氏還是下意識地想要徵詢閨女的意見。

不等沈驚春說話，沈志輝就遲疑地道：「不用吧？來之前爺爺就交代過我，如今延平叔已經過繼給了五大爺，和二大爺那邊沒什麼關係了，之前你們分出來的時候也說了，以後就當尋常親戚一樣往來就是。」他有句話沒有說出口，他爺爺當時還說了一句——有驚春在，他們必不可能大老遠從京城回來祭奠老太太的。

果然，他話音一落，沈驚春就附和道：「是啊娘，老太太去年小年前就沒了，這馬上要正月十五，二十天過去了，老太太早下葬了，咱們回去不過就是祭奠一番罷了，倒不如在這邊多燒點紙錢呢，這都是個心意。」

方氏本人其實也並不怎麼想回去，是以兩人這麼一說，方氏就放棄了這個打算，點頭道：「行，那咱就多燒點紙錢好了。」

她說完就岔開了這個話題，又問了些老家的事，沈志輝一一作答。

等這些家常說得差不多，時間也不早了，方氏便起身叫夏至打了熱水給兩個孩子梳洗。

等她和豆芽帶著孩子一走，屋裡只剩下他們幾個年輕人，沈驚春才看著這個大堂兄，問道：「家裡真的沒出什麼事？」

下午沈志輝到這邊時，沈驚春還沒觀察得那麼仔細，後來陳淮才跟她說，族長家裡應該出了什麼事，因為這位大堂兄表面上看著跟以前沒兩樣，但實際上很是有點心不在焉。

沈驚春當時很詫異，直接就去問了沈志輝，但得到的答案是家裡沒事。

這時聽沈驚春再度問起，他只遲疑了一瞬就要搖頭，可沈志清已經先跳了起來。

「怎麼回事？家裡出什麼事了？咱們到京之後，我就有寄信回去，不是有這邊的地址嗎？怎麼有事也不來信跟我說？還是家裡沒有收到我寄回去的信？」他一張嘴，吧啦吧啦地就說了一大堆，但到底還是考慮到方氏和豆芽帶著兩個小的去睡覺了，因此聲音壓得很低。

沈志清聲音雖然不大，但沈志輝還是被這段話給攪得腦袋嗡嗡響。

沈驚春看沈志輝這樣，就朝自家老哥使了個眼色。

沈驚秋便朝沈志輝開口道：「是啊，我們家的情況，你也是知道的，如今你們家也算得上是我家最親的人了，咱又不是那種外五服的關係。我以前傻的時候，你們哥幾個沒少幫我照顧老的小的，現在可千萬不要客氣，有什麼難處說出來，咱們商量著來，總能找到解決辦法。」

沈氏一族族人很多，但五服之內跟族長家走得近的其實也沒幾個，到了「延」字輩更是開始單獨序齒。

沈志輝是這一輩的大哥，底下比他小的除了自家幾個，也就是沈驚秋跟他算得上是好兄弟，如今沈驚秋一開口，沈志輝就忍不住動搖起來。

沈驚秋見他還是猶豫，就「嘖」了一聲。「怎麼著，我這幾年不清醒，咱這兄弟情還打折扣了不成？大老爺們，有啥事不能說的？還把不把我當兄弟了？」

沈志輝「欸」了一聲，想了一下才慢吞吞地道：「當時你們來了京城，地裡還有些辣椒沒收完，二叔、三叔他們不知道怎麼想的，也沒跟家裡商量，就私自把那批辣椒許出去了，結果因為雙方都不知曉對方的動作，辣椒不夠，兩家給了訂金的商戶就找上門來了。」

當時拆夥的時候，是說好了的，辣椒作坊和地裡的辣椒歸族長家，掙的錢都歸沈驚春，但是族長因為愧疚，地裡那些辣椒就沒要。

等到來京城之前，沈驚春就帶著家裡幾個人把辣椒收了，但是地裡還是有些品相不太好的殘次品她沒收，她沒想到族長家兩位叔叔居然還能把主意打到這上面來。

沈志輝大約也是想到了當時拆夥的情況，看著堂妹的神色中都帶著一股羞愧。「二叔、三叔家裡雖然也有地，但是他們大手大腳慣了，這些年也沒存下什麼錢，搞到最後人家要求賠償，他們也拿不出錢來，爺奶把棺材本都掏了出來給他們補這個窟窿，但還是差些，咱爹就說兩位叔叔是自找的，但做兒子的總不能看著自己的爹娘被逼得去死，因此就要把家裡的錢拿出來賠人家。」後面幾句話他是對著沈志清說的。

話音沒落，沈志清就滿臉憤怒得要罵人了，話到嘴邊，到底理智尚存，又深吸一口氣坐了回去，心裡的火氣騰騰地往上冒，怒道：「憑什麼咱要給他們填窟窿？上次的教訓還不夠嗎？居然還整這些么蛾子出來！咱們三家是早就分家了的，管他們去死呢！」

「娘也這麼說。」沈志輝滿臉的無奈。

他們家的錢其實也不多。

家裡頭兄弟三個，頭兩年他才娶了媳婦，如今孩子也生了，很是用了一筆錢。

沈志清現在年紀也到了，他們兄弟幾個的人品、相貌放在鄉下農村裡，也算得上是出挑的，他娶了媳婦之後，就有人託了媒人來探口風，打聽沈志清的婚事。

他們家的錢都是全家人辛辛苦苦種田，然後各種縮衣節食省出來的，他爹要拿出去給兩位叔叔填窟窿的錢不多，只有二十多兩，但卻是不久後沈志清娶媳婦、養孩子的錢。

「娘跟爹大吵一架，帶著志津回外祖家了。」

屋子裡一陣靜默，好長時間都沒人說話。

沈驚春看了看氣呼呼的沈志清，到底還是問道：「大伯最後拿錢出來了嗎？」

沈志輝點了點頭，嘆氣道：「拿了，不過當時也說清楚了，他們兄弟三人早已分家，他這個當大哥的做得也算是仁至義盡了，以後哪怕兩位叔叔家破人亡也跟我家沒關係了，畢竟他自己還有家人要照顧。」

沈志清冷哼了一聲，對這番話抱以懷疑的態度，但面色到底還是因為這個話好看了一點。

沈延東是個老實人，能說出這種話來，對他來說已是不易，起碼能證明在當時來說，他的確是這麼想的。

這麼一想，沈志清就道：「咱家不能再跟二叔、三叔攪和在一起了，那個辣椒作坊看著是掙錢，但掙得再多，也禁不住二叔、三叔這麼作啊！我看咱家不如就直接退出作坊吧，老老實實種兩年地。我這邊給驚春辦事，她給我工錢，還說等以後地裡的收益高了，工錢也會漲，等我存到錢，就把爹娘接到京城來。」

他年紀輕，各方面經驗都不足，但好在態度勤勉，虛心好學，來京城這段時間一直都跟著身邊的人學東西，短短三個月不到，做事老練了不少。

沈驚春想了想，道：「要是大伯願意，也不必等到四哥存到錢啊！原本我只是想好好經營我那些地，沒想著搞什麼茶山的，但計劃總趕不上變化，我說實話，我現在還挺缺人的，大伯來了可以直接把春耕的事接過去，四哥可以專心管茶山那邊的事。」

沈驚春現在的身家比上雖然不足，但比下卻是有餘。

家具店發展良好，她更是準備再招一批人手，搞點別的花樣出來，但大寒、小寒他們還沒歷練出來，還需要一個人盯著才行。

田地那邊，等正月十五過後，所有人都恢復正常工作，也要開始找人修工坊了。她空間裡面的種子很多，但對於目前的沈家來說，貪多嚼不爛這個詞就很適用，所以起碼這一、兩年內，種來賣錢的作物非辣椒莫屬。

其他這個時代沒有的農作物，她也打算種一些，但這些東西種來都是自家吃或是送人用，並不打算賣錢。

連帶著跟辣椒工坊一起建的，還有沈驚秋點名要的一個小型窯爐，建來給他燒玻璃用的。

除這些之外，還要準備春耕，山上的茶樹要移栽、山下的池塘要開始挖、到處尋找合適的樹苗，每一樣都需要人手。

而她手裡如今還算頂用的，也就是冬至、夏至、沈志清，另外張大柱也勉強算是一個。這麼一想，她的表情更誠懇了幾分。「大哥，不論大伯來不來，你就先在京城這邊幫我一段時間吧？我真的很缺人。」

她倒是想過外聘管事，但古代這種地方，用外聘人員幹點粗活還好，涉及到管理層面，其實並不保險，多得是那種見錢眼開被人收買之後出賣東家的人。

如果去牙行買的話，也很難碰到好的。

像姜家、徐家這些世家，家裡的管事都是從小開始培養起來的，能力怎麼樣先不說，起碼對自家的忠誠度還是靠得住的。

沈志輝表情複雜。

沈志清聽自家堂妹這麼說，早就轉怒為喜了，滿臉笑容地道：「對呀大哥，你就留下來吧！先幹兩個月存點錢，到時候再把爹娘他們都接過來！」沈志清再接再厲道：「大哥你不為自己想，也要為孩子想想啊！咱家現在跟二叔、三叔他們還住在一個大院子裡呢，冬冬這麼小，你又不能時刻看顧著，要是被其他人帶壞了怎麼辦？到京城就不一樣了，有明榆和蔓蔓帶著，到時候還不等上學堂就可以先學字了！」

沈驚春前面說了那麼多，也不抵後面沈志清拿沈明承出來說事。

沈志輝幾乎立刻就妥協了。「可是……你已經來了京城，我再來京城，家裡只剩下志津一個，咱爹娘怎麼辦？」

沈驚春立刻道：「所以啊，就叫大伯和伯母帶著志津一起來嘛！過了十五我就要開始招人幹活，大富大貴我保證不了，但跟在我後面做事，你們家一年能存下來的錢，肯定不會比在平山村種田少。」

兩家雖然是親戚，但沈驚春也沒打算自掏腰包養著他們。

就如同現在給沈志清的工錢一樣，到時候等到沈延東他們都來了，也會按照各自幹的活給他們發工錢。

短時間內吃住肯定是不用他們擔心的，他們家除了大堂嫂周氏要帶娃，其餘的人都可以幹活，只要活幹得好，總能攢到錢的嘛！

「可我爹他，未必願意來啊……」

沈延東已經四十多歲，像他這個年紀的人，內心裡更多的是希望生活能安穩，要拋棄老家的一切，拉家帶口、背井離鄉地遠赴京城，他是真的未必願意來。

跟沈驚春坐在一起，一直靜靜地聽著大家說話的陳淮，這才開了口，低聲道：「若是為了兒女的親事呢？」

沈驚秋兄妹兩個隨著他的話落，齊刷刷地轉頭看向沈志清。

方氏雖然說事情還沒明瞭之前叫沈驚春不要提這個事，但沈驚春跟陳淮之間向來沒有什麼秘密，她自己也喜歡每天睡覺前對著陳淮碎碎唸，知道沈志清跟豆芽相互看對眼的當晚，她就把這事跟陳淮說了。

而沈驚秋則是因為天天跟這兩人在一個屋簷下，自己看出來的。

「如果是四哥要成親，但是驚春這邊的活計實在離不得人，大伯他們會不會來京城？」

沈志輝愣住了。「成……成親？志清？跟誰？」

沈志清的臉一下子變得通紅。「這……八字還沒一撇呢，現在說這個是不是太早了啊？」

沈驚秋老神在在地道：「早什麼啊？遲早的事情，難道你以為我們豆芽是那種見異思遷的人嗎？還是說你只是玩玩而已，其實根本沒打算娶她？」

啊……這……怎麼越扯越遠了？什麼叫玩玩而已啊？

沈志清滿臉鬱悶。「說什麼呢？我們老沈家往上數幾代，也找不出這種混球啊！我當然是認真的，只不過我現在一窮二白的，家裡給存的錢又被爹拿去填窟窿了，怎麼跟人家姑娘提親事？」

這一點，來自現代的沈驚秋兄妹兩個倒是有點贊同。

雖然作為堂兄妹，沈驚春也很想沈志清跟豆芽能夠修成正果，但豆芽畢竟是跟她家認了乾親的，人家小姑娘如今不過十六歲，沈驚春自己都不想那麼早結婚，當然更不希望看上去還像個小學生的豆芽這麼早結婚。

「所以啊……」沈驚秋頓了頓道：「先用這件事把大伯他們誆來京城，你跟豆芽先訂親，暫時不成親。你作為一個男子漢，先存點錢、攢點彩禮，等過兩年有了錢再談成親的事情。男人嘛，就應該先立業、後成家，要努力賺錢，這樣才能讓家人過上更好的日子！如果一個男人一貧如洗，那肯定是沒辦法讓家人過上美好幸福的生活的。」

在場幾人，除了沈驚春，其他三個男人都感覺有被影射到，尤其是已經成家的兩個人。

「看我幹什麼？難道我說的不對嗎？」沈驚秋挑了挑眉，視線在三個年輕人身上掃過，尤其落在陳淮身上的視線更是意味深長。「拿我打個比喻，如果我是先立業、後成家，我還會出現上山採藥然後摔壞了頭的事嗎？顯然不會。因為我如果有錢了，即便我買不到草藥，我也可以花錢叫人上山去採，這樣一來我就不會摔壞腦子，我不摔壞腦子，我媳婦就不會離我而去，我兩個崽就不會在單親家庭裡長大，我娘也不會被淨身出戶趕出沈家。」他看著三個神色複雜的年輕人，緩緩地道：「這說明什麼？這說明先立業、後成家，才是大丈夫所為。像那些明明沒有什麼本事的男人，卻非要搞得家裡有億萬家產要繼承一樣，迫不及待地娶個媳婦，三年抱兩，然後帶著一家人過苦日子，這種行為很不可取。」

幾個年輕人哪裡見識過這些？在古代這種地方，講究的一向都是「不孝有三，無後為大」，生不出兒子的人簡直要被釘在恥辱柱上，讓別人指指點點。沈驚春見自家老哥越說越離譜，沈志清已經被打擊得一臉「我是誰？我在哪裡？」的表情，就忍不住瞪了自家老哥一眼。

「事情也不是絕對的。」沈驚春道：「其實一貧如洗就成親並沒有什麼，因為男女雙方都很年輕，對於這個社會來說，年輕就是資本，只要夫妻同心，不懼艱苦，兩個人往一處使力，或許不能大富大貴，但起碼生活會向著好的方向走。

「而先立業、後成家則不一定了，這種說法說不上好不好，因為這都是看個人，但風險還是有的，畢竟誰也不知道未來會怎麼樣。做生意是賺是賠，所以到底是先成家、後立業，還是先立業、後成家，全看個人選擇。

「但我哥有一點說的還是很對的，孩子生下來就是責任，父母不能那麼自私，在明知道家裡情況不好的前提下，還要一個接一個的生。每一個小生命都是獨立的個體，如果有得選擇，他們未必會願意降生到這個世上來。」

沈志清被說得頭昏腦脹，一時間既覺得沈驚秋說得很對，又覺得沈驚春也沒錯。

尤其是「夫妻同心」這句話，更是說到了他心裡。「那……要不等我爹來了，就找媒人提親？我又不懶，豆芽也很勤快，我們一定能把日子過好的。」

沈驚春咳了兩聲。「我覺得吧，這個事情最主要還是得看豆芽的想法。當然，當務之急，四哥你還是先攢攢錢吧！」

第三十二章

正月十五這天，一大早，外面就熱鬧起來。

上元節在古代來說，向來是個很重要的節日，過了這一天，所有的行當都會開始正常營業。

在祁縣那種小地方，上元節都張燈結綵的慶賀，更別提京城這種大都市了。

大周定都在這兒兩百多年，這個城市早已經發展得無比繁華，是大周當之無愧的第一城，除了御街是由禮部出錢、出人布置外，其他的街道幾乎都是兩邊的商戶主動出錢布置。

家具店雖然開張的時間不長，但生意是有目共睹的不錯，既掙了錢，在這種時候也就不能省。

大清早的，就由冬至出面跟前後左右的商戶共同商議，開始布置店門口這一塊。

家具店也停業了一天，如今家裡人多，根本輪不到沈驚春幹活，很是鬆快的當了一天的甩手掌櫃。

本來按照姜瑩瑩的性格，這麼熱鬧的節日，她肯定是要來找沈驚春一起出去看燈遊玩，但張家那邊說了上元之後上門提親，姜夫人最近看她看得很緊，等閒不許她出門拋頭露面。

經過了去年上元的事情，沈驚春自己對賞燈這件事也提不起興趣來，哪怕知道在天子腳下，應該不會猖狂到出現拍花的。

方氏想想去年的事情也是心有餘悸，不太想在今天出門，但架不住自從上學之後日益開朗的兩個小孩想出去。

沈明榆作為哥哥倒還沒什麼特別的表示，但沈蔓卻是將「想看燈」幾個字明晃晃地表現在臉上，她不哭也不鬧，就拿一雙水靈靈的大眼睛可憐兮兮地看著人，簡直能將人心都看化了。

方氏更在乎兩個孩子的安全，始終板著臉，無動於衷。

沈驚秋這個便宜老爸只堅持了幾十秒就敗下陣來。「要不……就多帶點人，帶她去看看？」

沈驚春很不想出去湊這個熱鬧。

但緊接著陳淮也在這種撒嬌賣萌的凶猛攻勢下敗下陣來。「家裡人這麼多，看兩個孩子應該沒什麼吧？我們也不多玩，去看看熱鬧就回來。」到底是沈明榆最敬愛的姑父，陳淮不像沈驚秋那樣只記著閨女，他非常貼心地把沈明榆也帶上了。

沈志輝兄弟倆也都用一種「對啊」的表情看著沈驚春。

「行行行，你們都是好人，就我是壞人好了吧！」沈驚春無比鬱悶。就陳淮難得表現出的這個狗腿樣，她幾乎都能預想到未來他也會是個不折不扣的女兒奴了。

早早吃過晚飯，一家人收拾妥當，就準備出發。

沈驚秋是肯定去不了的；方氏怕兒子在家無聊，也選擇不去；李嬸本來就是京城人士，看了那麼多年花燈也看夠了，也不去。餘下有一個、算一個，全都要去看燈。

高橋離御街不算遠，他們出門又早，就沒有駕車。

一行人過了橋，就順著東大街一路往那邊逛。

按照古代人的習慣，一般都會在年前把十幾天裡要用的吃的喝的買齊，然後一直到正月十五，除了一些特定的行當，其他都是不開工的。

今天對於絕大多數人而言，都是一年之中最後一天的鬆快日子，想出來的、不想出來的，幾乎都出來看花燈了。

天還亮著，街上就已經摩肩接踵全是人了。

沈明榆兄妹兩個這一年的伙食好，跟當初沈驚春才回祁縣之時簡直判若兩人，不僅長了肉，連個子也長了不少，沈驚春固然能抱得動，但除了她之外，在場所有人長時間抱著幾十斤的人走動多半吃不消，再加上他們人多，所以乾脆就將兩個小孩團團圍在中間。

還沒走到御街，原本說對賞花燈沒興趣的沈驚春就看著路邊各色花燈移不開眼了。

原諒她是真的沒見過世面，沒有親身經歷過，實在是想不出古代的燈市也能繁華成這個樣子。說句直白的，京城的上元節簡直甩了祁縣上元節十八條街！同樣都是兔子提燈，這個攤位的燈是一個樣，另一個攤位的又是一個樣，明明都是兔子燈，但就是能夠讓人一眼看出不同來，更遑論還有各式各樣的吊燈、壁燈、座燈、提燈……簡直讓人目不暇給。

「每年上元，御街那邊都有遊龍燈、舞獅子。」本地人之一的小寒說道。

「昨天我聽早點鋪子的老闆說，今年皇帝也會出宮與民同樂呢！」外地人之一的冬至說道。

冬至話音一落，就聽小暑「哇」的一聲道：「皇帝？咱這種平民老百姓，也能見到皇帝嗎？」

本地人之一的大寒不太相信這個。「假的吧？從我出生到現在，也沒聽說過這種事，且今天人這麼多，魚龍混雜的，多不安全啊！」

「哎呀，這哪是我們這種平頭老百姓可以討論的。」豆芽笑嘻嘻地打斷了他們。「不管能不能看到皇帝，反正舞獅子、踩高蹺這些是肯定有的，咱們還是早點過去占位置吧，省得一會兒擠不到前面去。」

一群人興高采烈地擠在人群裡往前走。

一路逛下來，終於在天色黑下來之前穿過朱雀門，進了真正的內城。

從宣德門穿過朱雀門再到南熏門，這段皇帝出行的大馬路，雖然都叫御街，但其實還是有很大的差別。

朱雀門外雖然道路修建得很寬敞，但遠不及朱雀門內來的氣勢恢宏。

從朱雀門到宣德門這一段又有個別名，叫天街。

不僅路兩邊的各處宅子外已經掛上了大紅的燈籠，天街兩邊也早已架起架子，上面掛著一串串的花燈。

遠方的天色漸漸昏暗，但御街上依舊明亮如初，幾人過了朱雀門又一路往前，過了天漢橋在御街一側叫做東慶樓的酒樓下停了下來。

這座樓沒有澄樓、嘉樓、狀元樓這三座酒樓的名氣大，只是因為地理位置靠近皇城，又坐落在御街之上，所以消費很貴，家庭條件一般的人恐怕一輩子也難來這邊消費一次。

沈驚春看了看一路自己走來卻絲毫不感覺疲憊的兩個崽，有點糾結。

作為宣平侯府的前大小姐，這座樓原主是來過的，裡面隨便消費一次，都是幾十兩往上，彷彿錢是從天上掉下來的一般。

她手裡如今還有點錢，但這些錢大部分都是姜府投資的，實在不好用在這種私人的地方。

可兩個小孩又沒有見過這種場面，個子還矮，稍微一個人站在他們前面就能擋住視線，這次出來他們人雖然多，她也再三叮囑過首要任務就是盯好兩個崽，但這街上的人實在是太多了，也不只他們一家帶了這麼多人出來，被衝散的風險還是有的。

正糾結著要不要進去問問時，那樓裡就走出來一個熟面孔。

小丫鬟柳枝直奔她面前，蹲身行禮道：「問沈娘子安！」她只見過沈驚春，並不知道其他人是誰，便只蹲身行禮，沒有問安。

沈驚春一手抓著沈明榆，一手抓著沈蔓，心中咯噔一聲，心裡有了點不祥的預感。

柳枝是平陽長公主的婢女，能出現在這邊，肯定是因為長公主在。

人家才幫過她，現在又禮數周到地請安問好，沈驚春再不想，也只能滿臉笑容地將她扶起。「柳枝怎麼在這兒？」

柳枝臉上還帶著喜悅，顯然知道沈驚春真正想要問的是什麼，笑道：「今日主子興起出門觀燈，常嬤嬤便點了奴婢隨行伺候。」她說著就往一邊讓了讓，做了個「請」的手勢。「主子在三樓雅座，常嬤嬤遠遠看著覺得像是娘子，便叫奴婢下來看看是不是。倘若真是娘子，便問娘子方不方便上去說說話，上回去貴府上，娘子說的那些祁縣的風俗人情，常嬤嬤覺得很有意思。」

不論是出於哪種原因，沈驚春都很想直接拒絕。

她心中總隱隱有些不安，像是今晚要出什麼事一般，尤其是柳枝出現之後，那種不安的感覺幾乎達到了頂點。

可這小丫鬟雖然句句都是常嬤嬤說、常嬤嬤怎麼怎麼樣，沈驚春卻很清楚地知道，這多半是長公主想請她上去。

沈驚春看了一眼身邊的人，還不等她說話，柳枝便又道——

「咱們這次訂了兩個雅間，諸位上去也能坐得下。」

得，她剛想了個拒絕的理由，還沒說出口呢，就直接被這小丫鬟給堵死了。

前天她就看出來這個柳枝是個口齒伶俐的，但這也太伶俐了點吧？

「那就打擾了。」沈驚春頗為無奈地道：「請柳枝姑娘前面帶路吧。」

東慶樓裡面布置得十分低調奢華有內涵，連跑堂的夥計穿得都比別家要好得多。

柳枝進了門又做了個「請」的手勢，便微微側著身子在前面帶路。

幾個夥計看了看沈家一行人的穿著，倒是沒攔，可他們幾個沒見過世面的人自己就先有點發怵了，實在是因為哪怕今天穿了各自最好的衣服，也比不上這群跑堂夥計！

一行人沈默地跟在柳枝身後，直接上了二樓。

到了一間雅間門口，柳枝便道：「咱們來得不早，三樓的雅間沒訂到兩間，有一間在樓下。」

沈志清臉上的笑容都快僵硬了，聽到這裡連忙道：「驚春你們上去吧，我跟我哥帶著大寒他們在二樓就行了！」

沈志輝也跟他差不多的情況，主動走進了已經開著門的雅間。

除了冬至、夏至這兩個最得主家信任的，其餘的人也很自覺地走了進去。

沈驚春看了看陳淮，眼神動了動，雖然沒說話，但顯然陳淮能懂她是什麼意思。

單獨面對常嬤嬤還行，如果是一個人面對這個很可能是她奶奶的長公主，沈驚春還真怕到時候冷場。

沈驚春的視線落在沈明榆兄妹身上，到底還是將他們倆也帶上了。說不定長公主已經認定沈延平是她兒子了，還想看看這兩個曾孫和曾孫女呢！

夫妻兩個一人牽著一個娃，又跟在柳枝身後上了三樓。

方才在外面的時候，柳枝就是用「主子」來稱呼長公主，到了三樓之後，發現幾間雅間外面也站著幾個別家的下人，顯然長公主這次出來看燈，沒驚動任何人。

到了門口，柳枝恭恭敬敬地抬手敲門，下一刻門就被打開，露出了常嬤嬤的臉來。

常嬤嬤作為長公主身邊的第一人，她親自來開門，只能說明裡面除了她們主僕外，沒有其他伺候的人了。

沈驚春偏頭看了一眼身邊的陳淮，心中慶幸，還好不是她一個人上來。

但等他們進了門，沈驚春直接就當場愣住了，的確沒有長公主府伺候的下人，但有其他人。

臨街的陽臺上擺著桌椅，除了坐著長公主，還坐著另外一人。

那人戴了一頂小巧的蓮花冠，上面插著子午簪，內穿一件牙白的織金道袍，外罩芷青色圈金鶴氅，整體顯得淡然而質樸，是非常具有道家特色的穿著。

門一打開，窗邊坐著的兩人就將視線收回，看了過來。

「這就是阿姊說的那個孩子？瞧著倒是跟當初在徐家的時候不太一樣。」

溫和的聲音從前方傳來。

宣平侯府徐家本來就是京城權貴世家，又因為崔淑妃的緣故，勉強也可稱一聲皇親國戚。

淑妃雖然因為崔氏的緣故不大親近原主，但徐家的門第到底擺在那兒，原主是見過當今皇帝的，且還不止一次。

在沈驚春能翻到的記憶中，每次原主看到皇帝，他總是顯得高高在上、令人敬畏，像這樣溫和的說話，還是第一次。

一瞬間，沈驚春的腦中就閃過了好幾個念頭，最後都化為實際行動，她鬆開沈蔓的手，恭恭敬敬地行了個萬福禮。「沈氏驚春敬叩聖上金安、長公主殿下福安。」

陳淮倒是想到了長公主會在此，但他怎麼也沒想到皇帝也在。只微微一頓，他便跟著行禮請安。

兩個孩子在學堂不僅開始學習知識，也學了相對的禮節，眼瞧著姑姑、姑父行禮了，便也懵懵懂懂地跟著拜了下去。

「看來離開徐家這一年多來，妳的確長進不少。」皇帝微微笑道：「過來坐吧。」常嬤嬤和皇帝身後站著的那名穿著便服的內侍已經將椅子移了過去。

沈驚春頭一次這麼緊張，腳下跟灌了鉛一樣沈重，這跟在現代的時候去看閱兵，遠遠地瞧見總統不一樣。

眼前這名看上去就是個溫和老爺子的人，年輕的時候可以說得上是踩著屍山血海一路往前的，不知道幹掉了多少兄弟姊妹，說不緊張都是假的。

陳淮也不比她好到哪裡去。

兩人牽著兩個娃，僵硬地在椅子上坐了下來。

這椅子很寬，後面還擺著一只引枕，底下墊著厚厚的毯子。

兩個孩子被這種無形之中緊張起來的氣氛搞得渾身不自在，沈默地挨著兩個大人。

「周桐是你父親？聽說你們父子關係不大好，要不要我改日約他出來，給你們調解一下？」皇帝說這話時，臉上還帶著點好奇。眼看他話音一落，陳淮就要站起來回話，便又擺手道：「不必多禮，今日不是以君臣身分相見。說起來陸先生也是我的老師，你我之間還是師兄弟關係，大家都隨意一些吧。」
這世上敢跟皇帝當師兄弟的人，恐怕還沒出生。
他雖然這麼說，可陳淮還是站起來道：「學生從記事開始，身邊就只有母親，這麼多年來也從未聽人說起過父親。同為祁縣人士，周侍郎大名如雷貫耳，學生並不想高攀。」
是不想，卻不是不敢。
皇帝輕笑一聲，移開了視線，轉而朝沈驚春問道：「聽老師說，妳開春之後，準備潛心培育一種高產的水稻和小麥？」
沈驚春被問得精神一振，陸昀果然靠譜啊！
正欲開口說話，便聽到一陣細微的利刃破空之聲從遠處直朝這邊而來。
外面已經開始了上元節的表演，一條十來公尺長的龍燈被一群人舉著往這邊來，底下人山人海，熱鬧非凡，這點破空聲夾雜在其中，讓人很難分辨出來。
依照她的性格，這時候應該抱起兩個孩子跑路，可她的手比腦子要快得多，跑路的想法才剛冒出來，手已經伸了出去，握住桌面用力往前一掀。
咚咚咚！
三支利箭幾乎同時扎在了掀飛出去的桌子上。
三樓並不算高，桌子飛出陽臺向下墜去，「砰」的一聲砸在二樓延伸出去的屋簷之上，瞬間滾落在地，砸得粉碎。

原本還熱鬧的天街上瞬間沸騰，無數人開始尖叫。

沈驚春低聲罵了一句國粹。方才在下面看到柳枝時那種心慌的感覺，原來是應在了這裡！

皇帝出行當然不可能只帶個內侍，幾乎是沈驚春掀桌子的下一秒，隱藏在暗處的暗衛就出手了。

三支射過來的利箭被打偏了一下，才會正好扎上筆直掀出去的桌子。

外面掛滿了花燈，光線很亮，沈驚春的視力又一向很好，看得清清楚楚，不由得感到頭皮一陣發麻。

如果剛才她沒有將桌子掀出去，按照那三支箭被打歪之後的角度，射中的就是正對著街道的他們！

她個人而言，擋住一支箭的可能性很大，因為箭畢竟是箭，不是子彈，可她一邊要擋箭、一邊要顧著沈蔓，就沒辦法看顧到陳淮那邊了。

無論是陳淮還是沈明榆，一旦被箭射中，不死也得重傷。這麼亂烘烘的情況下，很難找到大夫，所以最後的可能還是死！

沈驚春打了個冷顫，感覺全身的汗毛都豎了起來。她一把抱起緊挨著她坐著的沈蔓，伸腿往後一踢，椅子就被踢了出去。

外面的街道上已經在短短時間內亂了起來，三支利箭雖被打落，但緊隨其後又有更多的利箭往這邊射了過來。

不知從哪裡冒出來的暗衛將皇帝和長公主護在了身後，利箭齊齊被打落，外面利刃相交的聲音不斷傳來。

「走！」沈驚春毫不遲疑地道。

在場兩位大人物，無論救下哪個，都會有一場潑天富貴，但這前提也得是有這個命將他們救下來才是。

陳淮雖不至於手無縛雞之力，但到底是個讀書人，他們又帶著兩個孩子，一旦哪個不小心受傷，就很難全身而退。

何況，就目前的情況而言，前來刺殺的人根本不知道到底有多少，這些人可跟她以前收拾過的蝦兵蟹將不同。

雅間的門被人從外一腳踹開，上樓的時候在外面看到過的、守在各個雅間門口的人，一進門就直衝陽臺。

兩位貴人被保護著退至屋內。

沈驚春扭頭看了一眼，就毫不猶豫地跟陳淮帶著兩個孩子出了門。

外面亂成了一團，東慶樓裡也沒有好到哪裡去。

今日在二樓訂了雅間的，都是非富即貴，出門身邊都簇擁著一堆人，現在倒還算穩得住；一樓原本並沒有多少客人，這時也讓外面進來避難的人給擠滿了。

夫妻二人抱著兩個孩子，咚咚咚地就往二樓跑，剛到拐角處，就碰上了上來尋他們的沈志清一眾人。

「走，先回雅間避一避再說！」陳淮腳步不停，雙手緊緊抱著懷中的沈明榆，大聲道。

沈志清反應很快，手一揮，後面跟著的幾個人就又原路退了回去。

二樓的雅間數量不算少，大約是知道外面現在是什麼情況，所有的門都是緊閉狀態，一行人進了他們原先那個雅間後，冬至就「砰」的一聲將門給關了起來。

二樓沒有陽臺，只有臨街的那一邊牆上開了幾扇窗。

這間雅間跟樓上長公主他們待的那一間的平面距離有點遠，對面射過來的箭並未波及到這邊，但大家還是將窗戶都關了起來。

雅間本就不算大，又擺了桌椅、櫃架，再加上十來人全擠在裡面，此時更顯逼仄。

沈驚春將懷中的沈蔓放了下來，一屁股坐在凳子上開始深呼吸。

這種疲於逃命的狀態，於她而言顯得陌生而又熟悉。

像今天這樣直視死亡，已經是很久很久之前的事了。

哪怕她身經百戰，現在想想也還是覺得心悸。
屋裡沒人說話，安靜卻又緊張的氣氛被外面的吵雜聲襯托得有幾分詭異。
時間似乎過了好久，但又像只是一瞬間，大寒的聲音才弱弱地響起。「我聽外面那些人大喊大叫，似乎是來刺殺皇帝的？皇帝他老人家今天莫非真的出皇城了？」
所有人都看向了他。
冬至無語道：「皇帝出沒出皇城重要嗎？跟咱這種老百姓有什麼關係？還是想想怎麼回去吧！那群逆賊盯著東慶樓放暗箭，顯然皇帝就在這樓裡，別到時候我們沒死在混亂之中，反倒是被當成逆賊同黨給抓起來了。」
沈驚春心道，被當成逆賊同黨抓起來是不可能了，畢竟他們兩大兩小剛才差點死在了逆賊的箭下，但如今的東慶樓確實不安全。
護衛京師的軍隊駐紮在幾十里之外的京畿大營之中，城內兵馬很少，如殿前司這些衙門，多是守衛皇城的存在，即便知道這裡有逆賊也不能擅離職守，五城兵馬司更不用說。而且皇帝這次偷偷的出門，說不定這些衙門還不知道呢！現在出了這樣的變故，擒殺逆賊固然重要，但那也是在保護城內百姓安全的前提下。
等到能過來平亂的軍隊趕到，說不定埋伏在這裡的逆賊們早把皇帝幹掉了。
想到這兒，她瞬間愣住，覺得這事處處都透著古怪。

她看了一眼陳淮，見他也是一臉鄭重中帶著幾分疑惑的表情，顯然他也發現了這裡面的不對勁。

皇帝這一路走得艱難，殺了那麼多人才登上皇位，恨他的人那麼多，甚至每次出宮去往皇陵祭拜先祖時都會遭到大大小小的刺殺，就像大寒之前說的，今天外面人這麼多，魚龍混雜，被刺殺過多次的皇帝，怎麼可能會毫無顧忌的出宮賞燈？而且還是微服出遊？

要是早就決定好的事情，遇到刺殺還情有可原，說明他身邊有逆賊細作；若是臨時才決定的，這群逆賊又怎麼會知道呢？還找得這麼準？

沈驚春站起身，在不大的地方來回踱步。「我上去看看！」

陳淮皺了皺眉，顯然不太贊同。

從小到大，他並未受過多少忠君愛國的思想教育，雖然明白如果皇帝死在了東慶樓，大周必然會陷入長久的動盪之中，甚至會改朝換代，但他還是不想讓自家媳婦去冒險，在他心中，沒有什麼比親人的命來得重要。

這也是在樓上的時候沈驚春一說走，他毫不猶豫起身就走的原因。

但他顯然也知道，沈驚春說了要去看，現在勸是肯定勸不住的，而且他很有自知之明，他若跟著上去，只會拖累她。

「別的話我也不多說了，妳千萬要記得保護好自己。」

沈驚春點點頭道：「放心吧，我很惜命的。」

外面的打鬥聲不停，沈驚春幾步到了門邊拉開門又將門帶上，腳一抬，連跨幾階臺階，很快又回到了三樓。

相比起外面的嘈雜，三樓很安靜。

原先長公主他們待的那間房已經一個人都看不到了，沈驚春壓著心裡的疑惑，又往另外幾間雅間找了找，才在後面倒數第二間看到了他們。

雅間的門就那樣大剌剌地開著，從門口就能將裡面的情景盡收眼底。

兩位貴人就坐在桌邊喝著茶。

之前在那間房裡因為看到皇帝的緣故，她有些許的緊張，也沒細看，現在一瞧，就發現這兩人喝的不正是沖泡的茶葉嗎？

除這二人之外，屋子裡還靠邊站了一群便裝的護衛。

大約是沒想過她還會回來，皇帝看到她的一瞬間，臉上閃過了一絲詫異。

倒是長公主皺了皺眉。「不好好護著兩個孩子，回來做甚？」

原本還不確定這到底是怎麼回事，但現在看到這兩人這麼風輕雲淡，什麼事都沒發生一樣地在這裡坐著喝茶，沈驚春幾乎已經可以斷定了。

這場所謂的刺殺，即便不是由皇帝一手主導的，但他肯定是故意將今晚會來這邊的消息透露出去，所以才引來這群逆賊。

這麼一想，簡直可惡啊！明知道會有刺殺，這個長公主居然還叫柳枝下去將他們一行人叫上來？

「妳這孩子在亂想什麼？」皇帝無奈地笑著搖了搖頭。「覺得我阿姊故意叫你們上來？」

沈驚春很想說「是」，但當著人家的面這麼說，好像不太好。

皇帝繼續道：「現在外面是什麼樣，妳也看到了吧？你們帶著兩個孩子，妳覺得事發之時，是在下面安全一點，還是在樓裡安全一點？」

這就等於承認了，這場刺殺絕對在皇帝的掌控之中。

外面喊打喊殺的聲音漸漸微弱，這間雅間沒有陽臺，如二樓的房間一般，只有幾扇窗戶。

沈驚春探身往外看了一眼，人群已經被疏散得差不多了，但地上還是可以看到橫七豎八地倒著許多不知死活的人，更多的卻是身穿甲冑的護衛軍，將一群負隅頑抗的倖存逆賊圍在了中間。

別看皇帝現在還是和顏悅色的，但他越是這樣雲淡風輕，反而越是讓人想起他的冷血無情。

哪怕早有布置，但天街這麼寬闊，今天外面又是人山人海，逆賊裝備齊全、心狠手辣，皇帝的護衛軍也不遑多讓，無辜百姓在這場浩劫中的傷亡是肯定的。

不過這些傷亡在這位鐵血帝王的眼中，想必根本算不上什麼值得為難的事情。

東慶樓裡有皇帝坐鎮，從某種程度上來說，的確是比外面要安全很多。

「不過妳也算是救駕有功，過幾天等著封賞吧。」皇帝說著站起了身，朝著長公主一禮。「阿姊，我就先走了。」

他說走就走，屋裡的護衛跟在他身後魚貫而出，眨眼間就走了個乾淨，整個雅間裡就只剩下沈驚春、長公主以及常嬤嬤、柳枝四人。

等人都走光了，沈驚春還是有點沒轉過彎來。

怎麼就救駕有功了？她幹什麼了？就等著封賞？

在沈驚春看來，她不僅沒救駕，還跑了，這在現代人看起來或許沒什麼，但在皇權為主的古代，這種行為真要追究起來，怎麼也是砍頭的大罪過。

「坐。」長公主伸手隔空一點，指了指對面皇帝方才坐過的位子。

桌子邊紅泥的小火爐燒著，壺裡的水咕嚕咕嚕響，柳枝就守在門邊，常嬤嬤親手將皇帝喝過的茶杯撤了下去，又泡了一盞新茶遞到了沈驚春跟前。

「妳爹以前過得不好。」長公主溫聲說道，這句話是一句肯定句。

她已經近四十年沒有笑過，哪怕聲音放得再溫和，臉上的表情看起來也還是肅靜威嚴。

「這要看是從哪個方面看這件事吧？」沈驚春平靜地道。長公主這個時候提起沈延平，在她看來，就是一個攤牌的信號了。「起碼他沒有被一場風寒奪去性命，健健康康地長大並且娶妻生子。」她是真的這麼想的。

沈老太太因為受到了驚嚇，孩子不足月就生了，但長公主當時也是早產，若非如此，恐怕沈老太太也不敢冒著被砍頭的風險去調換兩個孩子。

長公主沈默了一下，才道：「妳什麼時候知道的？」

「當初從徐府離開回到祁縣，我就有點懷疑我爹不是沈家老太太親生的，後來老太太為了將我家幾人趕出去，也親口說了我爹不是她親生的。只不過即便她說的是真的，可是這麼多年過去了，當年的真相恐怕也很難再知道，沈老太太為了不被追究也未必會說實情，加上我爹也不在了，就沒有揪著這事不放。

「真正讓我產生懷疑的，其實是您下帖子邀請我去赴宴。我聽說過您的一些事蹟，覺得這不太像是您的做事風格，我這個人又一向愛想些有的沒的，所以……」

平陽長公主如今已經六十多歲，這個時代的貴婦很會保養，一般看上去都會比實際年齡小，但她卻並非如此，她的頭髮已經白的多、黑的少，臉上也有皺紋，用現代人常說的一句話，那就是優雅的老去。

聽完沈驚春說的這些話，她又是沈默一陣，才滿懷歉意地道：「抱歉。」

「這並非是您的錯。」沈驚春誠懇地道。

長公主苦笑一聲。「這聲抱歉，既是為這麼多年才找到你們而抱歉，也是因為不能光明正大地將你們認回來而抱歉。」她轉頭看向外面的街道，聲音中帶著幾分苦澀。「我們姊弟兩個手上沾染的血太多了，想要我們去死的人也很多，哪怕是十年前找回你們，我也會義無反顧地將你們認回來，但現在……我怕了。」

皇帝的兒子很多，也早早的立了正宮所出的嫡子為太子，哪怕皇后早逝，這麼多年來，太子的地位依舊很穩固。

可即使這樣，兄弟之間的暗流湧動也止不住。

生在皇家，爭鬥似乎成了本能。

她的父親是個庶子，一路廝殺之後登上了皇位，所以哪怕他原本有一位出身名門的妻子，聰慧過人的嫡子，他卻還是將十分的父愛全給了他心愛的女人所生的孩子，登上皇位之後，元配只封了妃，嫡子成了庶子。

所以，他們姊弟要爭。

多年之後，姊弟兩個垂垂老矣，下一代又開始了各種爭鬥。

有了先例在前，哪怕是皇城裡最不起眼、最平庸的皇子，恐怕也偷偷地作過榮登大寶的夢吧……

從東慶樓回到家裡，已經過了丑時。

方氏和沈驚秋都睡了，唯有一個被方氏留下來看門的小廝還守著火盆打著盹。

好好的上元節，卻經歷了這樣一場動盪，所有人的精神都不大好。

炕夠大，沈驚春就沒讓沈蔓再回方氏屋裡去睡，直接抱著小孩子回了他們自己的房間。

一番漱洗後吹滅了燈火，院子裡逐漸恢復了平靜。

黑暗之中，沈驚春想想平陽長公主的話，還是忍不住嘆氣。

「還在想今晚的事情？」陳淮同樣睡不著。「勝者為王，敗者為寇，我倒是沒想到，那樣鐵血的手腕下，居然還有逆黨存留。」

沈驚春又是一聲嘆息。「我想的倒不是這個。」她頓了頓又道：「後來我上了三樓，長公主直接攤牌了，我們聊了一會兒，她還直言不會讓我爹認祖歸宗。」

平陽長公主的仇家太多。

當年他們姊弟兩個剛開始起事的時候，當今皇帝還有些稚嫩，很多命令都是平陽長公主下的，那群死在他們姊弟手上的人，相比起皇帝，恐怕更恨她。

而皇帝如今看起來雖然精神不錯，但其實早幾年就已經在強撐，他的身體已經支撐不了幾年了。

與其將他們認回去，倒不如維持現狀。

這樣一來，可以避免隱藏在暗處的逆黨對他們動手報復長公主；二來，因為不論是陳淮還是沈驚春都是有用之人，留著這身本事去向新皇表忠心，才是更好的做法。

「我覺得她挺可憐的。」沈驚春連連嘆息。

駙馬娶她是為了權勢，之後沒得到自己想要的權勢又搞了個表妹出來噁心她，和離之後好不容易孩子在肚子裡一天天長大卻又遇到刺殺，結果兵荒馬亂之中孩子被掉包，連那個假的最終也沒留住。

長公主雖然沒說，但常嬤嬤卻偷偷跟她說了，當初那個孩子是駙馬買通了公主府的下人，刻意讓孩子染上風寒的。

孩子死後雖有尊榮，但這麼多年都過得有如行屍走肉一般，每天都在佛前誦經祈福償還罪孽。

這些年來，恐怕唯一能讓她稍微感到欣慰的，就是皇帝多年如一日的尊敬。

陳淮沈默地聽完，才低聲道：「再看看吧，等今天這事平息後，我們再找機會去看看她老人家。」

「也只能這樣替我那泡在苦水裡長大的爹盡孝道了。」

按照原本的計劃，沈志輝應該在正月十七這一天在東水門外的運河碼頭，登上返回慶陽的船隻，然後回老家將他們一家子勸到京城來。

但計劃趕不上變化，因為上元節事件，正月十五當晚，京城所有的城門就都關閉了。隔天等到京城的民眾從睡夢中醒來時，原本的城門守衛已經交由駐紮在城外的禁軍接手，且只許進，不許出了。

立朝以來，封禁城門一事只在當今皇帝奪位時出現過一次，但那次只是持續了一天就解封，隨即改朝換代，先帝退位，今上登基。

因此，所有人都以為這事很快就會結束。

可第二天城門依舊被禁軍把持，搜捕逆黨的動作也並未停下。

第三天北衙四衛開始滿城抄家抓人，上至朝廷大員、下至販夫走卒，被抓之後根本不給喊冤的機會，直接拉到刑場砍頭。

一時間，京城人人自危。

朝廷並未禁止城內的活動，但這種情況下，根本沒有人敢開門做生意。

包括國子監、太學在內的諸多朝廷單位，原本定於正月十六重新開學的計劃也擱置了。沈驚秋、沈志清幾個原本打算過完小年就回茶山的人，也被迫留在了京城之內。

全家上下不算茶山那邊的張大柱等人，光是擠在京城院子裡的就有二十多人。京城寸土寸金，這麼多人擠在兩進的小院子裡還不算什麼，最令人忍受不了的是，從第三天開始，家裡的儲備物資就開始告急了。

米、麵倒是還有不少，但蔬菜、肉製品已經是吃了上頓、沒下頓的情況了。跟著沈家從慶陽來京的人還稍微好些，能吃辣，就著燒椒醬也能勉強吃飯，但在京城買的人還沒適應辣椒，每天只能吃乾飯。

沈家附近的鄰居比他們還不如，這群人連一罐燒椒醬都沒有，院子又太小，能有地方種一把小蔥就很不錯了，根本沒地方種菜。

城門封禁八天之後，終於在一個陽光明媚的清晨解封。

天色未亮，京城各處街道就傳來灑掃的聲音，等到天亮之後居民們打開門出去一看，各處街道已經被沖洗一新，尤其是御街之上，上元那晚流的血已經全部被沖洗乾淨。

沈家院子裡，所有人都鬆了口氣。

再不解封，別說菜了，就連米、麵都要告罄了。

「冬至，你帶兩個人跟李嬸一起去買菜，今天暫時先少買一點。」

一個城被封了八天，各處都由禁軍把持，吃的喝的必然消耗一空，城門一開，米、麵還好一些，但菜蔬這些必然會在第一天瘋狂漲價。

冬至應了一聲，喊了幾個手上沒事的小子，跟著李嬸一起去了菜市。

房間裡，經過了上元節事件，沈志輝原本想要把老家父母全接到京城來的想法也開始動搖了。「感覺京城好像並沒有想像得那樣好啊……」

「這話在咱自家人面前說說也就算了，可千萬不要到外面去說。」沈驚秋低聲說道：「不過，你這話卻是說錯了，無論何時，京城永遠是最安全的地方。」

皇帝在京城，京畿大營常年駐紮著幾萬兵力，這些禁軍可不是吃素的。

這回封城八天，更是說明外面或許動盪不安，但京城附近還在皇帝的掌控之中。封城不僅是為了斷絕這群混進城裡的逆黨逃跑的可能性，更是為了將京城裡面那些私下裡跟逆黨有聯繫的黨派一網打盡。

屋裡只有沈家幾個人，方氏和豆芽帶著兩個孩子在院子裡曬太陽，三個學徒也在店裡看店，但即便如此，沈驚秋的聲音也壓得很低。「總感覺未來幾年或許會有戰事發生。」

大周疆域遼闊，建國到現在也有兩百多年，表面上看上去國泰民安，但如果真的國泰民安，又怎麼會發生封城這種事情？而且封的還是一國的都城，搞得人心惶惶的。

沈驚春倒是想說之所以發展成這樣，那是因為當今皇帝已經活不了幾年，在這個節骨眼上搞封城，或許是想要大周的繁華繼續延續下去，不然等他一走，以目前這些皇子之間的明爭暗鬥，絕對會出大事。

沈驚春甚至都忍不住暗暗地想著，皇帝要不乾脆在最後的關鍵時刻，只留一個最合適繼承皇位的兒子，把其他那些不安分的兒子全部帶走算了。

幾個人在這件事上並未多聊，很快就轉移了話題。

京城封城，沈志輝沒趕上回慶陽的船，船隊事發之時停在外面的運河港口，這時早不知道順著河流行駛到哪裡了，他要回去，還要另外再找一支船隊才行。

在屋裡說了沒多久，外出買菜的幾人就回來了。

一到家，冬至就滿臉複雜地道：「菜價沒有漲，咱家附近那個菜市裡面有幾個五城兵馬司的人在巡視，一旦聽到哪個攤子亂喊價格就會去警告，一次警告之後若不聽，再有第二次直接帶走關大牢。」

幾個京城本地人還好一些，方氏和從慶陽來的夏至則是滿臉驚訝。「這麼嚴重？」

陳淮道：「哄抬物價本來就是商人牟取暴利的手段，這很影響京城的治安和秩序，是大周律明文禁止的。其實並非只有京城如此，這項鐵律在大周各個州府都有推行，只不過有的地方山高皇帝遠，陽奉陰違罷了。」

沈驚春沒怎麼看過大周律，原主又是從小吃穿不愁，也沒注意過這些事情，現在聽陳淮一說，倒是覺得大周律真的挺完善的，方方面面都有涉及，而當今皇帝從某個方面來說，顯然也算得上是一個好皇帝。

方氏不太懂，但不妨礙她從陳淮的嘴裡聽出他對皇帝那種隱隱的推崇。「這樣啊，那京城確實還不錯。」

吃了好幾天白飯，今日解封，好不容易吃了頓有菜有肉的飯，把眾人感動得都想哭。

晚飯過後，長公主府就有人登門。

上次在東慶樓，皇帝走之時就說了沈驚春救駕有功，等著封賞。

雖然她很清楚自己根本沒有這個功，但並不妨礙這幾天來她每天都抽時間想這個事情。

平陽長公主攤了牌，但為了他們家的安全著想並不打算讓他們認祖歸宗，所以這個封賞不僅是一個當祖母的對自家孫子、孫女的補償，更是她對他們的另一種保護。

這回來的並不是常嬤嬤，而是小丫鬟柳枝。她也不是自己一個人來，馬車上還帶著明天接聖旨要用到的東西，香案之類的一應俱全。

「主子說，明日上午便會有天使上門宣旨，除了一些金銀上的賞賜，還另有一個鄉君的爵位。」東西直接搬到了堂屋裡放著，柳枝笑盈盈地給眾人見禮。「在內城還有座宅子要賞賜給鄉君，只是那宅子的前主人前幾天才被抄家，如今裡面還沒收拾出來。還請鄉君放心，裡面是沒有見血的。」

方氏已經震驚得說不出話來了。

沈驚春跟自家大哥之間一向沒什麼秘密，上元節隔天他們就將這個消息告知了沈驚秋，但方氏還不知道這件事。

鄉君什麼的爵位方氏不懂，但沈家畢竟已經接過一次聖旨了，若非是對朝廷有什麼大貢獻，怎麼可能會有天使來宣旨？

而且上次獻上牛痘，也不過是些錢財上的賞賜，這次居然還多了一個宅子？

他們居住的高橋屬於外城，房價都已經如此之高了，那內城的房子得值多少錢？

方氏盯著閨女那張明豔的臉，陷入了沈思。

「哈哈哈……」沈驚春尷尬地笑了笑。二手房實在算不得什麼，只要沒死人，一切都好說。

本來她就在計劃，過完年之後是不是應該將家具製作挪到城外去。

一個好的家具店當然要擺些成品出來展示，好讓買方可以有更多的選擇，但這個兩進的小院子實在太小，又住了這麼多人，根本不可能有那麼大的地方展示家具，如今做出來的家具都擠放在一起。

這個宅子的賞賜，可以說得上是雪中送炭。

沈家的事情，長公主府已經調查得差不多了，自然也知道他們家已經接過了一次聖旨，因此柳枝略說了一些注意事項，就客氣地起身告辭。

沈驚春帶著夏至將她送出門，一轉身就瞧見自家老娘站在堂屋門口，眼神犀利地看著自己。這眼神在方氏身上可不多見，上次看到這種眼神，還是當初從沈家老宅淨身出戶出來，面對村民們的指指點點。

她輕咳兩聲，就笑著上去抱著方氏的胳膊搖了兩下。「娘，妳聽我給妳解釋啊！」

方氏冷笑一聲，也沒抽出胳膊。「好啊，妳說，我倒要看妳怎麼狡辯。」

方氏是個地道的農婦，來京城之前，連祁縣都沒走出過，沒什麼見識是真的，但這並不代表她笨。

沈驚春抱著方氏的胳膊，拖著她進了屋子，又朝陳淮、沈志清幾人使了個眼色，他們立刻把其餘的人都叫走了。

「娘妳知道杏林春吧？」沈驚春很肯定地問道。

方氏雖然不明白這時候提杏林春幹什麼，但還是點了點頭。「祁縣和京城都有，之前杏林春的楊大夫還來家裡給妳哥看病了。」

沈驚春便又問道：「咱們祁縣人都說杏林春背後的東家是平陽長公主，那妳知道長公主為什麼要開這麼一家醫館嗎？」

「這還用說，當然是因為長公主她老人家的兒子病逝，她這才——」話到一半，方氏忽然停住了，臉上多了些不可置信，轉頭看了一眼閨女，腦中冒出一個不可思議的念頭來。

自從沈驚春回到平山村後，不止一次提過沈延平大約真的不是沈老太太親生一事，再加上老太太自己也親口承認過，所以在方氏心中，已經認同了這個講法。

但是現在忽然提到長公主和那個早逝的小公子，她不知道怎麼的，就忽然將這二者聯繫到一起了。

她跟沈延平成親之前就已經認識了，算得上是兩情相悅，婚後也一直恩愛如初，他有什麼事情都不會瞞著她。

婚後她還抱怨過，老太太對其他幾個兒子都不錯，唯有對他可以說得上是一點都不好。當時沈延平還說，大家都傳是因為老太太懷著他的時候上山祈福，結果遇到了逆黨行刺長公主，老太太驚嚇過度而早產，傷了身體，所以才這麼討厭他。

如今看來，卻是因為……方氏越想越覺得震驚。

沈驚春見她這樣，不由得感慨，方氏其實是個挺聰慧的女人，識大體、懂進退，一點就通。

「我們上元節那天碰到了長公主，然後說起了這個事情。」沈驚春依偎在方氏身邊，聲音壓得很低。「但是長公主的仇人太多，前天連皇帝都遇到了刺殺，她怕跟咱們相認之後，我們一家會遭遇不測，所以才有了後面這些事。」說起來，沈驚春其實很理解長公主的做法。以前在現代的時候，她就看過一個新聞，有個國家的領導人臨危受命，力挽狂瀾，拯救整個國家於水火之中，但也因為這樣樹敵太多，導致他遭遇到很多次刺殺，後來為了保護家人，迫不得已就跟妻子離了婚。「所以，娘啊，這件事目前就我哥和淮哥知道，現在娘妳也知道了，一定要讓這件事爛在肚子裡，不能透露風聲出去。」

方氏還處於震驚之中，久久不能回神，聽到閨女這話，下意識的瘋狂點頭，嘴巴閉得緊緊的。

當天晚上，沈家眾人搞到很晚才睡，所有人都洗澡、洗頭，換了新衣服，包括腿腳還沒恢復的沈驚秋在內，也打了熱水擦拭了身體。

第三十三章

第二日一早，全家人都早早地起床。

家具店已經關門這麼多天，也不在乎多這一天，三個學徒也加入了大掃除的行列，將兩進院子裡裡外外都打掃乾淨。

等到打掃完再次燒水洗澡，豆芽才無語地道：「早知道今天還要洗，昨晚就沒必要洗了啊！」

沈驚春笑道：「昨晚我就說了這事，但你們非要洗，我勸也勸不住。」

「這都怪四哥！」

沈志清倒是很想辯解，可想想這個把鍋扣到他身上的是他未來的媳婦，就老老實實地閉了嘴。

巳時過後，早早等候在路口的冬至一路狂奔回家。「來了來了！車馬已經到前面路口了！」冬至喘著粗氣，平時的穩重全然不見，心中只剩下了激動。

他與夏至原先在慶陽時，說是罪官府裡發賣出來的下人，可那罪官不過是個小官，後來被沈家買回來，雖然沈家家世不行，但主家和善，他們這些做下人的日子很好過。沒想到現在，主家娘子居然被封為鄉君了！

冬至激動，他話一說完，早已等候多時的其他沈家下人更是激動，他們的想法大約也跟冬至差不多。

方氏還想著昨晚的事，倒是表現得還算穩妥。

全家人都忙碌了起來。

很快地，宣旨的車馬就停在了院外。

沈家三天兩頭來些豪華的馬車，周圍鄰居早都習慣了，但這次這些馬車明顯不同，車上下來的人身上穿的居然是官服！

來人一手持著一卷東西，一手正了正衣冠，抬腳就走進了院子，高聲道：「聖旨到！」

沈家人早已準備好，隨著這一聲聖旨到，一家子整整齊齊跪了下來。

那宣旨的官員將卷在一起的聖旨攤開，開始宣讀。「奉天承運，皇帝……」

幾百字的文言文，在場眾人恐怕除了宣旨的人和陳淮，沒人能聽懂是什麼意思。

沈驚春自詡是受過高等教育的人，卻也是聽得一知半解。

靠著抓關鍵字的方法，大概拼湊了這道聖旨的內容，大約就是沈驚春這個人如何如何優秀，一通誇獎之後又提到她不顧自身安危、拚命救駕，所以特封為縣君，封號慶陽，接著就是一堆賞賜物品。

沈驚春恭恭敬敬地接下聖旨。

旁邊早已準備好的夏至一起身，就笑著往那官員手裡塞了個豐厚的荷包。

那人也沒拒絕，神態自然地將荷包收了，這才笑道：「聖上特意交代，縣君接旨之後不必入宮謝恩。如今已然立春，聖上還等著縣君的棉花，還望縣君萬萬不要辜負聖上的期待才是。」

「那是自然。」沈驚春笑道。

後面跟著護送賞賜來的人，已經開始往院子裡搬東西。

這次的賞賜比之前牛痘那次要多得多，整整二十幾抬，堂屋根本放不下。

等東西抬完，沈家人又給跟著來的每人塞了一兩銀子，才將人送走。

人一走，所有人都圍著賞賜看去了，倒是陳淮和沈驚秋覺得有點詫異。

前一晚長公主府的柳枝明明說了只是個最低等的鄉君爵位，結果今天就莫名升了一級成了正五品的縣君。

而且有封號這一點雖不奇怪，但是給一個區區縣君封號慶陽，是不是有點小題大做了？

要知道，起碼得是郡主的爵位才能配得起以州郡來做封號。

沈驚秋一擺手，笑呵呵地道：「管他呢，反正這道聖旨是真的，就算是現在封咱驚春做個公主，我都沒意見！」同為沈延平的子女，沈驚秋作為兒子，卻什麼也沒得到，這點在他看來真的不叫事，反正不論怎麼樣，好東西都是在他們家就好了。「快快快，賞賜的禮單拿來，看看有啥好東西沒有！」

他話音一落，豆芽就滿臉笑容地去堂屋裡將禮單拿了過來。

金銀首飾、綾羅綢緞應有盡有，除了這些還有地契和房契。

地契看上面的描述，就是緊挨著她原來那塊爵田旁邊的地，原本她的田到河邊直線距離還有七、八百公尺，這樣一來，那一片的田地都是她的了，就可以直接找人開挖一條小河進來，直接引河水灌溉田地，也就省了一趟一趟挑水澆地了。

而房契則是一座五進的院落，就在內城果子巷那邊，附近沒多遠就是京兆府衙門，占地面積有十畝地之大，遠非現在這個二進小宅子可比。

沈驚春一看，就忍不住哀號一聲。「地方好是好，但真的不如換成真金白銀呢！這麼大的宅子，屋舍又多，打掃都成問題，還有花園植物這些，也要人去打理。」

她話音一落，陳淮就道：「花園什麼的，要是妳不在意的話，其實也可以種菜。」

沈驚秋難得同意他的說法。「對對對，我也覺得種菜好！」

原先他要回城外住，是因為這兩進的房子太小，需要跟別人住一間房，少了私人空間，且這個小院子裡沒有地方種菜，而城外的宅子裡，有他老妹親手種下去的菜，這些用兌了異能的水澆灌出來的蔬菜，吃多了對身體很有好處，連他身上的傷都能好得快一些。

如果宅子大了，裡面種上菜，他老妹隔三差五給施點異能，就啥事都沒有了。

陳淮微微一笑。「但我覺得，現在最重要的恐怕不是花園需要種啥，而是咱們家好像根本沒錢去裝修這個五進的院子。」

所有抄家得來的財產會全部充公到國庫，皇帝獎勵給沈驚春的那座宅子也是如此。

在宣旨的兩天後，戶部才來人交接那座宅子。

沈驚春帶著人到了自家的新宅子一看，才明白陳淮那天說的這麼大的宅子裝修不起是什麼意思了。

京城這邊，最熱鬧繁華的幾條街道在御街的東邊，最高檔的酒樓也在東邊，但凡有點家底的也都選擇在城東買房子。

而這座新宅子卻在城西，這一片並沒有什麼熱鬧的街道，住的也多是一些落魄的家族。

沈家這座宅子原來的主人，還是前朝的老人，後來大周立國之後，那個家族逐漸沒落，到了這一代，手裡只剩下這座老宅子不肯賣。

「但也不至於破落成這樣吧？」

豆芽喃喃道：「真想不到在這繁華的京都，居然還能看到這麼破的宅子啊……」

陳舊老化的大門、缺磚少石的道路、雜草遍生的花圃，除了一進一直住著人的院子還算能看之外，後面的房屋連房頂都是漏的！

沈志輝約好回慶陽的商隊還要過幾天才出發，這幾天沈志清也沒著急回茶山，依舊待在這邊陪著自家大哥滿京城閒逛，買點土特產什麼的，今日沈驚春要來看新房，他們兄弟也跟著一起來了。

別說豆芽不敢相信眼前看到的一切，連他這個從鄉下來的窮小子都有點不可置信。陪在一邊的戶部小吏又是點頭、又是哈腰，姿態放得很低，臉上還陪著笑。「這、這……咱國庫不充盈，這也是沒辦法啊縣君。」

豆芽很想懟他，可對方到底是個戶部的官員，話到嘴邊要嚥下去又有點不甘，只得小聲道：「再不充盈，也不能連房子裡的家具都一起拿走啊！」

說是小聲說話，其實聲音並沒有小到哪裡去，起碼周圍幾個人還是聽得清清楚楚，那小吏面上更是尷尬萬分。

「這……其實這房子也就前面幾間屋子有人住，裡面的家具也都破爛到沒用了，上面經年的污垢都弄不乾淨，縣君乃是聖上親封，身分尊貴，怎麼能用那種老家具呢？所以咱戶部的兄弟就斗膽替縣君作主，將那些家具全都處理掉了。」這話說得他很有幾分心虛。

家具是老舊沒錯，但瘦死的駱駝比馬大，這批家具是人家用了多年的，看得出來保養得也還不錯，當年打造家具的時候用的又是好料子，現在哪怕舊了一些，也還是比一般人家裡的家具強。

一般抄家之後，都是戶部派人來清點財產，上面的人或許不會在乎這點東西，但下面的人確實能搞一點、是一點，也因為搞的都是些不值錢的小東西，上官們也就睜一隻眼、閉一隻眼的過去了。

這座宅子裡的家具，實際上是他們這些底層人員給瓜分了。

沈驚春看他這心虛的樣子，也能多少猜到一點。

她這兩天跟在陳淮後面補習了一些大周朝的歷史，別看現在國泰民安的，其實國庫是真的沒什麼錢。

在當今皇帝登基之前，幾乎一直在打仗，糧草軍需都由國庫出，每每都是入不敷出，歷代皇帝都有覥著臉求權貴豪紳給國庫捐款的時候。

當今皇帝停下了征戰的腳步，一是因為大周確實打不起了；二是因為他本人也更看重長遠發展，覺得國家到了休養生息的時候。

這些年來，休養生息頗見成效，但軍隊不打仗，卻也不能叫他們解散，所以大多數都是駐紮在邊境屯田養兵，國庫這才豐盈了一些。

但沈驚春怎麼也沒想到，這宅子居然能破敗成這個樣子。

「這都是諸位戶部官爺職責所在，咱們也是能理解的。這個房子我現在看完了，挺滿意的，你看咱現在就做交接？」說滿意確實不是違心話，是真的挺滿意的。

要知道，如今的朝廷，除了開國之初封的四公八侯之外，後面再封爵位，朝廷雖然會給相應的爵田，但房子卻是很少給了。

就連趙靜芳這個十分囂張的嘉慧郡主，也沒能順利繼承到榮陽公主原來的公主府，而是朝廷收回公主府的房子後，另外撥了一處符合她爵位的府邸給她，且裝修的錢也是由皇帝的私庫所出，走的不是國庫的帳。

至於皇帝其他的孫女，外孫女有爵位的只有寥寥幾人有朝廷撥下來的府邸。

沈驚春想得很開，反正她自己能掙錢，這宅子遲早能裝修得高端大氣上檔次。

那小吏見她這麼好說話，喜得嘴都咧開了，忙點頭道：「好好好……多謝縣君體恤！來，您在這邊簽個字，下官就能回去覆命了。」

他伸手一招，後面的小廝就將揹著的小書袋拿了出來。

沈驚春粗略一掃，見上面的內容正常，便直接簽了字，然後客客氣氣地將人送出了門。

等人一走，幾個人站在院中，又是一陣沈默。

好半晌，沈志清才道：「妹子，妳打算怎麼辦啊？」這院子不修是真的沒法住人啊！

「我看這一進院子裡，幾間房子倒是還好，不用修繕就可以直接搬進來。咱家高橋那個院子現在真的是有點住不開了，先叫幾個人搬過來收拾一下園子吧。」

了。

天氣越來越暖和，冬天幾個人擠在一張炕上還沒什麼，等天氣再暖和一點就要受大罪

方才看院子時，她到處都看了看，這個園子占地面積大，不像普通人家裡頭能住人的房子內都打了炕，這個院子裡，有很多屋子是沒炕的。

「現在已經立春了，這園子收拾出來，也能趁著季節撒上菜種。四哥你明天去找泥瓦匠的時候，也幫忙問問有沒有修補屋頂的師傅可以來幹活。」

這宅子裡的屋頂雖然很多都漏水，但是牆體看上去還是不錯，想來是當年建房子的時候用的都是好材料，只要將屋頂全部修補好，再裡裡外外地打掃一遍，置辦齊全家具，也就能住人了。

沈志清應了一聲。「行，反正這會兒也沒事，乾脆我現在就去看看那幾位老兄有沒有空吧？要是人家沒空，咱也能早點再找別人來幹活。」

現在時間還早，他們幾人閒著也是閒著，乾脆開始動手先清園子裡的雜草。

沈志清不好意思喊他大哥一起去，一個人就出了門。

餘下眾人，除了後來買的一個叫芒種的少年趕著騾車回去拿各種工具，其他人都開始勤勤懇懇地拔草。

十畝地的宅子別說跟宣平侯府比了，便是連陸昀在京城買的那個宅子也比不上，但對於

沈驚春來說已經是很大很大的宅子了。

或許是當初建宅子的時候主人家裡人不算多，所以各處院落建得都還算寬敞，院子裡不是青磚鋪地就是青石板鋪地，每個院中都預留了花圃出來。

如今溫度雖然不怎麼高，但頂著溫暖的太陽忙了大半個早上，幾人還是汗流浹背。所幸那群戶部的人還有最後的良知，將廚房裡兩口灶上的鐵鍋留了下來，雖不能燒水洗澡，但是燒點水來喝倒是沒有問題。

午飯在附近果子巷找了家食肆解決的，西城這邊權貴雖不多，但各個衙門那是真的不少，並非每個衙門都管飯，因此這附近雖無什麼出名的酒樓，但食肆的生意著實不錯，味道也還算鮮美，能吃得出來，用來烹飪的食材幾乎都是新鮮的。

除了一如既往的沒有辣味之外，總體來說性價比很高。

一到這種吃不到辣的地方吃飯，沈驚春就想推銷一下自家的辣椒醬，但想想現在辣椒都還沒下種呢，到底還是忍住了。

「這除草看似簡單，但沒想到這麼不簡單，一天下來感覺腰都要斷了。」

天邊的亮光即將消失之前，沈驚春才喊停，豆芽不停地捶著自己的腰。

別說她了，就是其他幾個十七、八歲的少年，也都累得夠嗆。

沈驚春笑道：「這就喊累了？每天在田裡幹活可比這個累多了。沒有親身經歷過田間的勞作，就沒法體驗種田的辛苦。」

「等到春種的時候，我也跟著一起下地吧？咱不能在家乾吃閒飯啊！」

一行人說說笑笑地出了門，大門上又給落了鎖。

回到高橋的小院裡，飯菜早已準備好了，去讀書的一大兩小也從國子監和學堂回來了。

一進門，小寒和小雪就端了熱水上來，眾人挨個兒洗了手才上桌吃飯。

對於之前的沈家而言，飯桌上談事情是很正常的事情，大家一天裡幹了什麼，都喜歡在飯桌上嘮兩句。但兩個孩子自從去了學堂，被他們師娘教了些飯桌禮儀後，回來就不樂意在飯桌上講話了。

沈明榆還好些，沈蔓差點憋不住，好不容易等到吃完了飯，她就迫不及待地撲到沈驚春懷裡問道：「姑姑，咱家新房子好看嗎？」

環境不同，接觸到的事物也不同，沈家如今在高橋這一帶，也算得上是萬眾矚目，不論是學堂裡還是放了學之後在家門口玩鬧，總有小孩子在家人的示意下哄著他們兄妹兩個。

沈蔓雖然覺得這樣不太好，但到底是小孩子，對家裡的新房子還是充滿了好奇。

「等妳下次學堂旬休，我帶妳去看唄！」沈驚春笑道：「不過地方確實挺大的，我可先跟妳說好了，以前是咱家裡地方小，沒有那麼多房子，才叫妳整天跟妳奶奶住在一個屋，到時候等咱們搬過去了，妳就要自己單獨一個屋了，明榆也是。」
沈驚春話音未落，沈蔓已經哀號了起來，對新房子的好奇心一下子就沒有了。
她煩惱地抓了抓頭，開始試探地討價還價。「我還這麼小，要不等我再大點？」
豆芽是沈驚春的頭號迷妹，但凡她開口，豆芽必捧場。
這邊沈驚春還沒說話，豆芽就笑嘻嘻地道：「蔓蔓妳這年紀可不小了，就妳姑姑，可是會走路就一個人睡一屋了。」當然了，是有奶媽子和丫鬟陪著的，但後面這句話她沒說。
沈蔓一聽，果然立刻改了口。「啊，是嗎？那行，那我就一個人睡吧！」
豆芽是沈驚春的頭號迷妹，沈蔓就是二號迷妹，尤其是到了京城之後，接觸的人多了，更加明白自家姑姑作為一個年紀不大的女孩子能走到今天這一步，是多麼的不容易。
一旁的沈明榆見妹妹這麼簡單就被短短幾句話騙到，也是忍不住笑了笑。
其他大人都知道沈驚春這麼做是為了沈蔓好，自然不會拆豆芽的臺。
一家人圍在屋裡說了會兒話，才各自散去。
第二天一早，不等一家子繼續去新房子除草，戶部的人就再一次找上了門。
戶部來的並非是一個人，而是一位員外郎帶著一批小吏。
「戶部員外郎鍾沂見過慶陽縣君。」

一進門，雙方就先見了禮。員外郎為正六品官職，縣君卻是正五品，加上沈驚春這個縣君乃是皇帝親封的，因此戶部的人態度顯得挺恭敬的。

沈驚春微微一避，只受了半禮，便連忙將人請進了堂屋。

上了茶水後，雙方只閒聊了幾句，鍾沂就說了此行的目的。

眼見氣溫越來越暖和，各地都在準備春耕的事情，所以之前由陸昀奏疏的棉花種植事宜也該提上日程了。

「本來正月十六衙門開印之後，就應該來找縣君商議此事的，只是臨時有了些變動，才拖至今日，不知是否對棉花種植有何影響？」

這次上元事變在平民們看來，只是封城幾天，過了幾天苦日子，禁軍守門看著可怕了些，但這些平民擔心的不過是會不會波及到自身，並不覺得大周會亂。

而鍾沂這些在朝為官的人感受就不一樣了，整個官場都抖了三抖。

戶部因為前尚書的原因，已經被清查過一次，如今的戶部尚書姜侯爺是典型的純臣，不參與任何官場勢力鬥爭，皇帝怎麼說他就怎麼做，所以整個戶部反而成了朝廷各處受波及最小的地方。

也正是因為如此，戶部的人才更加明顯的知道，這次的事情有多大，近乎小半的京官都被摘了烏紗帽。

按照大朝會上皇帝的說法——不想幹的趁早滾蛋，多得是人想為大周鞠躬盡瘁。整個戶部這些天就陷在抄家清點逆黨財產一事之中，但這事不好細說。

鍾沂雖然一句話就帶過了，可當晚親自看到刺殺的沈驚春顯然能猜到他說的是什麼，不過她一個沒有實權的小縣君還是不要多管閒事的好。

「那倒是不會。」沈驚春笑道：「請問鍾員外，實驗田你們準備在哪裡做？」

鍾沂不解地道：「實驗田？」

「嗯……簡單來說，就是試著種植棉花的田。是用來看看這棉花種植是否如陸祭酒呈上去的紀錄冊子上描述的一樣。」

鍾沂恍然，點頭道：「這個新鮮的詞倒是很貼切呢！不過不瞞縣君，這次棉花種植並非是試種，按照上面的指令，縣君這邊的種子由朝廷出錢購買，另外從陸祭酒上書開始，收集棉花種子的指令就已經下發全國，只不過收集來的種子並不算多，所以種棉花的地就選在縣君的爵田附近。」

在沈驚春提出棉花可以禦寒之前，這個東西一直都是被當成觀賞類的花卉來種植，並且因為開花不算好看，很少會有人選擇種這個，所以鍾沂說的種子不多，那是真的不多，甚至於南方那邊，除祁縣外根本都不知道有棉花這種植物。

在沈驚春的爵田附近種棉花這個事，卻是由戶部尚書姜侯爺提出來的。

侯府千金跟這位新鮮出爐的慶陽縣君是閨中密友的事，本來一些權貴世家就都是知道的，但他們沒想到，沈驚春被趕出宣平侯府後，再回到京城，姜小姐不僅不嫌棄她如今身分卑賤，兩個人的關係反而比以前更好了。

姜侯爺十分寵愛這個女兒，本來在這種事情上略微幫把手也沒什麼，更何況人家還說了，這回種棉花，這位縣君自己的田裡也是要種一些的。

朝廷的棉花種在沈驚春的爵田附近，也能夠更好的比較一下，雙方的棉花是否會有產量跟質量上的不同，因為沈驚春只是戶部請來指導種棉花的人，具體操作種植之類的，還是要他們戶部自己出人。

「在我的爵田附近嗎？」沈驚春讚道：「那倒是很好的選擇呢！」她自己原來那塊爵田，說實話並不太好，但是靠近河道附近的官田，不說都是上等田，起碼也達到了中等田的要求。沈家從老家帶過來的種子很多，放在別處澆水是個問題，但爵田附近靠近河道那一片就很好。河床有點高，且京城這邊，河道疏理做得非常不錯，已經很多年沒有發生過洪災，將棉田選在此處，既能保證供水，又不用擔心淹水。「如今夜裡還是有些冷，下種稍早了一些，不知道棉田整治得怎麼樣了？」種棉花施肥很重要，這一點在交上去的冊子上很明確地寫明了。

鍾沂道：「這幾日就安排人開始深耕施肥，按照縣君那冊子上說的，底肥我們盡可能的多備了，只是不知道夠不夠。」

畢竟第一次種棉花，這個事情又是連皇帝都分外關注的事，哪怕呈交上去的冊子上寫了大概的量，但主要負責此事的鍾沂心裡還是有點沒底。

沈驚春倒是有點理解他這種緊張的心情，就跟新人第一天入職一樣，生怕事情沒做好給上級留下不好的印象。「鍾員外安心，這棉花說起來跟其他農作物沒什麼兩樣，種植起來不算難。我從老家帶來的種子還算多，即便今年這一波棉花種得不太行，一回生、二回熟，明年也就能摸索出經驗來了。」她說著站起身來朝鍾沂道：「既然鍾員外來了，那順便將棉花種子帶回去吧。」她起身做了個「請」的動作。

種子就存在挨著正房的小耳房裡，怕種子受潮，沈驚春還特意每隔一段時間就在房間各個角落裡灑些石灰防潮。

棉種已經做出處理，不適合做種的當初在第一輪篩選的時候就被挑出去了，剩下來的這一批棉種都是個頭飽滿的。

鍾沂手上有各地搜集來的種子，但顯然沒有任何一種有沈驚春這批棉種來得飽滿。

原先他們戶部就有人傳這位慶陽縣君離開宣平侯府之後，就像是忽然換了一個人一樣，如今是個種田好手，他起初還有些懷疑，現在看到這些種子，他是徹底信了。

「除了我自家打算種的幾畝地留了種，其他的種子全部都在這兒了。」沈驚春指著那些裝在竹筐裡的棉種道：「至於鍾員外說的買種的事，還是莫要再提了吧。我家這麼點種子，聖上賞賜才到手還沒捂熱呢，現在提買種的事情不是打我的臉嗎？」

開玩笑，這種子才值多少錢？何況他們全家包括陸昀在內，這麼辛苦地做這件事，不就是想向皇帝投誠，尋求保護嗎？現在還收這點種子錢，著實沒必要啊！

沈驚春一指站在人群後面的沈志輝道：「這是我的堂兄，這兩天要回慶陽了，去年種植棉花的時候，我手裡的種子不多，除了我自家種了幾畝之外，就是我堂兄家裡也種了一些。朝廷若是想盡可能多種些棉花，不妨派人與我堂兄一起去祁縣取種子回來。」

沈志輝一愣。被人忽然點名，他差點沒反應過來，還好來京城的這段日子也算是見過大世面了，跟聖旨比起來，一個六品的戶部員外郎實在是算不得什麼。

他一挺背脊，端端正正地向鍾沂見了禮。

「只不過因為我家都是臨時開墾的荒地，所以底肥施得足，而我堂兄家中是有良田的，肥料不太夠，所以棉種的品相可能不太好。」沈驚春這話算是變相地解釋了當初朝廷徵收棉種的時候，為什麼沈家那邊沒有將棉種交出去的原因。

鍾沂點點頭表示理解。「不知沈公子家中有多少棉種？」慶陽離京城還是有些距離，來回要不少天，沈驚春這邊的棉種已經有不少了，若是祁縣的棉種不多，那也沒必要特地再跑一趟。

沈志輝有些歉意地道：「家裡按照妳的方法儲存種子，除去本來品相就不太好的，後面倒是還剩下了百來斤。只是家裡房子年久失修，有回下雨種子淋雨受了潮，等到我們發現的時候，也就剩下幾十斤能用的棉種了。」

在鍾沂看來，種棉花能得到的利潤比種其他農作物要高一些，尤其是現在棉花還沒盛行的時候，他原本以為沈驚春這個堂兄家裡只種了一點，沒想到棉種居然有幾十斤。

這些棉種排除掉未來不出芽等外在因素，可能到最後收不了多少棉花，但是朝廷現在要的就是反覆種植，得到棉種之後第二年擴大種植面積，爭取在短短幾年內，讓全國上下的人都能穿得暖。

鍾沂沒有絲毫猶豫地道：「那真是太好了！沈公子哪日啟程？我們這邊派兩個人隨同前往。」

種棉花是個大事，派人跟著一起去祁縣取種子也算是公幹，需要上報之後批下文書，以防路上有什麼棘手的事情。

沈志輝道：「後日一早的船。」

鍾沂雖然有些驚訝，他來京城不久怎麼會這麼急著回去，但種棉花是大事，自然越快越好，因此又問了商隊的名字，打算晚些時候讓人去找商隊搭個便船。

幾人從耳房出來，底下的小吏們就抬著一筐筐的棉種往外面的馬車上運。

棉種不多，幾個小吏來回兩趟就搬完了。

鍾沂這次過來，主要就是問問什麼時候能夠開始種植棉花，現在任務完成了，也就不必再多待了。

等他們一走，沈志輝兄弟兩個才鬆了一口氣。

沈志清不解地道：「妹子，妳為什麼忽然提到我們家的棉種？」

「這次朝廷種植棉花是個很好的機會啊！大伯是個種田好手，大堂兄子承父業，在種田上也很有天分呢！還在村裡時，我就發現相比起二叔、三叔他們，你們家的地照料得最精細，產量也比他們高一些。」沈驚春頓了頓，又繼續道：「我也很忙，到時候肯定沒有那麼多時間天天跟在朝廷官員後面看棉花，大伯如果來了，我到時候跟他們說，請大伯幫著一起種，看在棉種的分上，想必他們也不會拒絕，說不定朝廷之後會招大伯去戶部做事也不一定呢。」

沈志清驚道：「招我爹去戶部做事？當官這麼容易的嗎？」

沈志輝沈穩些，聽到弟弟這樣一驚一乍的，忍不住道：「你想什麼呢？驚春肯定不是這個意思。」

沈驚春也是無語地看了沈志清一眼。「天還沒黑就開始作夢了？」她轉身就回了堂屋，端著已經變涼的茶水喝了兩口才道：「戶部這個地方，跟其他幾個六部衙門不同，戶部主管的事情很多，像是戶口、田地、婚姻、賦稅這些全都是戶部在管，而且這個部門還有專門培育農作物的人，方才來的那位鍾員外就是管這方面事的。」

她這麼一說，沈家兄弟兩個倒是有點明白了。

沈志清想了想，道：「那妳的意思是，說不定我爹能被招進這個專門培育農作物的地方去幹活？」

「不錯。」沈驚春點頭道：「即便是沒有品階的小吏，但為公家辦事嘛，怎麼也能算得上是吃公家飯的人了。而且你們不要小看這些沒有品階的小吏，整個朝廷的各個衙門，都是由這些小吏堆砌起來的，重要的大消息或許他們不知道，但一些小道消息卻是傳得很快，如果大伯幫著種植棉花得鍾員外看重，招他進戶部也不過是舉手之勞罷了。」在其他幾個衙門，這種小吏是要靠關係才能進去的，若是沒有點文化水準，到時候可能還是會被刷下來，但戶部不同，專門培育農作物的部門更看重的是有沒有種植能力。「不過這事如今也是我們兄妹三個在這裡說一說，具體會怎麼樣，誰都說不清。但是堂哥回村裡記得將我這些話說給大伯聽，想來他為了子孫後代著想，也會多考慮考慮的。」

在戶部當個小吏只是個開始，最主要的是這其中的人際關係。

沈驚春自己現在當了個小縣君，也願意看在沈志清的面子上拉沈延東那一房一把，但她不會一直拉著他們走。這個時代讀書不是個簡單的事情，誰都不知道斥鉅資供出來的子弟能否中舉，但若是能混進戶部，說不定真的能靠種田走出另一條路來。

沈驚春說完，也不再去管他們兄弟兩個怎麼想，出了門就叫豆芽他們幾個準備去新房子繼續除草。

昨日沈志清去找了泥瓦匠，過幾天他們便能接下沈家建作坊的活，但是目前，幾個泥瓦匠手頭上的事還沒結束，沒空來幫著修補屋頂。

沈驚春轉頭一想，乾脆就作罷了。

這次獲封縣君，朝廷又額外給了三百畝爵田，不算茶山在內，和之前那些田加起來就有六百畝了，這些田，她準備規劃出一些用來種辣椒。

原本打算種來自家吃的菜，現在因為田地多了，也想著多種一點。

新房子那邊沿街有個小院子，倒座房能單獨開個門出來，裝修一下就能擺上櫃架，開張營業，主營的當然是各種辣椒製品，順帶還能賣些自家地裡種出來的蔬菜、水果。

幾人出了門還不等芒種把騾車趕出來，另一個叫寒露的小廝就急匆匆地趕著另外一輛騾車回來了。

騾車到了院子外，車還沒停穩，寒露就慌忙跳了下來，急道：「不好了娘子！國子監那邊，二爺跟別的貴公子打起來了！」

陳淮跟別人打架？

別說沈驚春不信，連剛到家裡沒多長時間的芒種他們都不信。

在大家的印象中，陳淮這個人沈穩而內斂，除了對著媳婦時話會多一點，其他時候幾乎很少說話，每次都是別人說十句，他才會說一句，任何時候都顯得氣定神閒。

沈驚春定了定神。「你別急，慢慢說。」

她到了騾車邊，手在車轅上一撐就上了車，又朝豆芽和沈志清幾個道：「你們還是按計劃去新宅子除草吧。」跟貴公子打架這種事，並非是去的人越多越好。

沈驚春一上車，寒露就掉轉車頭，又往國子監去了。

都在外城，高橋本來離國子監就不算遠，上元過後，復工的復工、復學的復學，又過了早上人最多的那段時間，因此騾車走在路上一路暢通，很快就到了國子監外。

沈驚春來京城這麼久，還是第一次來國子監，但今天來這邊有事，也顧不上打量，車一停就往裡走。

京城重新解封後的幾天，一直都是寒露駕車送家裡幾個人上學，先將兩個小的和兩個小書僮送到學堂去，再將陳淮送來國子監，因此也跟門房混了個眼熟。

車一停，那在門口不停踱步的門房就衝了出來，越過沈驚春，直接朝寒露道：「還來幹什麼啊？他們都去京兆府了！」

沈鷺春腳步一停，這鬧得有點大啊！

來的路上，寒露已經將前因後果敘述了一遍，具體發生了什麼他不太清楚，但是可以肯定的是，跟陳淮幹架的是以周渭川為首的一夥人。

若都是平民，去了京兆府，府尹斷案還沒啥顧忌，可能跟周渭川混在一起的，那都是京城新貴啊！

兩人朝那門房道了聲謝，又上了騾車，馬不停蹄地往京兆府那邊趕。

京兆府這邊，謝府尹看著堂下站著的青年才俊們，頭痛不已。

上一回他敢深夜帶人去宣平侯府，那是因為背後有張閣老撐腰，且大周幾十年不打仗，如今更加重視科舉選賢，像宣平侯府這樣的武將世家，在朝廷裡的地位肉眼可見的尷尬起來。

但現在，看著底下身形筆挺的十幾名青年才俊，他急得頭髮都要掉了。

十幾名青年分成了兩個派系，人數雖然差不多，但還是能一眼看出不同來。

左邊都是本朝新貴家的公子，譬如次輔張承恩的公子張弘宇、兵部侍郎周桐的公子周渭川、御史中丞的公子言啟等人。

而另一邊則是京城老牌勛貴，有文宣侯府的姜清洲、宣平侯府的徐長溫、肅毅伯府的張齡棠等人。

最讓謝府尹感到奇怪的不是文武兩個陣營的姜清洲和徐長溫站在一起，也不是分屬兩個政派的張弘宇和周渭川站在一起，而是姜清洲等人將一個臉上被劃拉出一個小口子的青年簇擁在中間。

尤其這名青年看上去實在有些眼熟……謝府尹的目光在兩群青年的臉上快速地來回掃視幾遍，最後終於發現到底為何眼熟了。

這名叫做陳淮的外地舉子，跟周渭川長得真像啊！

謝府尹還在看著兩人有幾分相似的臉神遊天外，底下脾氣不太好的姜清洲就不耐煩的開了口。

「謝府尹，到底怎麼說啊？這案子接是不接？您這邊不接我們這種小案子，我等只好去宣德門外敲登聞鼓了！咱們兄弟多，三十杖還是能受得住的。」

姜清洲這人在科舉上有幾分天分，但他從不以讀書人自居。張齡棠當初還沒去慶陽聞道書院讀書之前，他們兩人再加上誠毅伯府的高峻，是京城出了名的紈袴子弟，雖沒做過什麼強搶民女的勾當，但整日鬥雞走狗的，沒個正行。

姜清洲是文宣侯的嫡次子，他上面還有個人品端方的世子大哥扛著，再加上侯府老夫人過度溺愛，姜侯爺管教了幾次，被自家親娘和媳婦教育了之後，就睜一隻眼、閉一隻眼了，只要這傢伙沒幹出什麼貪贓枉法的事情來，也就由著他去了。

直到後來，身為家裡長子的張齡棠和高峻被各自的父親壓著讀書之後，姜清洲才有了點正形，開始用功讀書，但這完全掩蓋不了他曾是一個紈袴的事實。

這位小爺說要去敲登聞鼓，那是真的敢去敲的！

謝府尹尷尬地笑了笑。「這個、這個……剛才本府有點沒聽清姜公子說話，要不……姜公子再說一遍？」

這要是一個人、兩個人的，他還能作主斷一斷這個普通的群毆案子，可這麼多貴公子都在這兒，只怕一個不小心，下次早朝彈劾他的奏章就像雪花一樣飛舞了！

早在這群人進京兆府時，謝府尹就立即讓手下人去叫他們各自的爹來了，御史臺就在京兆府隔壁，六部衙門也只隔了一個街區，只要拖到他們的父親到來，這事肯定就能私下解決，也就沒他什麼事了。

姜清洲不知道謝府尹打的是什麼主意，對他這種敷衍的態度雖然很不滿意，但到底還是輕咳一聲，重新開始說話。「是這樣的……」

四個字才說出口，後面有遠遠的腳步聲傳來，有人冷笑一聲道——

「是怎麼樣的？」

六部衙門離得本來就不算遠，少年郎們轉頭一看，卻是他們的父親一道來了。

這個時候沒有講究什麼尊卑有序、官大的先走，幾位腿長的大家長走在前頭，大跨步就進了大堂。

姜侯爺對子女的態度簡直天差地別，對待姜瑩瑩這個閨女常年都是春風拂面，對於姜清洲這個不聽話的次子則像是秋風掃落葉一般無情。

當著眾人的面，姜侯爺一點也沒客氣，人還沒到，一撩官袍腿先到了，狠狠一腳就踹在了姜清洲的屁股上！「姜清洲！你膽子倒是大得很啊，現在都敢鬧上京兆府了！」

姜清洲被踹得一個踉蹌，要不是身邊的張齡棠和陳淮一左一右扶了他一把，說不定就要摔了。看著自家老爹怒氣沖沖的臉，他捂著屁股一邊往後面跳、一邊大叫道：「姜尚書，這真不怪我啊！這次都是那姓周的——」

姜侯爺一聲冷笑，腳又抬了起來。

形勢比人強，姜清洲立即靈活地躲到了張齡棠身後。

對著這個已經開始走六禮的準女婿，姜侯爺倒是下不去這個腳。

後面張閣老等人也進了大堂，謝府尹已經從堂上走了下來。

張承恩看了一眼老老實實站在一邊的張弘宇，朝謝府尹道：「幾個孩子年輕不懂事，沒給你們添麻煩吧？」

謝府尹忙道：「沒有沒有！幾位公子氣血方剛，起些衝突也是難免的事，不必拿到公堂上來說，下官只得請了諸位前來。」

十幾名年輕人哪還有剛進京兆府時的鬥志昂揚？現在所有人都像是被拎起來的小雞崽子一般。

這些權貴子弟平時打架、鬧矛盾是常事，但十幾個人一起鬧到京兆府倒是少見得很。前來的官員們與謝府尹說了兩句，便將視線轉到了自家孩子身上，唯有兩人的視線卻是落在了陳淮身上。

姜清洲耷拉著腦袋，老老實實地站在姜侯爺面前，這時也發現事情有點不對勁了。陳淮和周渭川完全是兩個不同的性格，也就是當初陳淮剛入國子監的時候，同窗們都覺得這兩人長得有些相像，後來相處的時間稍微長一點，就知道這兩人的為人處世有很大的不同，也就不覺得兩人像了。

然而，現在三人同處一堂，原先那種詭異的感覺現在又冒了出來。

不只姜清洲，連其他人的目光也都在這三人間來回掃視。

相比起周渭川這個大家都知道的周家公子，反而是陳淮跟周侍郎更像幾分。

被這麼多人看著，陳淮卻也沒慌，先朝認識的姜侯爺問了好，才跟其他人行禮。

氣氛有點詭異，張齡棠作為唯二家長沒有到場的人，左看看、右看看後，終於還是出聲道：「謝府尹，要是沒什麼事的話，咱們是不是可以走了？」

這麼多家長到場，這場堂審當然不會再繼續下去，謝府尹見張齡棠主動提出來，更是喜悅萬分，當即便點頭表示同意。

張齡棠朝他一禮，就招呼陳淮道：「季淵兄，咱現在走？」

早在來的路上，陳淮心中就有點後悔了，當然，後悔的不是他一拳直接打得周渭川流了鼻血，而是後悔周渭川幾人反擊的時候，他沒有阻止姜清洲等人將事情鬧大。

兩人再次施了一禮，就往外走。

出了京兆府的大門，迎面就碰上了剛趕過來的沈驚春。

今天本來是打算去新房子裡繼續拔草整理環境的，所以沈驚春身上穿了一套灰撲撲的舊衣，看上去就是個窮苦的老百姓。

但即便這樣，張齡棠一見，還是眼睛一亮，陳淮這個做丈夫的還沒說話呢，他已經兩步擠了過去，笑嘻嘻地道：「這位就是慶陽縣君吧？在下張齡棠！縣君可能沒聽過在下的名字，不過這不重要……」他一開口就說了一大堆，溢美之詞不絕於耳。

沈驚春看了一眼陳淮，見他身上衣著還算整齊，只在臉上靠近耳朵的地方劃了個小口子，倒是放下心來，耐心聽張齡棠說了長長的一段話，才聽明白這貨為什麼會這麼熱情。

張齡棠是從慶陽考中舉人回京，名次雖然不高，但畢竟也是個舉人了，達到了他爹當初給他立下的目標。

要說回京是千好萬好，但唯有一點不好，就是沒有辣椒。得知陳淮也在國子監之後，過完了年，國子監開學，就主動叫他老爹找關係把他塞了進去，就是為了跟陳淮套關係，看看能不能搞到幾瓶辣椒醬。

偏偏這小子平時看上去很好說話的樣子，但是只要他一提到辣椒醬，這小子就會立刻換個話題，根本不接這個話。

今天打架這事，原本跟他沒什麼關係，但誰叫他跟姜清洲是好兄弟，乾脆趁著這個絕佳的機會跟陳淮拉近關係，好再開口問他要辣椒。

陳淮在一邊聽得一臉無語。

沈驚春也是哭笑不得。「張公子能夠仗義出手，我們全家都感激萬分，幾瓶辣椒醬實在算不得什麼，驚春在此還要先謝過張公子當初在慶陽幫忙推銷我家辣椒醬的恩情。正巧來到京城後我與家裡人又研製了其他口味的辣椒醬，稍晚一些，我叫家裡下人往貴府送兩瓶去。」

張齡棠雙眼一亮，只差把「高興」兩個字寫在臉上了！可轉念一想，這新研製的辣椒醬外面沒用過，他們家廚子可能也不知道怎麼用啊！這怎麼辦？

沈驚春見他臉上一會兒一個表情，問明原由後不由得失笑道：「這個好辦，我家正巧在這附近有個宅子，只是如今還沒收拾好，張公子若是不介意，不如賞個光，中午就在寒舍用膳如何？若是喜歡這個味道，到時我寫個方子，張公子帶回去給府上廚子一看便知。」

還有這等好事？只是幫忙揍了周渭川幾下，不僅能夠得到兩瓶辣椒醬，還能白吃一頓？張齡棠想想那個辣菜的味道，感覺自己口水都要流下來了，忙不迭地點頭同意。「怎麼可能會介意？我們家也是小門小戶，縣君能請我吃飯，那是看得起我啊！」

「什麼？」姜清洲大聲道：「吃飯？吃什麼飯？為啥請他吃飯不請我吃飯？難道我出力比他少嗎？季淵兄，你這就不厚道了啊！我可是第一個出手幫你的，你什麼意思？兄弟沒得做了是不是？」

陳淮聽到這個唯恐天下不亂的聲音，就一個頭、兩個大。

他轉身一看，打架的雙方和他們的家長已經從京兆府裡出來了。

姜清洲的聲音很大，姜侯爺在後面看得直接嘆了一口氣，拍了兩下自己的額頭，搖著頭就走了。

其他幾人家裡管得比姜家嚴，當著自家老爹的面，倒是不敢造次，但雙眼裡的渴望是顯而易見的。

姜侯爺的態度已經擺在這兒了，其他幾位家長想了想，乾脆也簡單地囑咐了兩句就走了。

徐長溫跟其他同窗站在一起，看著不遠處的沈驚春，內心掙扎萬分，很想走過去打個招呼說話，又怕真的走過去打招呼了，沈驚春理都不理。

正猶豫間，便見沈驚春走近了幾步，朝陳淮說了句什麼。

下一刻，陳淮便轉身走了過去，朝眾人道：「時間已近正午，這時候趕回去多半也趕不上午膳，若是諸位同窗不介意，不如到舍下吃個便飯如何？」

姜清洲「啊」了一聲，看了一眼沈驚春道：「對哦，你們家的新房子好像就在這附近，那兄弟幾個可就不客氣了！」

陳淮每天去國子監，還沒來過這邊的新房子，只能由沈驚春在前面帶路。

一行人沿著京兆府外面的大路走了不多遠，便拐進了一條稍小一些的路。

到了新房子門口一瞧，沈驚春簡直不敢相信眼前所見。

門口那兩扇陳舊的木門已經換上了新門，朱漆大門外掛著兩盞嶄新的紅燈籠，大門兩側一左一右地立著兩隻稍小一些的石獅子，看上去頗為可愛有趣。

大門洞開，裡面原本被灰塵覆蓋、顯得有些暗沈的影壁也已經打掃一新，露出了本來的樣子。

沈驚春連驚訝的表情都沒露出來，後面的姜清洲就「哇」了一聲。

「不錯啊，這房子！這大門、這規格，一看就是營造司的手筆，工部可造不出這麼精緻的大門來！」

沈驚春實在不知道該怎麼回答。

陳淮就更不知道了。昨天他媳婦拔了一天的草，吃完晚飯漱洗過後也沒緩過來，夫妻兩個隨便聊了幾句就睡了，具體的細節根本都沒說到。

七、八個人進了大門，繞過影壁後，沈驚春又是一陣沈默。

震驚到差點反應不過來的，顯然不只沈驚春一人。

幾個人才繞過影壁，站在一邊發呆的豆芽就立即迎上前，朝後面跟進來的陳淮幾人行了個禮後，就迫不及待地將沈驚春拉到了一邊的角落小聲道：「這也太可怕了！長公主府派了人過來，說是幫咱打掃院子！」

長公主府啊！那就沒問題了。

可眼角餘光掃到那兩扇嶄新的大門，她還是忍不住問道：「他們幹活這麼麻利的嗎？」

家裡有兩輛騾車，他們前後腳出門的，即便繞到國子監那邊花了點時間，後面又在京兆府門口聊了會兒，但這也太快了吧？

「不是。」豆芽嘆了一聲。「我們到時，那大門都已經換好了。主事的就是上次來過咱家的那個叫柳枝的姊姊，她跟我說，長公主派她過來帶著人幫忙修繕宅邸，那兩扇門反正也是要換的，所以就直接拆除了，門拆了就好進門了。他們來了幾十個人，剛才我到後面看時，不僅咱們昨天沒拔完的野草都拔掉了，連院子都差不多清掃乾淨了。」

沈鷺春心情複雜，有點不知道應該說啥，但已經說好了今天要請陳淮的同窗吃飯，現在也不好耽擱。「李嬸在哪兒？先叫她過來，我們要去買點菜，今天請人在家裡吃飯。」

果子巷就有賣菜的小店，當然價格要比菜市的稍貴一些，但這群國子監的學生吃完飯還要回去上課，時間有限，沈鷺春也懶得再跑，打算直接去那小店買菜。

第三十四章

姜清洲等人第一次來這邊做客，原先答應過來蹭飯的時候還沒想到，後面經由徐長溫悄悄的提醒，才知道人家這是新房子，一時間倒有些不好意思起來。

空著手到人家新居做客，還要蹭吃蹭喝，這不是什麼人都能做得出來的。

姜清洲「嗨」了一聲。「這有啥？我看這宅子還沒收拾妥當吧？等到全部收拾完了，搬家那天再叫季淵兄給我們都下張帖子，咱們哥幾個再來恭賀他與縣君的喬遷之喜不就行了。」

張齡棠一聽，眼睛就亮了，喬遷之喜啊，這個他喜歡。

能住上這樣的宅子，又是辦喬遷宴，幾乎都是在自己家裡辦，京城這塊地界，還沒聽說過誰家喬遷要去外面酒樓吃飯的。

雖然現在還沒吃到中午這頓，但張齡棠已經對午飯期待滿滿了。

「對啊對啊！」他臉上帶著幾分狗腿的表情，朝陳淮一臉笑容地道：「咱兄弟幾個也是一起進過京兆府衙門的人了，說一句患難之交不過分吧？季淵兄到時候千萬不要客氣，一定要下帖子給哥幾個，大家一起過來熱鬧熱鬧！」

陳淮好一陣無語。謝府尹是個人精，他們這群人雖然進了京兆府，但是謝府尹根本連堂都沒升，這算哪門子的患難之交？

可是看著張齡棠那一副「你要不答應就試試看」的表情，他只得點頭應下，表示到時候正式搬家過來，一定會請他們來吃喬遷宴。

早上過來時，豆芽幾個把家裡一些常用的東西全帶了過來，其中就包括茶葉，幾人說完這事，話頭總算轉到了茶葉之上。

這是自家媳婦無比關心的事業，一聽這群人滿口稱讚，陳淮便不動聲色地又將城郊的茶園介紹了一番，重點表明了今年清明前後，就有一批新茶出來，今天喝的這個是去年的老茶，而且是明後的茶，明前茶葉與這個的味道很是有些不同。

幾位貴公子聽得心癢難耐，恨不得今天回去睡一覺，明天一睜眼就到了清明前。

沈驚春買菜回來，見他們喝著茶相談甚歡，也就放下心來，帶著李嬸等人去了廚房。

這季節能買的菜不多，又趕時間，沈驚春便湊了八個菜，其中兩道主菜分別是水煮肉片和酸菜魚。

李嬸雖然來家裡的時間不算長，但因為沈驚春就好這一口，家裡是隔三差五的輪著來，這兩道菜倒是做得很熟練。

沈驚春做菜手藝不怎麼樣，但是刀工確實非常不錯，並不比李嬸這樣當了多年廚娘的人差。

後院裡柳枝知道他們來了，也從後面到了前面，跟豆芽一起幫著洗菜。

一條龍的服務下來，李嬸左右開弓，兩口鍋一起開伙，做菜的速度非常快，八個菜很快就上了桌。

前面幾道家常菜，京城這邊見得多，沒什麼稀奇，但水煮肉片端上來，還沒上餐桌，幾個少年郎就忍不住長吸了一口氣。

更有人情不自禁地喃喃道：「這什麼？這也太香了吧？」

張齡棠已經感動得想哭了，時隔幾個月之後，他居然在京城也吃到了辣菜！

考慮到這群人幾乎都沒吃過辣，所以這道水煮肉片只是微辣。

滿滿一盆水煮肉片，盆底還沒碰到桌子，張齡棠的筷子就已經伸了出去。

姜清洲等人看得一愣。

像他們這樣的家世，尤其是姜清洲、張齡棠、高峻三人，以前雖然被稱作京城三大紈袴，但那只限於鬥雞走狗上，在教養上，他們並不比任何一個貴公子差。

也因此，張齡棠這副迫不及待的樣子，確實讓他們很詫異。

張齡棠可不在乎他們是震驚還是詫異，加上陳淮在內，他們一共八人，正好坐滿了一張八仙桌，人這麼多，肉只有一盆，這不得先下手為強嗎？

看到湯上漂著的紅油和肉片上面的辣椒、蔥、薑、蒜，他的口水就差點流下來了！一筷子撈了兩片肉，也顧不得燙，用力吹了兩下，就送進了嘴裡。

這感覺……感動啊……

肉片不知道是怎麼做的，吃上去就很嫩，辣味正好在他可以承受的範圍之內，熱油淋過之後，下面的肉片也有蔥、薑、蒜的鮮味，兩片肉一到嘴裡，那味道直衝喉間。

他快速地咀嚼了兩下，嘴裡還沒吞下去，筷子已經再一次伸了出去。

這一次比上一次更加過分了幾分，挾了滿滿一筷子，左手還拿著碗上去接，一筷子接一筷子，吃飯的碗不算大，很快地一碗就裝滿了。

姜清洲等人下意識地嚥了口口水，後知後覺地發現不對，再探頭一看，大家直接氣笑了。

好傢伙，張齡棠這一碗下去，直接把盆裡的肉挾掉了小半！

這個裝水煮肉片的盆雖然不小，但下面還墊著一層菜。

姜清洲很想罵他，但話沒出口，就看到其餘幾人的筷子已經伸出去了，他立刻將到了嘴邊的話又嚥了回去，忙跟著伸筷子挾肉。

他怕這幾個臭小子不講武德，把肉挾光，根本不敢大意，連伸幾筷子儘量挾肉，一盆肉很快就沒了，只剩下了下面的菜。

張齡棠一個人就挾走了小半的肉，他們這麼多人才分得剩下的肉，根本沒多少，於是眾人瞪了一眼張齡棠，才低頭吃起肉來。

「怎麼樣？」張齡棠洋洋得意地道：「沒吃過這麼好吃的菜吧？看看你們這群沒見過世面的樣子，這還只是其中一種呢！」

眾人忍不住翻了個白眼。

說得好像他剛才那副急不可耐的樣子很見過世面一樣。

其餘幾人忙著吃肉，一時間騰不開嘴來說他。

誰知張齡棠話音一落，筷子又伸了出去，這回對準的是盆裡剩下墊底的菜。

姜清洲等人反應很快，幾乎是他筷子才落到盆裡，其餘幾雙筷子就跟了過去。

最後一道酸菜魚沈驚春沒讓豆芽他們上菜，而是自己端著托盤上菜。

讓她感到吃驚的是，才端上桌不久的水煮肉片居然已經被吃光了！那個盆裡，只剩下了一層紅油和乾辣椒漂在了湯上。

再看這些來吃飯的人，雖然已經被辣得紅光滿面、「嘶哈嘶哈」地吸著氣，但個個都精神得不行，她的身影一出現在門口，幾個人就齊刷刷地看了過來，視線一點都不帶遮掩地落在了她手裡端著的這只瓷盆上。

沈驚春將手裡的酸菜魚放到了桌上後也沒急著走。

當著她的面，諸位貴公子實在不好意思像剛才那樣風捲殘雲般伸筷子。

陳淮倒是知道這群人在克制，忙給媳婦遞了個眼神。

一向跟陳淮還算心有靈犀的沈驚春，頭一次沒能明白他這個眼神是什麼意思。

只不過，她本來也沒有多待的想法。

這群貴公子風度很好，教養也很好，現在雖然都在國子監唸書，但都是舉人、秀才，還沒有參加過會試、正式踏入官場，從某種意義上來說還是白身。

而她怎麼也是朝廷封的縣君，所以她才進門，貴公子們就站了起來。

看到她的視線落在那盤已經見底的水煮肉片上，他們都覺得有點不好意思。

「大家坐啊！」她笑道：「諸位今天仗義相助，我們夫妻二人都很感激，大家不要客氣。我就是想問問你們，要不要喝點酒？」

喝酒？幾人有些面面相覷。

他們都是喝過酒的，也有點好這個，只不過今天畢竟還要回去上半天課，要是被講課的先生聞到酒味，那就不太好了，尤其是今天他們才因打架進了京兆府。

不等他們說話，沈驚春便又道：「不是什麼烈酒，是我自家釀製的果酒，味道不烈，帶著股果香，可能你們喝不慣。」

人家縣君都這麼說了，大家不好再拒絕，只能點頭應下。

陳淮對上自家媳婦的眼神，忍不住笑著搖了搖頭。

這個葡萄酒，還是去年沒來京城之前，在平山村釀的，一共也就幾罈子，來京城的時候都帶過來了。過年的時候，他們家喝了兩罈，別說家裡的女人們了，就連他這個男人也覺得那味道確實不錯，跟市面上常見到的果酒並不一樣。

後來到京城之後，她買了茶山，準備在山上種果樹時，就說後面要順便賣一些果酒，還說到時候要靠姜瑩瑩在京中打開這個市場，沒想到居然今天就想拿出來了。

很快地，酒和酒杯就送了上來。

沈驚春怕他們感到不自在，放下東西就走了。

陳淮將酒的蓋子一揭開，就有一股香氣撲鼻而來，饒是自詡京城第一紈袴的姜清洲都有點不知道該怎麼形容這個味道。

廚房裡，幾個忙完的人也開始吃飯。

本來李嬸和柳枝說什麼也不肯跟沈驚春同桌吃飯，說這會亂了尊卑，沈驚春左勸右勸，才好不容易勸動兩個人挾了菜端到一邊去吃。

至於後院那些長公主府派來幫忙收拾園子的人，他們是帶著廚娘過來的，直接將後面園子裡的鍋補好，就在那邊做飯了，不用沈驚春這邊安排。

等吃了一會兒，眼看時間差不多了，沈驚春又叫李嬸盛了一盆飯送到了餐桌上。八個人吃吃喝喝好一會兒，陳淮才到廚房來，說他們要回國子監繼續上課了。

沈驚春放下碗，點了點頭，跟著他一道往外走。

到了院子裡，看到酒足飯飽的七個人臉上都帶著心滿意足的笑容，沈驚春也覺得高興。搞定了這群貴公子，她後面的生意才會好做嘛！

到了幾人面前，她先是朝眾人打了個招呼，然後才朝姜清洲道：「姜二公子可否借一步說話？我最近有些忙，沒時間登門，想託你給瑩瑩帶幾句話。」

姜清洲也沒多想，說了句「行啊」，就抬腳往她那邊走去。

這位新進的慶陽縣君跟文宣侯府大小姐是手帕交，那是全京城世家子弟都知道的事情。陳淮招呼了餘下幾人一聲，就往大門口走了。

到底是已婚婦女，沈驚春還是有分寸的，二人走到了院子的角落裡，這個位置正好能讓門口看到，卻又聽不到聲音。

姜清洲笑嘻嘻地問道：「縣君有啥事要跟我妹說啊？」

她不動聲色地看了一眼正跟其他人說著話的陳淮，才問姜清洲。「還請姜二哥告知，今日我夫君為何會同周公子打架？」

以她對陳淮的瞭解，他絕不是那種會氣血上頭就跟人幹架的人，即便真的對周渭川不滿，也不會鬧到京兆府去，除非是發生了什麼他忍不了的事情。
可對陳淮來說，有什麼事是他忍不了，非要跟人當場幹架的呢？
她想了半天，能影響他的不外乎兩個人，一個是她已經逝世的可憐婆母，一個就是她自己。
還真不是她臉皮厚，而是在陳淮心裡，她即便占不到第一位，那也是妥妥的第二位。
姜清洲的笑容一僵，下意識地就伸手摸了摸鼻子。
沈驚春挑眉道：「這麼多年了，姜二哥你這個小毛病還沒改，一心虛就會下意識地摸鼻子。我醜話可是說在前頭，你可以不跟我說發生了什麼事，但你不能騙我，你知道我的，我最恨別人騙我，如果被我知道你騙了我……那我只好改天去找瑩瑩的時候，順便跟姜侯爺嘮兩句了。」
「別啊！」姜清洲倒抽了一口氣。「咱就說妳以前在京城的時候，我也把妳當親妹妹看的吧？有一次妳跟瑩瑩被欺負了，徐長溫他們不在，還是我給妳倆出的頭呢！妳找我家老頭子告狀，可不太講義氣啊！」
沈驚春「哼哼」兩聲，只盯著他不說話。
姜清洲很快就敗下陣來。「行了行了姑奶奶，我說還不行嗎！」他嘆了口氣。「就是周渭川那個小崽子，說妳那什麼……就是……得位不正什麼的……」

他語速很快，而且語焉不詳，但沈驚春還是一下子就明白了他是什麼意思。

得位不正啊！

姜清洲看著沈驚春臉上如沐春風的和煦笑容，不知怎麼回事，忽然就打了個寒顫。娘呀！這也太可怕了！

沈志輝一走，沈志清和豆芽就又回到城外茶山張羅建作坊的事情了。

沈驚春只去盯了一天，確定沒有問題，就又回城，然後開始了早出晚歸盯周渭川的計劃。

說實話，在這次打架事件發生之前，因為徐長寧跟周渭川解除婚約的緣故，再加上過年這段時間國子監也放假了，沈驚春已經很久沒有想起來還有這麼一個人，畢竟對於她家而言，周渭川只是一個陌生人罷了。

可偏偏就是有人不長眼，非要搞事情。

為了不讓方氏他們發現異常，沈驚春乾脆連家也不回了，直接就搬到新房子那邊去了。

連著幾天盯下來，總算找到了動手的機會。

沈驚春之所以覺得今天可以動手了，是因為往日裡周渭川出門時，身邊起碼會跟著兩個小廝，而今天他卻是孤身一人出門，不僅沒帶小廝，連馬伕都沒有。

出門走的也不是周家的正門，而是旁邊的角門，出來之後一路上都在下意識地打量周圍，想看看有沒有人注意他。

這不是典型的作賊心虛嗎？

「這小子一看心裡就沒憋好事。」冬至壓著聲音道。

周府的大門和角門在兩條路上，但他們選的這個路邊小茶攤，卻能把這兩個門的動靜盡收眼底。

沈驚春沒好氣地哼道：「本來就不是啥正直青年，心裡能憋什麼好事？往另一個方向走了。」

摸出銅板結清了茶點錢，沈驚春打了個手勢，兩人就保持一段距離，跟了上去。

周渭川一直到走出周家所在的這條街道，才攔了一輛馬車。

如今快到晚飯時間，街道上行人還算多，來往馬車也不少，周渭川攔下的馬車行進的速度並不算快，不論是沈驚春還是冬至，都能輕鬆跟上。

馬車兜兜轉轉繞了一個大圈子，最後又停在了離周家沒幾條街道距離的街上。

城東酒樓很多，這條街上更是如此，大大小小的酒樓占滿了一條街。周渭川下車時，已經戴上了披風的帽子，徑直走了進去。

兜了這麼大的一圈，天早就黑了，街道兩邊店家的燈籠也掛了起來，沈驚春跟冬至碰了頭，直接在對面的酒樓要了個二樓沿街的位置。

「咱不進去看看？」冬至問道。能叫周渭川這個臭小子這麼小心翼翼來見的人，絕對是他們意想不到的人。冬至甚至在想，或許有可能是徐府大小姐徐長寧？

沈驚春搖了搖頭。「不必，咱們今天主要的目的是揍他，其他的事情跟咱沒關係，不要節外生枝。」

時間一分一秒的過去，外面擺著的小攤販也都收了攤，沈驚春吃飽後就有點打瞌睡了。

「不對！」頭往下一滑，昏昏欲睡的腦子一下子清醒過來，沈驚春驀地站了起來。「對面這店肯定有後門！周渭川今天這麼謹慎，說不定他已從後門跑了！」

飯錢早已結清，她起身就往樓下跑。

冬至也猛地回過神來，跟在後面「咚咚咚」地下樓。

二人出了酒樓後，沈驚春直接道：「你去堵後門，我進店看看他還在不在。」

冬至點點頭，直接從旁邊的小巷子往後跑。

沈驚春進了樓，四下一掃，一眼就將裡面的情形盡收眼底。

這酒樓或許叫酒肆更為恰當，只有一樓，大廳後面是用簾子隔起來的一間間的隔間，此時時間已然不早，大多數簾子都被撩了起來，代表沒人，只有兩道簾子放了下來。

店裡夥計見來了客人，剛迎上來還沒來得及招呼，沈驚春便說了一句「找人」，然後直奔那兩個還有人的隔間去了。

可惜的是，裡面都不是她要找的人。

顯然，周渭川已經不在這裡了。

沈驚春快速轉身出了酒肆，在酒肆後門口跟冬至碰頭。

「跑掉了。」

沈驚春煩躁地抓了抓頭。連著幾天盯梢下來，枯燥又乏味，但凡有個手機能打兩局遊戲，也不至於這麼煩。

冬至之前就已經盯過周渭川一段時間，這幾天的盯梢對他而言倒是還好。「現在怎麼辦？」

「你先回去吧，我自己沿著回周家的路找找。」

二人一分開，沈驚春就直接往周家那邊走。

盯了這麼多天，耐心也差不多見底了，最主要的是，現在開春了，不只工坊那邊，爵田、茶山都要開始運作了，她實在是沒有這麼多時間再浪費在盯梢這件事上。

人就是這麼不禁唸叨。

快到周府時，她總算是看到了周渭川，這小子正在一個快要收攤的小攤前吃東西。

攤子是個很簡單的餛飩攤，只擺了三張桌子，大約是時間有點晚了，如今攤子上只有周渭川一個客人。

路邊的燈籠光線昏暗，他又坐在裡側，稍不注意還真的有可能忽略過去。

這幾天盯梢，為了方便下手，沈驚春將周府附近幾條街道全都走了幾遍，從這個餛飩攤子到周家那邊，最近的路就是穿過前面的一條巷子，而這條巷子就是唯一適合動手的地方。

周渭川出來的時候繞了遠路，那麼謹慎，回去的時候就隨意得多，手上甚至還提著一只小籃子，裡面裝了一碗餛飩。

沈驚春沒有在攤子那邊一直等，而是先一步去了巷子裡，爬上了人家的牆頭。

這種小巷子，晚上走的人很少，沒有路燈，只有兩邊街道上傳來的微弱光線勉強能夠看清前方，周渭川很快就腳步輕快地到了她正下方。

沈驚春手一揚，一塊板磚直接就朝著他的腦袋砸去。

周渭川悶哼一聲，手上拎著的小竹籃一鬆，熱湯立刻灑了一地，他人卻沒有應聲倒地。

不等他叫喊出聲，沈驚春手上的麻袋已經將他兜頭罩住了，拳頭如雨點一般密密麻麻地砸了下去。

周渭川想叫，可是下一刻就發現自己的叫聲很微弱，打他的這個人似乎很會打人，哪裡痛就打哪裡。

很快地，他連微弱的叫聲都發不出來了，因為打他的人直接一腳踩斷了他的胳膊！

那種骨頭斷裂的感覺很難形容，他痛得冷汗直冒的同時，居然還閃過一個詭異的念頭——還好斷的是左手而不是右手！

但下一刻，那條踩斷他左手的腳又落在了他的膝蓋上。

「喀嚓」一聲脆響，腿斷了，周渭川再也堅持不住，兩眼一翻就昏了過去。

沈驚春拍了拍手，翻上院牆，直接穿過旁邊這一戶的院子，從另外一邊翻牆走了。

第二日一早，沈驚春是在外面略顯嘈雜的聲音中醒來的。

新房子離京兆府這麼近，好處是遇到點什麼事可以直接報官，壞處就是京兆府外的鼓聲只要敲響，她家這邊就聽得清清楚楚。

外面天色還沒大亮，鼓聲在明媚的早霞中傳遍四周。

長公主府派來監工的兩個管事也被這鼓聲吵醒，院子裡很快就有了動靜。

還算克制的討論聲隔著房門傳了進來——

「誰啊？這大清早的，衙門還沒開門吧，就來敲鼓。」

「這麼早敲鼓，肯定是大事啊！走走走，反正幹活的還沒來，洗把臉，咱去瞧瞧熱鬧！」

沈驚春翻了個身，毫無睡意，乾脆也起床穿了衣服出門。

「呀，縣君也起床了？外面有人敲登聞鼓，小人們正準備去瞧瞧呢，縣君去嗎？」

沈驚春點點頭。「稍等，我去漱洗一下。」

等三人鎖好了大門，走到衙門外，外面的空地上已經站了不少人。

兩個衙役守在門口，還打著哈欠。

周圍有來得早的，正一臉興奮地跟周圍的人嘮嗑——

「我聽說啊，是那周侍郎府上的大公子，昨夜被人敲了悶棍。」

「啥？哪個周侍郎？這麼大的官，家裡公子還能被敲悶棍？」

「還有哪個周侍郎？就是那個貌似潘安，前些年被人榜下捉婿的唄！」

這人這麼一提，周圍的人瞬間就知道是誰了。

「哦，周侍郎啊！那位大公子就是才名遍京都的小神童周渭川？」

「正是正是！我瞧著來敲鼓的周家下人臉色很不好看呢，只怕那周公子傷得很重，若不然，以周家的門第，也不至於這麼大清早的就來報案。」

周圍因為這個事情，氣氛越發的熱鬧起來。

其中也有人哀號，因為會試在即，如果周渭川真的傷得很重，那他很可能會錯過今年的會試，因為他的才名，不少人都在他身上押了注呢！

沈驚春混在人群之中聽了好一會兒，雖然看不到衙門裡是個什麼情況，但就現在聽到的消息來說，已經讓她很滿意了。

周渭川這個臭小子，看來短時間之內是沒辦法再出來興風作浪了！

陳淮知道周渭川這個同父異母的弟弟被人打斷了手腳的時候，已經是事發的第三天。高橋這邊離京兆府有點遠，方氏又不是個喜歡出門閒逛的性格，國子監的學生們因為前幾天打架的事情，被陸昀狠狠收拾了一頓，這幾天正是夾緊尾巴做人的時候，自然也不會大白天的出去逛。

可國子監的學生大半都是京城本地人，且都是官宦世家，這事甚至不用他們去打聽，晚上放學回家，就會有家奴主動說這事。

陳淮雖然不知道具體是什麼情況，但聽到這個消息的第一時間，他就覺得這事是他媳婦幹的。

剛開始他去國子監時跟周渭川起了衝突，沈驚春就有收拾周渭川的想法了，後面因為事情太多了，這件事就被耽擱了下來，直到前幾天雙方再次起衝突。

怪不得那天吃完飯，她忽然叫姜清洲到一邊說話，想來就是問了打架的事情。

晚上陳淮回到家時，沈驚春已經早早回來了。

前些天為了盯梢，沈驚春一直住在新房子那邊，別說早出晚歸的陳淮，連方氏都已經幾天沒見過閨女。

吃完了飯，沈驚春一直等著陳淮來問。

這麼大的事情他不可能不知道，而且知道後一定會想到這事是她做的。

但一直等到兩人熄燈睡覺，也沒等到對方提起，她自己倒是有點忍不住了。

「你沒啥要問我的嗎？」

黑暗之中，沈驚春的聲音在陳淮耳邊響起。

「其實周渭川這個人不足為懼，以他這種性格，沒了周桐他就什麼都不是了。」陳淮翻了個身，長臂一伸，輕輕搭在了沈驚春腰上。「我其實不希望妳去做這些事，雖然妳的身手很好，但這事還是存在著一定的風險，不怕一萬，就怕萬一，沒必要為了這種人涉險。」他頓了頓，聲音在寂靜的黑夜之中顯得輕而沈。「但是，我真的很高興。」

古代沒有網路，可供人消遣的東西很少，是以周渭川被人打斷一條胳膊、一條腿的事情，直接成了京城人茶餘飯後的談資。

六部侍郎是正三品、手握實權的京官，遠非那些外放的官員可比，侍郎府的公子又是這屆會試的熱門人選，因此不僅京兆府的人開始徹查這起惡意傷人事件，連刑部和大理寺都派了人出來查案。

可惜的是，三個衙門來來回回走訪了大半個月，卻是半點蛛絲馬跡都沒找到。

這讓已經在京城的舉子們人人自危，稍微有點才華的都不太敢半夜在街上晃蕩了。在他們看來，這多半是因為周渭川才名過甚，有人怕他到時候考中一甲，所以提前斷了他這條路。

沈驚春打完人之後就將這事情拋到腦後了，她打斷了周渭川的左手和左腳，並未傷及到他的右手，但眼看還有一個半月不到的時間就要會試，他這傷是肯定好不了的。

以這小子的性格，要他在家乖乖養傷，然後看著陳淮這個令人生厭的哥哥去參加科舉，無異於在他的傷口上撒鹽。若是陳淮名落孫山還好一些，可若是陳淮高中，哪怕不是一甲，也足以讓他氣得半死。

到了二月，溫度一天比一天高，她偷偷拿空間裡的溫度計出來測過，白天最高氣溫能到十七、八度，晚上最低氣溫也有六、七度，且這幾天還有持續升溫的趨勢。按照這個溫度，要不了一個月，許多東西就可以下種了。

到時候肯定忙得飛起，倒不如趁著這最後的閒工夫，先將茶山整治起來。

光溜溜的山上只剩下了茶樹，沈驚春雖然有異能在手，但還是讓來上工的人挖的時候注意一點，儘量不要傷到根系。

移栽茶樹的還是上次那批來山上幹活的人，女人們知道這樹精細，更是用了十二分的小心。

二十個人早出晚歸地忙活了八、九天，才將整座茶山上的茶樹全部移栽到了沈驚春指定的地方。

「沈娘子……能不能……借一步說話？」

結完工資，所有人都拿著錢高高興興地往外走，唯有一個小河村的小婦人垂著腦袋靠了過來。

沈驚春雖然來這邊的次數不多，但對這人的印象很深，這人瞧著像是三十來歲的樣子，其實真實年紀不過二十多歲，個子不大，瘦瘦小小的皮包骨頭，顯得頭重腳輕。當初這群人來上工之時，那位介紹人過來的小河村大叔還特意為她說過幾句好話。

「可以啊！」沈驚春應了一聲，朝芒種使了個眼色。

芒種立刻會意，招呼其餘幾人一聲就出了門。

等到屋裡只剩下她們兩個人時，沈驚春才道：「這位嫂子可是家裡有什麼困難嗎？」

當初招人上工的時候，她看到這麼瘦小的人，還懷疑過這小婦人到底能不能幹得動活，後來等所有人開始幹活了，這小婦人不僅沒扯後腿，還是那群人之中最勤快的一個，中午吃飯的時候，看到院裡有什麼活計，還會順手幫著一起做。

「不知道沈娘子還需不需要茶樹？」小婦人的聲音小得幾不可聞，說完飛快地看了沈驚春一眼，見她微微皺眉，立刻又道：「很便宜的，娘子隨便給點就行。這種樹我娘家那邊也有，雖然離這邊有點遠，但是只要娘子您買，我們家可以把茶樹送過來。」

後面這段話的聲音比前面一句話大得多，沈驚春總算聽清了她說的是什麼，詫異地道：「妳的意思是，你們家有茶樹？」

那小婦人深吸了一口氣，鼓足了勇氣道：「對，有一些，不太多，但是真的很便宜的。」

沈驚春點點頭道：「我要先看看茶樹才能給妳答覆。」茶葉也有高低貴賤之分，這處山上的茶葉雖然如今還沒開始採摘，但沈驚春嚼過幾片嫩葉，品質不如老家東翠山那邊的茶葉好，但總的來說，也算是不錯的茶葉了。這兩、三年用心打理，再用兌了異能的水灌溉，養個幾年，也能出好茶。若這小婦人家的茶樹品質不錯，她也願意將價格抬高一些。沈驚春從桌後站了起來就往外走，一邊問小婦人。「妳娘家在哪裡？離這邊多遠？今天過去能趕回來嗎？」

小婦人一聽這話，臉上立刻露出了笑容，滿臉喜悅地道：「不遠不遠！離咱們這兒也就三十里路！」

「三十里路還不遠？」

「嗯……」小婦人神色一僵。「我們家可以把茶樹挖了送過來的。」

沈驚春擺擺手道：「三十里路，今天來回太趕了。妳先回家吧，我這邊也準備一下，明天早上妳早點過來，我們去看看茶樹。」

第二天一早，小婦人果然早早就敲響了沈家的大門。

住在外院的張大柱打著哈欠去開了門。

今天要去看茶樹，沈驚春一共就帶兩個人，一個張大柱、一個冬至，沈志清還是留在家裡監督施工。

天色才矇矇亮，早晨的空氣濕潤中帶著一絲水氣，吃著楊嬸早上起來烙的餅，騾車晃晃悠悠地走在鄉間小路上。

小婦人娘家姓康，在家排行老二，人稱康二娘。

她說的地方是個叫浦廣鎮的鎮子附近一處叫蓮溪村的小村子。

這名字聽上去十分的有意境，可等真的到了地方，不說沈驚春了，就連張大柱都忍不住側目。

京城附近、天子腳下，居然還有這麼破爛的村子？

村子就坐落在一條叫做蓮溪的小溪邊，二十多戶分得很散，大多都是土房子，上面蓋的是稻草，從外面看上去已經有些年頭了。

騾車才出現在村口，就引起了很大的騷動，有人招呼了一聲，幾乎全村人都跑了出來。

張大柱勒停騾車，康二娘趕忙下車迎了上去。

村民們一見她，更是震驚。「二娘，妳夫家發財了啊？居然買了這麼好的車！這得不少錢吧？」

「不是不是，這不是我家的車！車上的貴人要來這邊看東西，嬸子，咱們村後那片地上的雜草小樹沒砍掉吧？」

一聽是貴人，村民們的表情立刻就變得有些拘謹起來。

「沒呢、沒呢！這……貴人是要看哪塊地啊？」

從康二娘說車上的是貴人開始，村民們說話就下意識壓低了聲音。

倒是也有人懷疑，說貴人不都是乘坐高頭大馬拉的車嗎？怎麼還有貴人坐騾車的？

這話剛出來，就被身邊的長輩一巴掌拍了腦袋。

康二娘是村裡長大的姑娘，嫁出去之後雖然不經常回村，但總是惦記著娘家，逢年過節還會託人帶東西回來，康二娘說是貴人，那肯定就是貴人！要知道，別說騾車了，他們全村上下可是連牛車都只有一輛呢！

冬至跟著張大柱一起坐在外面的車轅上，沈驚春撩起車簾子往那邊看了一眼，便對他道：「你去跟康二娘說一下，叫他們都散了吧，只叫有茶樹的人家留下來就行了。」

「行。」冬至應了一聲，就跑過去轉達了沈驚春的意思。

村民們雖然好奇這貴人要那些低矮的灌木幹什麼，但到底還是在村長的遊說下各回各家了。

騾車繼續往裡走，很快就在康二娘的指引下停在了一戶人家門前。

這房子也是土房子，甚至比周圍幾家看上去還要破爛一些，但院子裡收拾得很乾淨，大門進去往正屋鋪了些小石子。

沈驚春下了車，越打量周圍越覺得奇怪，這地方看上去挺不錯的，村後也是有些小山丘，村邊又是一條還算寬闊的小溪，算得上是依山傍水了，這樣的地理環境，這個村子居然還能窮成這樣？

湯村長帶著幾個家裡有茶樹的站在了一邊，他不像其他村民一樣很拘謹，但看到康二娘嘴裡的貴人，想到人家是來買東西的，態度顯得非常誠懇。

「聽二娘說，貴人這回來，是想買我們村裡的樹？」

一行人沒進屋，直接就在院子裡一塊大石頭鑿出來的石桌邊坐了下來。

康二娘的娘家很窮，但考慮到閨女說的貴人，老太太端出來待客的是一碗紅糖水，裡面還打了一個雞蛋。

不只沈驚春有這個待遇，連張大柱和冬至也是人手一碗。

沈驚春在平山村待了那麼久，自然知道紅糖水加蛋，就是農村裡有客上門的最高待遇了，但是看看這個破破爛爛的房子，這碗糖水蛋她是真的有點吃不下去。明明窮成這樣了，還要拿出雞蛋待客，真讓人心酸。

她心情複雜地抿了一口糖水道：「是，我聽二娘說村裡有茶樹，所以就過來看看情況。」

康二娘說的那一片地方長了不少東西，村長並不知道沈驚春說的茶樹是哪個，但這並不妨礙他知道那玩意兒能賣錢。

幾人坐著閒聊了幾句，留下來的人就有些迫不及待地請沈驚春一行人去地頭實地勘察。

離村子最近的一片長了茶樹的地就在村後，看上去荒蕪一片，藤蔓、荊棘、茶樹全都混在一起，但一眼看過去，的確有不少茶樹的樣子。

沈驚春在路邊尋了一會兒，掐了幾片還算嫩的茶葉丟進嘴裡嚼了嚼。

這茶樹葉片看上去要比常見的茶葉大一些，以沈驚春那點微薄的見識，也分不出這屬於哪種茶，但茶葉嚼了兩下之後，就有淡淡的苦味在嘴裡蔓延開，不是特別苦的那種感覺，嚼了十來下，她吐出嚼碎的茶葉之後，感覺嘴裡有點回甘，嚥了口口水下去，一股清甜就泛上了舌尖。

倒是好茶。

單就口味而言，很像在現代的時候喝過的一種綠茶。

這品質，如果茶山那邊的茶樹沒有異能灌溉的話，是肯定打不過蓮溪村這邊的茶的。

「這種茶樹，還有別的地方有嗎？」沈驚春指了指身前的茶樹問道。

湯村長立刻說道：「有有有，多得很，那邊長了很多咧！」手一指前方不遠處的小山丘。

說是山丘，那真的就是個小丘，連綿起伏鋪開，占地很大，但平均高度恐怕沒有三十公尺，最高的地方連茶山的一半都沒有。

康二娘奇道：「那邊也長了嗎？」

她十來歲就嫁人，如今也有十個年頭了，這種小事情，就算回娘家也幾乎沒人提起，在康二娘的印象裡，茶樹的數量並不多。

湯村長嘆氣道：「咱村子這邊土地貧瘠，莊稼收成都不高，也沒人管這些，都是自己長出來的，也就是能砍回來當個柴燒罷了……」

沈驚春感覺自己的心都在滴血了。這麼好的茶樹，當柴燒……這燒的是柴嗎？這他媽燒的明明就是錢！

從蓮溪村回到茶山了，沈驚春那種心痛的感覺還沒淡去。

多麼好的茶樹啊，當柴燒……

騾車停在自家大門口，那邊沈志清等人早就跑過來，沈驚春人還沒下車，豆芽的聲音就先一步傳了過來——

「怎麼樣？他們那兒的茶樹可以嗎？」

沈驚春點了點頭，嘆了口氣道：「不錯，比咱這茶山的品質還要好上不少，是很不錯的茶。」話說完，又忍不住連連嘆氣。

沈志清不解地撓了撓腦袋。「茶樹好那不是好事嗎？怎麼我看妳現在不是很開心的樣子？」好茶樹那代表的就是錢，還沒見過有人看到錢是這個樣子的。

旁邊的冬至也是心痛得很，自從沈驚春打算培養他做管事後，他就不跟著陳淮了，一直是只聽沈驚春一個人的差遣，對茶山這邊的事情也知道不少。「蓮溪村那群人砍了茶樹當柴燒……」

這話一出，沈志清幾個都傻了。「啥？當柴燒？」啥人啊？砍茶樹當柴燒？這怎麼想的？

冬至嘆了口氣。「他們那一片全是這種茶樹，但很多樹都還小，被砍回去燒柴的都是幾十年的老樹。要不是他們村子人少，恐怕村子附近那些茶樹全都要被砍光了。」

沈志清聽到這兒，也開始心痛了。茶樹雖然不是越老越值錢，但被砍掉的可都是錢啊！

「談好價格了嗎？咱什麼時候找人去挖？」

沈驚春擺擺手道：「暫時不挖。茶樹太多了，工作量太大，來回倒騰太麻煩，我想著要不然乾脆就在那邊再建個茶園。」

蓮溪村看著山清水秀，實際上土地貧瘠，雖然還沒貧瘠到完全不能種東西的地步，但也足夠讓人放棄這一塊了。原本村子裡並不只這二十來戶，但後來大家都想辦法遷到別的地方去了，到最後蓮溪村這一塊就只剩下他們村裡這些找不到門路遷戶口的。

長年累月下來，他們村裡的姑娘倒是能嫁出去，但是村裡的適齡青年卻娶不到媳婦，畢竟誰也不想嫁到這種地方來受苦。

蓮溪村的人沒辦法，只能想到村內通婚和換親這樣的辦法。

康二娘倒不是被換親出去的，但她的丈夫卻是個傻子，在他們那一帶即使出了高聘禮也找不到願意嫁過去的姑娘，所以才將主意打到了蓮溪村那邊。

康二娘的大哥先天畸形，小弟年紀又小，他們家很需要那筆聘禮。嫁到小河村之後，康二娘先後生了兩個閨女，然後肚子就再也沒有動靜了，因此在家裡常年不是挨打就是挨罵。

沈驚春之所以想在那邊建個茶園，一是因為茶樹太多不好挖，想要全部移栽要費不少錢，還不如直接在那邊建茶園；第二個就是因為她想拉蓮溪村那邊的人一把。

雖然今天才見面，但她對這個村子的人觀感還不錯，雖然貧窮，但是幾乎家家戶戶都將院子裡收拾得乾淨又整潔，地裡栽種的糧食排除土地貧瘠的原因，真的打理得很好，油菜地裡一根雜草都看不見。

憑他們家現在這些人，單是茶山這邊運作起來，人手就不夠了，更別說蓮溪村那麼大一片茶樹。

回到茶山的時候已經有點晚了，坐了一天的車，顛來顛去真的是精神和肉體的雙重折磨，沈驚春索性就在這邊住了一晚。

第二天一早，進了城後，家都沒回，沈驚春就直奔文宣侯府去了。

按道理來說，蓮溪村那片茶園雖然大，但是她家也是能吃得下的，實地考察完決定直接在那邊建茶園的時候她就問過了，小山丘那片地是朝廷的，屬於蓮溪村的地並不算多，與其花錢買茶樹，倒不如直接買山。

但是考慮到後續的銷售等問題，還是繼續跟姜瑩瑩合夥比較好。

姜家的門房顯然被吩咐過，一瞧見沈驚春，二話沒說就開了側門，直接讓騾車進了府，前面小廝領著，一路到了二門才停。

二門處早有姜瑩瑩身邊伺候的雨集帶著兩個小丫鬟等在那裡。

「奴婢請縣君安。」笑盈盈地福身一禮，雨集便笑道：「我家小姐昨天還在唸叨著有段時間沒見縣君了，正打算這兩日去找您呢！」

沈驚春這段時間忙得很，姜瑩瑩也沒閒到哪裡去。

文宣侯府固然是京城排在前面的權貴，但肅毅伯府張家也不是那等落魄勛爵，尤其跟姜瑩瑩訂了親的張齡棠更是肅毅伯的嫡長子，而張家的族長一向由肅毅伯兼任，因此姜瑩瑩嫁過去就是張家的宗婦。

姜家對她的教養自然不差，但姜侯爺一向視愛女為掌上明珠，捨不得她吃苦，從小也沒想過將她嫁到別人家做宗婦挑大梁，現在忽然訂了張齡棠，便乾脆趁著出嫁前瘋狂給她灌輸怎麼當一個合格的宗婦。

姜瑩瑩作為家裡最受寵的，院子就在正院附近，二門過去走不了多遠就到了。

沈驚春進院子的時候，就瞧見姜瑩瑩正在花廳裡聽姜家的管事們彙報，看那樣子，顯然還要一會兒才能結束。

雨集以前就得到過吩咐，因此直接領著沈驚春往正房去了。

三間正房打通，東邊做了臥房，西邊是起居室，中間那一間直接布置出了一個小的會客室。

雨集讓下面的小丫鬟上了茶點，沈驚春等了會兒，姜瑩瑩才風風火火地衝了進來，拿起桌上的茶杯就咕嚕咕嚕地喝了一杯水。

「哎呀，真是累死我了！不當家不知柴米貴，沒想到這一個府裡的中饋都這麼有學問。」姜瑩瑩喝完一盞茶，拿手搧了搧風，奇道：「妳今天怎麼有空來了？」

自從沈驚春回京後，整天忙這個、忙那個，忙得不可開交，一直都是姜瑩瑩主動去找她玩，這回主動來找自己，還真是太陽打西邊出來了。

沈驚春笑道：「來給妳送柴米錢啊！」

姜瑩瑩聽得有點懵，問道：「什麼錢？茶山那邊不是還沒開始嗎？沒這麼快盈利吧？」

「是茶，卻不是茶山。」沈驚春微微一笑。「我在京城這邊又找到了一片茶園，茶樹規模比我們茶山那邊要大四、五倍，我昨日已經到地頭看過了，都是好茶，關鍵是那一片地現在無主。」說著看向姜瑩瑩，帶著些戲謔的語氣道：「雖然咱們有段時間沒見了，但是我可是時刻關心著妳呢！怎麼樣？搭夥不？算是姊妹我送給妳的成親禮物。」

姜瑩瑩臉色紅紅地瞪了她一眼。「當然搭！送上門的銀子，不要白不要！哼……」她揉了揉自己的臉，正色道：「不過妳說比茶山規模還要大四、五倍是不是真的？」

「當然。」

沈驚春將事情從頭到尾簡單地敘述了一遍，重點提了一下蓮溪村那些村民。「人品怎麼樣還不清楚，但是瞧著倒是家家戶戶都是勤快的，這種人看茶園正合適呢！」

「行，我沒問題，只要妳決定了都行。」姜瑩瑩想了想，道：「不過這個事情，還是得等晚上我爹回來了，跟他講一下才行，我手頭上沒有那麼多銀子。」

「那是自然，那麼大的一片茶園，還是要叫侯爺知曉的。不拘是晚上還是明天，妳叫人給我帶個信。這事宜早不宜遲，免得遲則生變。」

第三十五章

沈驚春想得很好，文宣侯也很給力，當晚就給了答覆。

今日一早，姜家的管事就帶著人同冬至一起去了蓮溪村。

誰都以為這就是個手到擒來的事情，可到了下午，一群人卻都滿面陰沈，憤憤不平地回來了。

姜家派出來的管事年紀大些，情緒把控能力好，看著沒什麼。

冬至則是氣得直哆嗦，馬車停在門口，罵罵咧咧的下來了。

從他到沈家來這麼久，沈驚春還是第一次看到他這樣，連方氏他們都一臉詫異地圍了過來。

姜家的管事也沒走，跟在後面下了車，一起進了院子。

單看他們的表情，甚至都不用問，沈驚春就知道，今天這事一准黃了！但想了想，還是問了一嘴。「地沒買到？」

冬至點了點頭，窩了一肚子的火想罵人，可當著主家的面，又實在罵不出口，緩了一下才道：「買地的人跟我們前後腳去的，等我跟姜管事到了蓮溪村時，衙門的人都已經在那裡丈量了。」

沈驚春皺了皺眉，這不應該啊！

浦廣鎮並不是什麼大鎮，尤其是靠近蓮溪村附近方圓十里，田地都很貧瘠，越靠近蓮溪村，種下去的農作物收成就越低。

這要真是個好地方，不用等到他們去，村子附近的茶樹估計早被砍光種上莊稼了，哪能等到現在？

除非是有人跟著他們去了蓮溪村，又或者是蓮溪村裡有主意大的，將這片茶山的消息通知了外面的人。沈驚春更傾向於後者。

她看向姜管事。「可有問清楚買地的是什麼人？」

姜家家大業大，或許不在乎這一片茶園能給家裡帶來的財富，但這個事情是姜侯爺親自吩咐下去的，姜管事也是姜家很得用的管事，不可能吃了這麼個悶虧，還不問清給自家下絆子的人是誰。

姜管事本來臉色還不算太難看，聽沈驚春這麼一問，臉色頓時難看了起來，深吸一口氣道：「那群買地的人跩得跟天王老子一樣，根本不搭理咱。我後來找了丈量土地的衙役問了，說是京城來的，什麼郡主府上的。」

想都不用想，八成就是嘉慧郡主趙靜芳了。

本來嘛，這片茶地被人買走也就買走了，可一想到是趙靜芳買的，沈驚春就渾身不舒服。

姜管事繼續黑著臉道：「我們後來去了所屬縣衙，縣衙的主簿看我是文宣侯府的，倒是不敢瞞我，說是嘉慧郡主最近在那邊的莊子裡散心，心血來潮買了這塊地。」

他媽的心血來潮！沈驚春的拳頭硬了。

這若不是故意的，她能把頭砍下來當球踢！

「從縣衙出來回京的路上又路過蓮溪村，湯村長在村口等著我們，一個勁兒地道歉，我問明了原由才知道，他們村有個人的親戚在嘉慧郡主那個莊子裡當管事，縣君前腳一走，那人後腳就去找了親戚，然後就……」

然後就被趙靜芳聽到了，知道這是她沈驚春想要買的地，所以橫插一腳先把地買到手噁心她？

冬至看著沈驚春沈下來的臉，小聲道：「不過湯村長說他們村裡那些地沒有賣出去，讓我們回來問問娘子，地裡那些茶樹還要不要？娘子不要的話，他們才會考慮賣給其他人。湯村長說了，他們蓮溪村的人雖然窮，但並非都是言而無信的人，朝廷的地賣給誰他們管不著，但是村裡的地，他們還是能決定賣不賣的。」

這話直接把沈驚春說愣住了。蓮溪村的人這麼硬嗎？郡主府的面子都不賣？

姜管事也在一邊道：「沒想到那個小村子那麼窮，還這麼有骨氣，說是跟縣君說好了的，五天之內給答覆，若是縣君這邊說不要，他們才會考慮賣給郡主府。」

「行，我瞭解了。這一趟辛苦姜管事了，回去給你家大小姐帶個信，就說茶山這邊不用擔心，我盡快讓人去買茶樹。」

趙靜芳橫插一腳買下那一大片茶地的事，對於沈驚春而言，好搞也不好搞。

趙靜芳的老媽滎陽公主是皇帝的女兒也是救命恩人，趙靜芳是皇帝的親外孫女，有這層關係在，只要她不是想不開去搞什麼謀反，這輩子都能高枕無憂。

沈驚春很確定皇帝對平陽長公主這個一母同胞的長姊的尊敬，但她卻沒有把握在她跟趙靜芳起衝突的時候，皇帝的胳膊會拐到她這邊來。

「要我說，妳現在就什麼也別幹，等人家先把茶園建起來，什麼東西都搞好了，妳再去把茶園搞到半死不活，噁心噁心她！」沈驚秋拄著枴，一邊在院子裡做復健，一邊懶洋洋地道。

沈驚春聽得一陣無語。

她哥說的什麼半死不活，指的就是將茶樹裡面的本源抽出來，這跟當初在祁縣的菊園裡用異能直接將菊花催敗不同。

木系異能是可以抽取植物的本源為己用的，這不但不會耗費自身的異能，相反地，吸收了植物本源之後還可以提升自己的異能。

「你說得倒是簡單。」沈驚春沒好氣地道：「這又不是末世，強行用沒異化的植物來提升自身異能，一個不小心是要遭反噬的。」

這是在末世真實發生過的事情，要不然當初在菊園的時候，她直接將所有菊花的本源抽出來就行了，哪需要那麼麻煩地耗費自身異能去催發？

沈驚秋當時涼得太早，不過末世一年人就沒了，還真不知道這個事情。「那怎麼辦？」

「什麼怎麼辦？發生什麼事了？」

一大兩小的身影出現在兩人的視線之中。

後面寒露也將騾車趕到了院子裡。

「屋裡說。」

溫度漸漸回升，天黑得也比冬天時候晚，沈家的晚飯也相對地推遲了一些。

方氏是個閒不住的，哪怕現在買了燒飯的婆子回來，她還是會幹些力所能及的事情，眼下所有人都在後院，幾人進了屋，沒有多少顧忌。

將兩個小的打發去後院找方氏，沈驚春才將蓮溪村茶園的事情說了一遍。

陳淮挑了挑眉。「嘉慧郡主？她如今都自顧不暇了，還敢來招惹妳？」

兄妹兩個齊齊一愣。自顧不暇這個詞他們懂，但趙靜芳自顧不暇是什麼意思？

陳淮的手指在桌上一點。

沈驚春立刻狗腿地倒了一杯溫水遞過去。

陳淮接過溫水抿了一口才道：「先寧王當初奪位失敗，想犧牲自己保全家人所以自戕而亡，但皇帝卻並未如他想的一般放過寧王府，本該繼承寧王之位的世子降爵為扶風郡王，被早早地打發去了封地。」

這事不僅有原主記憶的沈驚春知道，連沈驚秋也在養傷這段時間翻了些書籍，大概知道了這事。

扶風郡這個地方比上不足、比下有餘，可相較於江南這邊，實在算不上什麼好地方。扶風郡王去封地的時候才十來歲，還未成親，然後一去三十多年，至今都再未回過京。

但這跟趙靜芳自顧不暇有什麼關係？

「因為郡王世子李還進京了。」陳淮微微笑道：「皇帝今年六十整壽，扶風郡王府也在進京賀壽之列。」

古代人的壽命並不長，所以皇帝這個六十整壽對於大周而言，是個相當重要的事情。但沈驚春知道皇帝身體並不怎麼好，這個時候叫李還進京，未必沒有用他當人質的想法。

「莫非……」沈驚秋遲疑道：「這位嘉慧郡主私底下跟郡王世子有聯繫？」

陳淮點頭。「不錯。」

不論實際情況到底怎麼樣，但李選進京是擺在明面上的，人家好歹是個世子，是皇室成員，當初皇帝登基殺了不少人，可李選的爹卻活了下來，雖然從親王降為了郡王，但這也表示皇帝似乎並不想殺他。

京城裡會這麼想的人並不少，所以李選進京之後的幾天，真有人敢將宴會請帖送上門。

「嘉慧郡主跟世子私下見了面不說，還說起了扶風郡王的事，這事不知道怎麼回事就傳到了皇帝耳朵裡，昨日叫了內閣幾位閣老談到了這事，說是要將嘉慧郡主打發去守一年皇陵。」

守皇陵這個事，是一代一代傳下來的，一般被派去守皇陵的只有兩類人——

一類是犯了大錯的皇室弟子，皇帝震怒之下不想看到這個人，所以打發他們去守皇陵，在祖宗面前靜思己過。

另一類就是皇帝想保住一個人，但是沒啥辦法，只好打發這個人去守皇陵，等風聲過了，再將人調回來。

趙靜芳這個情況，顯然不是後者。

想到這兒，沈驚春卻更加疑惑。「這個趙靜芳是真的蠢還是裝的？都這個時候了，還敢這麼張狂？她是覺得我這個小小縣君一定沒有本事奈何得了她嗎？」

屋子裡安靜了一瞬，沈驚秋才道：「我感覺這不像是個蠢人。」

趙靜芳的身分在那兒，如果說滎陽公主的生母還在，後宮那些娘娘們怕她利用趙靜芳爭寵而故意把她教壞那還有說法，可滎陽公主的生母已經不在了啊，趙家又靠不住，有什麼理由故意把人教成這樣？

相反地，能在後宮混的，哪一個是省油的燈？若把趙靜芳教好了，還能得皇帝一分看重。

一般人要是知道自己有可能被打發去守皇陵，估計不知道慌成什麼樣了吧？可趙靜芳居然還有心情買茶地來噁心沈驚春。

沈驚秋將自己的猜想一說，其餘兩人又是一陣沈默。

「她這樣沒道理啊！」沈驚春說道。

一般像這種裝傻充愣，用紈袴的外皮保護自己的，多少都是有點想法的，可趙靜芳能有什麼想法？

對於她這樣的人來說，成為皇帝最寵愛的外孫女，不比現在這樣張牙舞爪地吸引人注意強嗎？

「算了算了，這種事情不是咱能管的，管他去死呢，咱還是悶聲發財比較好！」

在京城家裡住了一晚，第二天一大早，沈驚春又跟冬至出了門。

蓮溪村的村民信守承諾將茶樹留給她，她也不能言而無信不買，而且相比起這些茶樹而言，就她本人來說，其實更看重蓮溪村的村民。

朝廷前後兩次給的爵田加上她自己買的茶山加起來有八百多畝，單靠他們一家，估計一人長十雙手也幹不過來。等農忙的時候，還不一定能招到那麼多人，還不如將蓮溪村這批人拉攏過來做長工。

騾車出了城，很快就到了茶山，這邊工坊已經開工，大白天的人很多，沈驚春下了車就叫張大柱過來。

城裡車馬行不少，總歸能找到幫忙運茶樹的，可沈驚春並不想多花這個錢。雇一個馬車車隊跑這一趟的花費，都可以用牛車跑幾趟了。

張大柱話不多，但辦事很可靠，尤其當對方都是跟他一樣的農民時。

沈驚春交代完不到一盞茶的時間，他就面帶喜悅地回來了。「問好了，現在還沒開始春耕，村民們的牛都閒在家裡，附近幾個村子可以給咱找來四十輛牛車。」

來回六十里路，一輛牛車她願意給三百文的價格。

四十輛牛車不過十二兩銀子，可對於村民們來說，這三百文卻已經不少了。

等了沒一會兒，四十輛牛車就排著隊來了。

沈驚春簡單地說了幾句，一行人就浩浩蕩蕩的出發了，領路的依舊是康二娘。

從京城出發的時候很早，在茶山又耽誤了會兒，牛車走起來也不快，到蓮溪村的時候，已經是下午了。

村口一個小娃遠遠看到車隊過來，大喊著衝進了村裡。

很快地，就有一隊人從村裡衝了出來，為首的正是前天才見過的蓮溪村湯村長。

「貴人來了！」相比起之前的態度，湯村長今天的態度更加熱情了幾分。

康二娘不知道沈驚春到底是什麼來頭，可小河村離茶山很近，那附近幾百畝田包括茶山全是沈家的，這在附近十里八鄉早就不是什麼秘密。

而沈家是去年才從南方到京城來的，張大柱等人也並未刻意隱瞞。他們家既然雇了那麼多人打理茶山，更加說明人家現在缺人手。

康二娘覺得這是個機會，甚至特意跟村長說了，那茶樹的價格不要喊貴了，說不定到時沈家找長工、短工之類的，就會優先考慮蓮溪村的人。

沈驚春並不知道這些，但伸手不打笑臉人，湯村長這麼熱情，她便也笑道：「是啊，若非昨日他們到家太晚，我都打算昨日就來的。時間也不早了，村長你看我們是不是現在商量一下茶樹的價格？」

湯村長喜道：「好說好說，咱們以前也沒賣過這個，貴人您看要不直接給個數？」

後面那一大片，都是按畝來收錢，蓮溪村這一片地質不好，土地更是不值錢，京城附近一畝下等田也要八兩銀子，可到了他們這裡卻只有四兩銀子，那一畝田裡可有不少茶樹。

沈驚春想了想道：「這茶樹還是按照大小年分來吧，咱們先到地頭再細說。」

為了方便掉頭，牛車並未全部過去，而是只有打頭的五輛車跟著一起過去。

到了地頭，她指著一棵枝繁葉茂的茶樹道：「像這樣的，我出三十文一棵，這些小一點的二十文，最小的這種十文一棵，村長覺得可行？」

「行行行！」湯村長忙不迭地點頭，這可太行了！

這些地全是村裡的地，本來是劃到蓮溪村用作以後的宅基地的，誰知道村裡人越來越少，而茶樹卻越長越多，連周圍私人的荒地裡也長了不少出來。

這三十文一棵的茶樹，少說也有兩百棵，也就是起碼六兩銀子，更別說小一些的茶樹更是多得數不勝數。

「我現在就回去叫人來挖，貴人且稍等一會兒！」湯村長一邊說著，一邊掉頭就往村裡跑。

沒多久，就領著一群人又衝了回來。

長在村裡土地上的茶樹如果賣出去，這個錢是商量好要分掉的，二十幾戶分完到手可能沒多少，但蚊子再小也是肉，有總比沒有強。

湯村長瞧著年紀不小，卻也扛著一把鐵鍬來了。「貴人您給咱說一下這茶樹怎麼挖，咱這就動手。」

康二娘道：「我知道，我挖過。」

沈驚春一聽這話，就滿意得不得了。「二娘她們都挖過，跟你們說一下就知道了。不過咱可事先說好了，如果直接把主根挖斷了，那可是不算錢的。」

「大家聽到沒？都小心一點！」湯村長一招手，喊來一個小丫頭道：「小妮妳帶著貴人到我家去坐坐，這一路過來肯定累了，歇一歇，這裡的活交給我們就是。」

那小丫頭立刻脆生生地應了一聲。

沈驚春笑道：「不用，這有什麼累的？多個人多份力量，早點挖完，我們也能早點回去。」

這話把蓮溪村的人說得一愣一愣的。現在的有錢人都這麼勤快嗎？還自己下地幹活？不過這是人家的事，跟他們沒關係。

康二娘早習慣了，看了一眼沈驚春，就開始說起挖茶樹的注意事項。

二十多戶人家，在村裡能幹得動活的幾乎都來了，近一百號人分散在地裡幹得熱火朝天，不過一個時辰，就將幾塊地裡的茶樹全都挖了起來。

大大小小的茶樹加起來差不多有一千棵，算錢的時候，那種很小的樹，湯村長沒好意思要錢，加起來不過十九兩不到。

沈驚春乾脆給湊了個整，給了二十兩，多出來的就算是人工費了。

給完錢後，沈驚春不得不感慨，這茶樹是真的便宜啊！

近一千棵茶樹勉勉強強地擠在一起裝上了車。

沈驚春並未留下來多說關於沈家要招長工的事情，只簡單地說了幾句話，邀請蓮溪村的人這兩天有空的話，可以到茶山那邊去詳談。

從蓮溪村出來，才走了一半的路，天就徹底黑了，月光也不甚明亮。好在京城這邊的路還算平坦，一行人總算在戌時之後回到家。

連夜種茶樹既不安全也不人道，從蓮溪村運過來的茶樹全都被堆放在了沈家的院子裡。

這次答應幫忙運茶樹的都是跟沈家有來往的附近村民，時間這麼晚了，也沒急著結算這一趟的工錢，卸完茶樹就駕著牛車各回各家了。

天氣回暖，茶樹根上還帶了些泥土，一個晚上的時間而已，不用擔心茶樹被凍壞。

第二日天矇矇亮，做短工的人就上了門。

前一天沈驚春走之前就交代了張大柱帶人在栽種了茶樹的那一邊提前挖坑，茶樹被一批一批地運往茶山，栽進前一天提前挖好的坑裡，後面就有人趁著太陽還沒出來之前，用她兌好了異能的水去澆灌。

近千棵大大小小的茶樹整整齊齊地栽種在茶山之上，完事之後，這些人也並未離開，而是又轉到另一邊繼續挖坑。

除了這些茶樹之外，沈志清已經聯繫到了一批果樹，按照沈驚春之前說的，不硬性要求幾年生的，這樣一來，可選範圍就大了很多。

茶山這邊的建設如火如荼，從傳出要買樹苗之後，甚至不用專門去找，就有人主動上門聯繫，倒是省了沈志清來回奔波的時間。

忙忙碌碌一上午，午飯之前，蓮溪村的人總算找了過來。

包括湯村長在內，來的人男女都有，但十幾人全都是青壯年。

「剛才過來的那一大片，真的全都是這位貴人的家業？」湯村長的聲音裡充滿了驚訝。他們村裡沒有牛，到這邊來完全是靠兩條腿走，到了這邊又先跑了一趟小河村找了康二娘，再由康二娘領著他們來茶山這裡找沈驚春。

一路過來的時候，康二娘特意將沈家的田地指出來給蓮溪村的人看了。

到了沈家門口，康二娘的回答就謹慎很多。「對，這一片全是沈家的地。」

沈驚春停下了打算盤的手，站起身出了門。

姜家投資的一萬兩銀子，大頭還在沈驚春的空間裡放著，沈志清這邊則是留了一千兩，日常開銷結算工錢，全都從這裡面出，不夠了再去找沈驚春拿。

沈志清的學問並不怎麼樣，讀了兩年書，一筆字也只能勉強說是端正，但他的帳目卻記得很清楚，記帳的辦法也是沈驚春教的。

趁著今天有空，她乾脆對了對帳。

蓮溪村一行人站在院子外，看著這座氣派的三層青磚宅院，眼神裡滿是羨慕。

沈驚春一出來，便朝他們笑道：「大家來了，快進屋吧！」她說著，又喊了楊嬸和大雪她們準備上茶水。

十幾個人束手束腳地進了院子，踩在青磚大石板上有點施展不開。

一進院子裡用來待客的中堂不算很大，布置得也很簡單，兩排椅子不足以坐下十來人，大暑眼疾手快地又拿了幾條長凳過來。

「我以為你們還要過兩天才能來呢！」沈驚春面帶微笑地說著客套話。

廚房那邊的動作很快，一行人才坐下不久，楊嬸就帶著人上了十幾碗糖水蛋來。

沈驚春招呼他們不要客氣，這一路過來想必也餓了，先吃點填填肚子，午飯還要一會兒才好。

蓮溪村來的這些人沒想到這位沈娘子這麼好說話，本還想推辭一番，可他們早上出來之前吃得少，這三十里路走下來也確實是餓了，便強忍著狼吞虎嚥的想法，將糖水蛋吃完了。

等他們吃完，沈驚春就直奔主題。「想必大家也知道了，我家裡田地有點多，所以我家打算找一些長工。前幾天去貴村的時候，我瞧著你們都是勤快本分的人，因此就想問問你們，可有願意來我家做長工的？」

她昨晚走的時候並沒有說到底什麼事，湯村長雖有康二娘的提醒在前，可真等沈驚春主動提出來，還是有些反應不過來。

「不用現在就回答我。」看他們都不說話，沈驚春還以為他們是覺得為難。「我先給大家說說我們家的福利待遇，一個月八百文的工錢，包三頓飯，住的地方目前只能提供大通鋪。我們也歡迎夫妻倆一起來這邊上工，男工跟女工都是一樣的工錢，到時候如果大家穩定下來，願意在我家長期上工，後續我們也可以提供夫妻住房。」

有了縣君的身分在，辦什麼事都方便很多。

沈家這座三進的宅院是建在沈驚春自己的爵田之上的，但是這些田畢竟是農田，考慮到後續員工的住房問題，她又叫冬至拿著她的縣君印信跑了趟縣衙，諮詢了一下建房的問題。

原本挨著這邊有一大片地方是原來河道改道之後留下來的石灘，坑坑窪窪的有很多碎石子，根本就沒辦法種地，所以冬至才一表明來意，縣衙的人就以十分低廉的價格將那片地賣給了沈驚春。

沈驚春沒當過老闆，但是他們家的家具廠就是這麼個模式，提供夫妻住房，這樣能夠盡可能地留住多的人。

果然，她話音一落，就有兩對夫妻驚喜地互看了一眼。

這個年代，女人能做的工種並不多，就像是沈家建房子，沈志清招人的時候只會招健壯的男人，根本就不會招女人來建房，而現在沈驚春卻說歡迎夫妻工，並且還特意說了工錢都一樣。

沈驚春再接再厲地道：「八百文的工錢在京城周邊來說確實不算高，在運河碼頭那邊扛麻袋都不止這個數，但是我想告訴各位的是，我們家這個工錢是穩定的，沒有淡季、旺季之分，只要是我們家的長工，哪怕是冬歇，我家還是會給八百文一個月的工錢。

「而且我們家還包吃包住，要知道，如果進城務工，自己租房住的話，每個月的房租費都是一筆不小的開銷呢！八百文一個月，一年就是九千六百文，而你們需要支出的僅僅是四季衣服而已。除此之外，月休兩天。」

錢雖然真的不算多，但穩定啊！沒有失業的風險，年輕人只要勤勤懇懇地幹上個三年，娶媳婦的錢就有了，要是一個四口之家都來這邊當長工，一年工錢都有三十八兩了，除去自身花費，又運氣好無病、無災的情況下，怎麼也能存下二十多兩，幾年下來直奔小康有沒有？這待遇，說得沈驚春自己都心動了。

蓮溪村一行人聽得目瞪口呆，世上居然有這麼好的事？

兩對夫妻最先反應過來，忙道：「我們願意來做長工！」

其餘人一見這四人答應，立刻也跟著說願意。

別說每個月八百文了，就是每個月四百文，對他們而言，也比在蓮溪村種田來得強！

「大家先別急，還有其他的注意事項要說一下。」沈驚春笑咪咪地道：「我們這邊做長工是要簽書契的，五年起簽。幹活也有要求，活幹完了大家休息這個沒關係，諸如身體不舒服這些也可以提出來，我們家並非不近人情，非要大家硬扛著去幹活的，但是在幹活期間偷懶耍滑，這個是絕對不可以的。

「目前來說，我們家招長工的年齡也有限制，只招十五歲到四十五歲這個年齡段的。但是如果大家願意一直在我家做長工，工齡每滿五年，月錢就加一百文。二十歲以下幹滿三十年的，我們還有額外的養老費，五十歲之後可以每個月領取兩百文的養老補助。

「我說出來的話到時候都會寫到書契之上，大家不用擔心我到時候言而無信，假如我做不到，你們可以拿著書契去衙門告我。當然了，也不排除有一種情況，就是我家破產，我的生意做不下去了，也就沒有錢給大家發工錢了，這個到時候也會提前通知，每個人可以多拿一個月的工錢當作遣散費。如果你們想要走的，可以提前一個月打招呼，但是在書契期內要將農閒時候拿的工錢還回來。」

沈家要招長工的事情，當天就傳遍了十里八鄉，尤其是附近大河村、小河村的村民，更是後悔得不行。

從去年沈家到這邊建房子開始，就是這兩個村子的人一直在這邊給沈家打短工，期間沈志清和張大柱都開口透露過要招長工的意思，還特意問了相熟的幾個鄉親要不要來做長工。

當時他們怎麼說的？說是農忙的時候家裡人肯定忙不過來，做短工可以，做長工那是絕對抽不出時間來的。

可是現在所有人都後悔了！沈家招長工給的工錢這麼高，怎麼不早說？

臉皮薄的只恨自己當時沒答應做長工，臉皮厚的卻是成群結隊地到了沈家門前，厚著臉皮問陳家還要不要長工？

可惜無論他們怎麼說好話，沈家人都是笑咪咪地說「還招不招長工，要等蓮溪村那邊把具體人數報過來之後才知道」。

把最後一批上門來問的人打發走後，兄妹兩個才一屁股坐在椅子上。一堆人找上門來嗡嗡嗡地說了半個下午，腦袋都給吵暈了。

沈志清連喝了滿滿兩杯溫水才問道：「妳打算招多少人，心裡有成算嗎？」

若只是種植水稻、小麥、油菜之類的莊稼，在有牛的情況下，其實並不用那麼多人。

可偏偏這八百多畝地裡，不只是種莊稼，更有茶山和果園。等到山上果樹種好，還要找人從河道那邊挖一條支流進來灌溉農田。

「先按照一個人十五畝地來算，除掉茶園和果園這些，實際耕種面積可能是四百多畝，長工怎麼也要三十人。茶園那邊看護的人員倒是其次，等到採茶期，還是要雇短工來採茶，重點就是得培養幾個炒茶工出來。」

目前為止，除了他們兄妹，沈家還找不出其他會炒茶的人。

想想去年那麼點茶葉，都快把她的兩條手臂炒廢了，沈驚春就覺得頭痛。

茶山那邊的茶葉現在規劃完了之後，按面積來算怎麼也有五十畝，靠他們兄妹兩個，再長十雙手也炒不過來啊！

「還有果園，怎麼也得找一個有果樹種植經驗的人來帶著做才行，什麼都不懂的人，別上手就直接把咱的果樹弄死了！工坊裡也要有人……」

這筆帳一算起來就沒完沒了。

一個人按照十兩來算，單就種地需要的人，一年就要付出去三百兩銀子的工錢了。

沈志清的腦子飛快轉動，一伸手拿了算盤過來啪啪地開始打起了算盤，一頓操作下來，再看看上面顯示的數，心都痛了。

生意具體還不知道怎麼樣呢，每年就要花那麼多錢出去了！雖然不是他的錢，但他也心痛得很啊！

沈驚春感嘆了一聲。「這還是沒買牛的情況呢！咱雖然雇了長工，但也不能把人家當牲口用，牛還是要買的。我之前託人到牛市問了，一頭牛大約是二十到三十兩不等，咱家這個地，沒有十頭牛也做不來。」創業可真難啊！

沈驚春在茶山一待就是半個多月，每天都恨不得將自己劈成好幾半。

銀子像流水一樣地花了出去，氣溫越暖，他們這個活就越趕，開始春耕之後，短工的工錢也是直線上升。

建房子要錢、買樹苗要錢、請人挖河道要錢、挖完之後投放魚苗還是要錢。

有之前在平山村開荒的經驗，去年來到京城之後，張大柱等人就挖了坑開始漚肥，但原本漚的肥也只夠一開始那些地，後面這三百畝田，沈家並未準備農肥，這邊又不靠山，沒有腐土可挖，只得花高價去買人家的肥。

八百畝地一分為二，後面三百畝良田加上緊挨著這邊的一百畝田地，被劃分出來用作種植糧食和辣椒；另外四百畝用來建茶園和果園。這兩邊的帳目是分開算的，茶園那邊四百畝用的是姜家投資的一萬兩銀子，而種糧食的四百畝用的則是沈驚春自己的錢。

沈驚春手裡為數不多的錢一下子就見了底，茶山那邊的帳目上雖然還有錢，可並不能隨意挪用。

好在這幾百畝地已經規劃得差不多了。

到了三月十號，即使手頭上的事情還沒完全收尾，沈驚春還是叫芒種套車回城，因為三月十二就要開始會試了。

以陳淮的才學，這次會試的名次雖不好說，但考中卻是板上釘釘的事情，相比起陳淮自己，倒是家裡其他人顯得更緊張一些。

沈驚春人不在家，城裡的消息卻是三天兩頭的就往她這邊傳。進入三月開始，方氏就又開始神神叨叨，早晚三炷香地在沈延平和陳瑩的牌位前求他們一定要保佑陳淮高中。

長公主府那邊更是悄悄地派了一名經驗豐富的廚娘過來，說是要在考前好好調養陳淮的身體。雖說會試在三月，沒那麼凍人，可三月的夜晚也很熬人，再加上會試壓力大，很多舉子甚至連第一場都熬不過去，就被人抬了出來。

到家時太陽已經西斜，外面的聲音此起彼伏，可院子裡卻是毫無聲息，甚至有一股淡淡的檀香味飄蕩在院中。

馬車一停，正在院中摘菜的夏至就驚喜地迎上前，剛要張嘴說話，想到方氏的吩咐，就又閉上了嘴，只一福身朝沈驚春行禮。

沈驚春被她這樣子弄得不明所以。「怎麼了？家裡人都到哪裡去了？就妳一個人在？」她話音剛落，屋裡的方氏就聽到聲音衝出來。

「哎呀！妳說話這麼大聲幹啥？小心吵到阿淮溫書！」

什麼鬼東西？這樣的說話音量不是很正常嗎？怎麼就大聲了？

陳淮難道是什麼聲控的易碎品不成？聲音超過多少分貝他就會碎掉？

方氏還在喋喋不休，沈驚春一轉頭就瞥見書房門口陳淮探頭出來看了一眼，朝她使了個眼色，然後很快又縮了回去。

沈驚春被她老娘吵得耳朵都要炸了，幾乎是立刻就舉手投降。「娘，車上我還帶了些自家地裡種的菜，妳去看看收拾一下，都是水靈靈的，叫李嬸晚上炒了給妳女婿吃！我太累了，得去休息休息！」將方氏往騾車那邊推了推，沈驚春轉身就飛奔似的進了屋。

屋裡，陳淮老神在在地坐在桌邊捧著一卷書正翻著，桌上茶杯裡已經倒了滿滿一杯溫水，沈驚春也沒在意這杯子是不是被他用過，端起來咕嚕咕嚕就喝完了。看陳淮拎起茶壺又要倒，她連忙擺了擺手。「夠了夠了！我娘也太可怕了吧？」

陳淮笑咪咪地道：「這才哪兒到哪兒。」他媳婦今天才回來，他可是已經被丈母娘「關愛」了半個月了。

沈驚春想想方氏那個樣子就覺得後怕。「我哥呢？」沈驚秋雖然是個理工男，可他的性格卻一點都不悶，相反的話還稍微有點多，院子裡這麼安靜實在是有點不正常。

陳淮微微一笑，卻沒說話。

沈驚春邊嘆氣邊搖頭。「還好今天已經十號了，明天再堅持一天，後天等你進了考場，家裡就能恢復正常了。」

到了晚飯時候，沈驚秋才帶著兩個小廝，大搖大擺地回家。

傷筋動骨一百天，本來按照他那種傷情，肯定要休養不止一百天，但沈驚春捨得花錢，給他用最好的藥，又每天吃著異能灌溉出來的菜，以至於現在三個月不到，他的傷就好得七七八八了，如今只要不走快，基本上看不出沈驚秋的腿受過傷。

吃飯這會兒是家裡唯一可以高聲說話的時間。

一家人才上桌，沈驚秋就一臉神秘地道：「你們猜我今天在外面聽到了什麼消息？」

方氏對這個不太感興趣，她現在全部的心思和注意力都在女婿即將會試這件事上，只瞥了一眼自家好大兒，就埋頭吃飯。

兩個小的已經開始講究食不言、寢不語，各自捧著個小碗扒飯。

一桌人唯有陳淮接了腔。「猜不到。」

沈驚秋抬眸一笑。

沈驚春感覺自己從這笑容裡看出了幾分陰險。

「周渭川那個臭小子居然打算參加這次的會試！」

所有人都愣了一下，連方氏都忍不住看向了兒子問道：「周渭川？就是阿淮那個弟弟？他不是被人打斷手腳了嗎？沒辦法參加會試吧？」

方氏從來沒有刻意瞭解過京城的各種小道消息，但架不住周渭川這個事情傳得沸沸揚揚的，且這小子還是本屆會試一甲的熱門人選，聽到他斷手斷腳的消息後，方氏心裡還曾湧起過一陣竊喜。

沈驚秋嘿嘿一笑。「今日我去找楊大夫複診，你們也知道，楊大夫擅長骨科，正巧看到那個周渭川偷偷摸摸地被人抬著進了門，問楊大夫有沒有辦法能夠讓他的腿堅持到考完會試。」

瘋了吧？他斷手斷腳到現在也就一個來月，兩個月不到的時間，即便現代科技水準那麼高，醫生都不敢打包票說能讓他撐過會試吧？

沈驚秋「嘖」了一聲。「別說沒有那種藥，就是有，人家楊大夫可是個正經大夫，也不能幹這種事啊！若周渭川一個不小心落下個終身殘疾，那周家可是會找楊大夫麻煩的！」

沈驚秋很想跟自家妹子說「看妳把人家小夥子給逼成啥樣了，人家冒著終身殘疾的風險也要爭這一口氣啊」！可方氏不知道周渭川是被沈驚春打的，因此沈驚秋只看了沈驚春一眼，就把話給嚥了回去。

飯桌上沈驚秋說的這個事情並未給家裡帶來任何的影響，飯一吃完，院子裡就恢復了安靜，因為方氏說不能打擾陳淮溫書、休息。

沈驚春在家待不到一天，就覺得度日如年，每時每刻都是煎熬。偏偏她回來就是為了陳淮會試一事，因此只能耐著性子在書房陪著他看書。

三月十二這天一早，一家人就開始忙活起來。

會試一共考三場，每場提前一天領卷入場，後一天交卷出場，是要在考場裡面住的。要帶進考場的東西是早就準備好了的，可方氏還是一連檢查了三遍才放下心來，又忙前忙後地張羅陳淮的早飯。

用她的話來說，這可是考前最重要的一頓飯，一點都馬虎不得。

全家人被她指使得團團轉，連兩個孩子都被揪了起來，美其名曰要為他們的姑父助威吶喊，爭取考個好名次。

等到一切都準備好，已經日上三竿。

貢院就在國子監附近，離高橋並不算遠，今日這種情況，乘車過去還不如走路過去來得方便，一家人於是前呼後擁地簇擁著陳淮出了門。

來這邊住了小半年，雖說方氏不怎麼出門，但附近鄰里卻都知道這一家有個舉人，是以一聽到門響，都笑著迎上前，說些祝陳淮高中、金榜題名的話。

方氏笑呵呵地一一跟人謝過，又道忙著送考，回頭再與各位鄰里說話。

一行十幾人過了高橋，沿著東大街走至橫街，沒多久就到了貢院附近。

這陣仗比當初在慶陽的院試要熱鬧了十幾倍，寬闊的街道兩邊擠滿了來送考和看熱鬧的人，路邊馬車一輛挨著一輛。

沈家眾人將陳淮護在中間，幾乎是頂著前面的人在往前走。

好不容易擠到了排隊處，幾乎所有人都出了一身汗。

方氏第一次送考，感覺有說不完的話要對陳淮囑咐。

沈驚春站在旁邊默默地聽了一會兒，都是些重複的話來回說，偏陳淮也不覺得煩，始終面帶微笑的認真聆聽，直到貢院門口「鏘」的一聲響，才叫送考的人安靜下來。

「肅靜肅靜！考生們過來排隊，送考的往後退，讓出地方來！」

一名禮部的小吏拿著面鑼一面走、一面敲，「鏘鏘鏘」的聲音不斷響起，震耳欲聾，後面跟著的小吏們就手持長棍將送考民眾往後方壓退。

很快地，貢院門口就清出了一大片空地來。

之前到場的考生們也很自覺地按照規矩分成了兩隊。

「瞧，我說的沒錯吧，周渭川真的來了！」沈驚秋伸手往前一指。

聽他這麼說，沈驚春下意識地伸長脖子去看，只看到黑壓壓的人頭。聽說參加這次會試的考生數量，是歷屆之最，足足有萬人之多。

「不用看了，他排在第一個，已經搜身進場。」陳淮微微俯身，在沈驚春耳邊道。

「真的來參加會試了？這小子真不打算要他的腿了嗎？」

誰下的手誰知道，當初那一頓噼哩啪啦打斷骨頭，可不是鬧著玩的。她那一腳下去，大碗公粗的木頭都得斷，周渭川那小胳膊小腿的，傷得絕對不輕。

「拄著柺呢。以周侍郎的能耐，在不影響科考的情況下，讓禮部的人稍微照顧一下周公子，想來並非什麼難事。」陳淮接過寒露手裡的考籃，轉身朝方氏等人道：「那我去排隊了。這裡人多，也不太安全，你們就先回去吧，出場時也不用來接，我自己回去即可。」

陳淮還在的時候，那是陳淮最大，現在人家已經去排隊了，方氏才想起自家好大兒的腿腳剛好呢！

方氏還真怕人多了要是再發生點什麼意外，又把沈驚秋的腿給弄折了，因此等到陳淮的身影消失在人海裡，方氏一揮手就準備打道回府。

眾人逆流而出，到了稍微寬敞點的地方歇了歇才繼續往家裡走去。

等到了家門口，夏至一指前方，驚訝道：「前面那個不是姜小姐身邊的雨集嗎？」

姜瑩瑩身邊的兩個大婢女，雨集相比起乘霞而言，性格更為開朗一些，平日裡有什麼事，姜瑩瑩也喜歡叫她出來辦，與沈家的人見過多次，也算熟識。

方氏等人朝前一看，也都「咦」了一聲。「真是雨集啊！」

一行人到了近前，雨集才回過神來，先是朝方氏幾人行禮問好，才朝沈驚春道：「我家小姐想請縣君一聚說說話，讓奴婢來問問縣君今日可否得空？」

沈驚春點頭應了聲。以往每次來，雨集臉上都帶著得體的笑容，今日也是一樣，但沈驚春一眼就看出來她的笑容很是勉強。

閨女跟其他世家的千金相交，方氏從不插手，因此打過招呼就直接領著人開門進了院子。

姜家的馬車就停在附近，雨集伸手一招，車伕便將馬車趕了過來，沈驚春一上車，馬車就動了起來。

馬車一路往前，過了蔡河後直接從保康門入了內城，最後停在了相國寺外。

二人下了車，雨集也不如平時話多，只一路沈默地在前面帶路，很快地，二人就穿過大半個寺院，到了一處花木繁盛的禪房外。

姜瑩瑩身邊的另一名婢女乘霞就守在門前，遠遠瞧見二人過來，就打開了禪房的門，等人到了近前也只是行了一禮，多的話一句都沒有。

她們搞得這麼嚴肅，倒是叫沈驚春詫異萬分。

禪房裡，姜瑩瑩正紅著眼睛抄寫經文，一瞧見沈驚春進門，手上的筆還沒放下來，眼淚倒是先吧嗒吧嗒地掉了。

「怎麼了？」沈驚春兩步上前，握住了姜瑩瑩的手問道：「發生什麼事了？妳可別嚇我，有什麼事說出來大家商量商量啊！」

姜瑩瑩抹了把眼淚，哽咽著道：「我祖母不大好了，請了御醫會診，說是就這幾個月的事了……」

姜家家風還算清正，姜老夫人也不是那種重男輕女的人，而且因為姜家男孩多、女孩少，姜瑩瑩這個長房嫡女一向很得老夫人的歡心，祖孫兩個的感情非常好。

沈驚春微微一怔，有點不知道該怎麼安慰她，她實在不是那種口舌伶俐的人。

想了想，沈驚春才有些乾巴巴地道：「有什麼需要幫忙的千萬不要跟我客氣，我手裡還有支百年老參，妳看有需要的話隨時找我拿。我也不知道現在應該怎麼安慰妳，但是老夫人一定希望你們都好好的，妳也不能一直沈浸在悲傷當中，要先把自己照顧好，才能去照顧老夫人。其實世上沒有絕對的事情，妳看我哥，當時在慶陽，我爹帶他看了多少大夫，都說治不好了，結果現在還不是好了嗎？」說著就伸手將姜瑩瑩攬了過來，讓她伏在自己的肩頭，輕輕拍著她的後背給予無聲的安慰。

太醫院那群太醫的醫術可能不是這個世界最厲害的，但絕對是大周數一數二的，以太醫院那群人說話只說一半的性格，這次能說出「只有幾個月好活」的話來，想必姜老夫人是真的只有幾個月能活了。

沈驚春的肩頭很快就被淚濕了，不知道過了多久，她的腿都要麻了，姜瑩瑩才不好意思地坐直了身體。

姜瑩瑩的一雙眼睛已經哭得腫了起來，說話還帶著點哭音。「我祖母說她最後的願望就是能在閉眼前看著我成家，昨日我爹親自上門去張家說了這事，兩家商議之後，說是等殿試結束之後就把事情辦了。」

三月十二開始會試，四月十二放榜，四月二十六殿試，五月初一傳臚，兩家商議的殿試之後舉行婚禮，指的肯定就是傳臚之後，滿打滿算也不過剩一個半月罷了。

張家當初說是上元之後上門提親，可實際上後來因為皇帝遇刺的事情又拖了好些天，到五月這短短時日裡，正常情況下，可能連六禮都沒走完，稍微講究一些的人家，只怕都不會做這個事，張家能同意將婚期提前，說明是真的很看重姜瑩瑩。

姜瑩瑩話一出口就又想哭。「我祖母這個樣子，我卻因為婚期提前而有些竊喜……」她頓了頓才繼續道：「我覺得我這樣子很卑劣，沒有良心。」

「妳怎麼會這麼想？」沈驚春詫異地道：「張齡棠是妳喜歡的人，能跟喜歡的人在一起，是一件很幸福的事情不是嗎？而老夫人是妳的親人，妳為了她的事流眼淚，悲傷難當也是很正常的事。但這兩件正常的事放在一起，並不衝突啊！妳如果真的沒有良心，妳的眼睛就不會腫成這樣了。」

沈驚春在相國寺一直待到天黑，安慰好了姜瑩瑩，她乾脆也要了一份筆墨，開始抄佛經祈福。

她不是醫生，沒辦法治好姜老夫人的病，作為姜瑩瑩的好朋友，她只能以這樣的方式盡一分力。

天黑之後，姜瑩瑩的大哥才匆匆來相國寺接她。

今天是會試入場的日子，家裡人一半圍著姜清洲轉，一半圍著老夫人轉，姜瑩瑩實在是懶得看三房那副貓哭耗子的虛假嘴臉，這才來了相國寺為祖母抄經書祈福。

姜清洲與姜瑩瑩年紀差兩歲，沈驚春與他很熟，但與姜瑩瑩的大哥姜清瀲只能算認識。

對方看到她，語氣倒是出乎意料的溫和客氣。

「今日多謝縣君一直陪著舍妹，我在狀元樓訂了一間包廂，如今天色也不早了，不如請縣君移步，吃過晚飯之後再送縣君回去吧？」

狀元樓確實離相國寺很近。

但姜家現在正是多事之秋，姜清瀲作為姜家的嫡長孫，身上事情肯定也很多，沈驚春便客氣道：「不用了，我回家吃飯就行，我跟瑩瑩的關係實在不必如此。」

姜清漵便也不再勉強。

沈驚春坐著姜家的馬車回家後，方氏倒是問了一句，沈驚春便將姜老夫人不太好的事情說了一下，又說姜瑩瑩原本定在年底的婚期提前了。

方氏聽了倒是好一頓感慨，覺得張家是個很不錯的人家，姜侯爺為閨女選夫婿的眼光是真的好。

第三十六章

到了第二日一早，沈家就有人上門，卻是東水門外貨運碼頭的掮客來送消息，說是她大伯一家午時就能到，帶了不少家當，叫他們去接一下。

沈志輝回家有段時間了，沈驚春算了算時間，差不多是他到家沒幾天，他們一家人就動身往京城來了。

沈志輝是知道沈家地址的，卻還要家裡派人接，只能說明他們家的家當是真的多，怕不是沈延東真的徹底放棄了平山村那邊，一門心思要來京城了？

方氏聽了倒是高興得很。他們家進京這麼久，雖說有陸家、程家照應，可這幾家都不是正經親戚，哪怕如今沈驚春跟她明說了沈延平是長公主遺落在外的兒子，可方氏還是覺得沈延東這樣相處了幾十年的親戚更為親近一些。

長公主這樣的身分，又沒有正式認親，方氏甚至連長公主長什麼樣都不知道，這三個字對於方氏而言，遠得就像是天上月一般。

一家人吃了早飯沒多久，方氏就叫芒種幾個套車，怕兩輛騾車不夠用，又叫沈驚春到了地方看情況再叫一輛馬車幫忙拉東西。

沈驚春忙不迭地答應，只覺得她老娘年紀還不算很大，話卻是越來越多了，什麼事情都能反覆嘮叨。

因這趟主要是接人，家裡銀子又不是很多，本著能省一點、是一點的想法，芒種趕了一輛車，沈驚春自己則趕了另外一輛車，兩個人趕著車往碼頭去了。

東水門外的運河碼頭依舊如同他們去年來時那般熱鬧，人來人往，川流不息，不停有船隻靠岸、離開。

沈志輝他們坐的那條船來得很快，午時沒到船就靠岸了。

沈家的男人身高都不算矮，沈志輝雖然沒有沈志清和沈驚秋個頭高，但也將近一百八，站在甲板上十分的引人注目，船還沒靠岸，沈驚春就已經看到他了。

戶部派去取棉種的兩人也在這船上，對著公門中人，商隊的管事顯得十分客氣，直接吩咐手下，先將戶部和沈家的東西卸下去，再卸他們自己的東西。

騾車已經趕到了岸邊，沈延東父子扛著大件東西往下搬，沈延東的媳婦和小兒子也搬著小件東西下船，再有船上的船工幫忙，東西很快就卸完了。

沈驚春只來得及打個招呼，就不得不將騾車往前趕，這邊人太多，實在不是說話的地方。

等走出一段路，騾車的速度才慢了下來。

沈延東這次確實是下定決心了，兩輛不算很大的騾車被各種家當塞得滿滿的，根本坐不下人。

沈驚春張嘴就喊芒種再去叫車。

沈延東忙道：「不必了、不必了！咱們鄉下人沒這麼多講究，聽大郎說家裡離這邊不算遠，我們就走過去好了，正好也見識見識京城。」

沈志輝回家後的確是按照他們之前商量的來說，可出乎意料的是，他老爹並未多考慮，就同意了舉家搬來京城，並且在短短的時間裡，就將家裡的田地全都賣了出去，連自家住的房子都以一個極其低廉的價格，算是半賣半送地賣給了二叔家。

這實在不符合他的性格，可任憑沈志輝怎麼問，他老爹都始終不肯透露任何信息。

這回進京，乘船的費用就不少，且他老爹在來的路上就特意囑咐過一家人，這回來京城雖是來投靠沈驚春這個姪女的，對方卻沒有義務養活他們這一家人。

沈驚春趕了兩輛騾車來接人，若是再叫馬車，作為東道主，這個錢肯定不會要他們一家來給，沈延東心裡十分過意不去。

他這番話也在沈驚春的意料之中，話音一落，她便笑嘻嘻地道：「那行，都是一家人，我可就當真了！那大家就走著進城吧，這一路上的風景確實挺好的。」

她將騾車往路邊一停，將東西用力往裡推了推，擠出一個可供人坐的地方後，朝沈志輝的媳婦周氏道：「雖說離家不算遠，但也不近，大嫂抱著孩子坐上去吧。」

沈志輝的兒子一歲多，這個年紀的小孩已經有了點重量，一直抱著確實有點受不住，周氏抿嘴笑了笑，也沒推辭，直接抱著兒子就爬上了車。

沈驚春又看向沈志津問道：「你要不要坐車？」

沈志津忙搖了搖頭。

「行，那你跟著走一會兒吧，等會兒要是累了就叫你芒種哥哥抱你上車。」

一行人重新出發，車上東西太多，沈驚春和芒種直接牽著騾車往前走，前進的速度不算快，也方便第一次進京的沈延東等人看路邊的景色。

正月過後，運河兩邊的柳樹就開始斷斷續續的發芽，如今已經長得鬱鬱蔥蔥，眾人沿著河道邊的大路往前，時不時還能看到河裡有小船、畫舫，周圍人穿的衣服、婦人頭上戴的飾物都新奇得很，遠非祁縣可比，就連小孩子瞧著都比祁縣的孩子精神幾分。

沈志津身上的衣服雖然沒有補丁，但用料並不算好，衣服也是舊衣，卻根本沒時間不好意思，因為他被周圍的景色晃得目不暇給，只恨自己只長了一雙眼，時不時地發出一聲驚嘆聲。

到了東水門外，查驗過了路引，一行人順利進城。

這會兒別說沈志津了，就連沈延東夫婦都覺得一雙眼睛看不過來。

沈驚春一共也沒來過這邊幾回，對這邊的認知僅限於幾個比較有名的道觀、寺廟、園子，但即使這樣，沈延東等人也聽得津津有味，連舉家遷到京城的那點難過不捨都被蓋了過去。

邊走邊看，到家時已經快未時末。

方氏早已經要急死了，原先人家來報信的說了午時能到，從沈驚春出門到現在都快四個時辰過去了，這個時間都夠來回三趟還有多了！

夏至勸了幾句也沒勸住，李嬸做好的飯菜都已經熱了兩遍，索性乾脆就這樣了，打算等沈驚春把人接回來了再熱菜。

三個人就這麼站在院門口，不停的張望。

不知望了多久，總算是看到自家兩輛騾車出現在幾人的視線之中，那跟在車邊走著的正是去接人的沈驚春和芒種。

夏至和李嬸伸手往前方一指，說是縣君接人回來了。

方氏瞇眼一瞧，喜孜孜地小跑著迎了上去。她先朝沈延東夫妻打了個招呼，隨即視線就落在了周氏懷裡抱著的孩子身上，喜道：「哎呀，冬冬都長這麼大了！」

去年他們來京城的時候，小孩子連路都走不索利，幾個月不見，已經長得虎頭虎腦的，可愛得緊。

小孩子也不怕人，加上路上過來的時候周氏有教，所以一看見方氏就脆生生地喊了聲「奶奶」。

方氏喜得恨不得立刻摟著他親香親香。

「娘，都到家門口了，咱回去再說吧！」沈驚春看得好笑，這就是遠香近臭了，對著自家孫子、孫女，方氏都不見得這麼熱情，現在看到沈志輝的兒子，倒是愛得不行。

方氏應了一聲，忙招呼李嬸回去熱菜。

兩輛騾車拖著這麼多東西進了巷子，又在沈家院子門前停了下來，引得鄰里紛紛探頭出來張望，問是不是有親戚來了。

方氏熱情地介紹了兩句，就推託家裡人一路奔波，先進去休息休息吃個飯，後頭再介紹大家認識。

李嬸手腳很快，灶膛裡的火又一直都燜著沒滅，飯菜的香味很快就飄了出來。

這院子不大，按照沈驚春的打算，沈延東他們來了肯定要去茶山那邊，因此騾車上面的家當便沒有卸下來。「只拿換洗衣物下來吧，這兩天先在城裡逛逛，一會兒吃完飯，我叫芒種他們先把東西送到四哥那邊去。」

不提沈志清還好，一提他，沈大伯娘就有點待不下去了。「不用逛了吧？現在咱家舉家遷過來了，以後總有機會逛的。如今也三月了，正是春耕的時候，還是先幹正事要緊。」她說著又笑道：「這幾個月沒見到志清，還真是有點想他。」

沈志津也道：「是啊，二哥走了之後，我玩什麼都覺得沒意思呢！」

見他們堅持，沈驚春便只好作罷。最近天好，當初戶部那邊從家裡拿走的棉種，如今也開始曬種了，沈延東幾人來得正是時候，正巧趕上了種棉花。

她打算等棉種曬好之後，自己跟著看兩天，後面的事情就順手交給沈延東去辦了，她也好專門忙其他的。

沈大伯娘這邊掛念著二兒子，連一桌色香味俱全的飯菜都吃得無甚滋味，一頓飯吃完，略休息了一會兒，就表示可以出發了。

到茶山的距離可不是東水門碼頭可比，沈驚春再想省錢，這個錢也省不了，總不能真的讓一家人走過去，路程遠就算了，關鍵吃完飯時間也不早了，真要走過去，說不定還沒到地方，天就黑了。

倒是沈延東猜到沈驚春要叫馬車，忙叫沈志輝跟了過去，搶在沈驚春前面付了車錢。

一路晃晃悠悠地到了茶山，那邊晚飯剛吃完。

車直接趕到後門口，門敲響之後可巧來開門的就是在院裡消食的沈志清，瞧見沈驚春的臉，還沒來得及問她這麼晚過來幹啥，就被後面冒出來的沈志津等人給驚呆了。

使勁揉了揉眼睛，才確信自己沒有看錯，大喊了一聲「娘啊」，就迎了上去。

沒看到沈志清之前，沈大伯娘那是日思夜想，等看到兒子好手好腳的出現在自己面前，她又覺得沒那麼想了。想到大兒子回家時說的話，心思早就飛了出去，眼見二兒子迎了上來，她只借著燈籠投下的燈光看了一眼，就忍不住往他身後看去，嘴裡還輕聲問道：「豆芽呢？」

在平山村那邊，除去讀書人，一般像沈志清這樣大的人，孩子都能走了，唯有沈志清一直高不成、低不就的，家裡偷偷給他相看了幾個姑娘，他都說沒看中。

誰知道來京城一趟，倒是跟沈驚春身邊那個小丫頭看對眼了。

沈志清老臉一紅，下意識轉頭看了看，才小聲道：「娘妳幹麼啊？」

沈驚春當時說這親事能不能成全看豆芽的意思，後來沈志清託方氏悄悄問了，人家豆芽也是願意的，但豆芽雖然現在沒有血親在身邊，沈志清卻還是將這事看得很重，打算等爹娘進京之後，正經地託媒人來提親。

沈大伯娘一張臉直接笑開了花，見兒子這麼護著未來兒媳婦也不生氣。「行了行了，瞧你這沒出息的樣子！沒提親之前，我不會亂說話的。」

話是這麼說，可等院子裡其他人聽到動靜，跑過來幫忙卸行李時，她的眼神就黏在豆芽身上下不來了。

沈大伯娘對豆芽的印象可以說得上是很好。

當初沈驚春被趕出京城，外人不知道怎麼回事，但族長卻是知道的，自然也知道那種情況下，豆芽還願意跟著沈驚春來平山村是多麼的難能可貴。

這小丫頭雖然看著瘦小，但很重情義，而且勤快、不多事。

之前還沒來京城的時候，這小丫頭就開始長個兒了，現在幾個月沒見，她不僅個子抽高了，身體也開始發育，養了幾個月沒有下地幹活，膚色也變白不少，更顯得眉清目秀。

等到東西卸完，一家人的住處安頓好，沈大伯娘就悄悄地摸到了沈驚春的房裡。「驚春啊，我們老倆口現在也到京城了，妳四哥呢他年紀也不小了，妳看他跟豆芽的事情是不是應該開始操辦起來了？」

沈驚春一愣，倒是沒想到他們一來，首先操心的就是沈志清的終身大事。

沈大伯娘見她面露難色，心就往下沈了沈。

豆芽這小丫頭當初於沈驚春是有救命之恩的，沈驚春也一直把她當妹妹看，後來還叫方氏認了豆芽做乾閨女。

沈驚春被封為縣君的事情，沈志輝回家也說了，這也是他們一家會下定決心來京城的原因之一。莫非這乾姊姊得了大造化，便看不上平頭老百姓的堂哥不成？

沈驚春眼見著她臉上的笑容變得勉強起來，心知自己這一遲疑叫她誤會了，便乾脆解釋道：「咱們都是一家人，我就跟大伯娘明說了，豆芽我是當成親妹妹的，她年紀還小，之前跟著我在徐家的時候，領的也是粗使丫鬟的差事，身體虧空得厲害，我是想著再養她一、兩年。您也知道，這女人家生孩子本就是在鬼門關前走一遭，更何況身子骨兒瘦弱的更是如此。」

沈大伯娘聽她這樣一說，就狠狠地鬆了口氣。「我還當什麼呢，這好說，先叫他們成親不同房便是了。」說著不等沈驚春回答，又搖頭道：「還是算了，毛頭小子年輕氣盛，難免衝動，還是先將親事定下來吧。等這兩天穩定下來，我就去找媒人上門同妳娘商量這個事。」

她能這麼想自然是再好不過。

沈驚春將人送走後，又叫了豆芽來，將大伯娘的話轉述了一遍。

向來有些沒心沒肺的小姑娘也羞紅了臉，丟下一句「全憑乾娘和姊姊作主」，就火燒屁股的跑了，看得沈驚春連連搖頭。

到了第二日，拿到了棉種的鍾員外果然帶著人直奔茶山這邊。

這一片棉花試驗田於大周而言至關重要，雖然包括皇帝在內，所有知情人都相信了沈驚春關於種植棉花的經驗之談，但朝廷還是顯得很鄭重。

戶部的人每天來回跑肯定是不現實的，是以便在棉田附近新建了一些房子。等人一來，沈驚春便將大堂哥沈志輝又介紹了一遍。

這是前一晚與沈延東一家商量好的。

沈延東四十多歲，正常來說還是壯年，可古代環境差，尤其是農村人，能活過六十歲都算高齡了，跟朝廷打交道看看能不能混上一個公職這種事，還不如交給沈志輝去辦。

鍾員外顯然對沈志輝的印象很好，想也沒想就答應了沈志輝跟著種棉花的事情。

「這很好呀！前幾日聽了縣君的吩咐，我們正打算多招幾個人來跟著一起種棉花呢，到時候就能如縣君說的那般，早點將棉花普及至全國，讓所有人都過上穿得暖的日子。屆時還望沈公子多多指點他們才是。」

沈志輝有了上一次來京城的經歷，現在再碰到鍾員外這種往常碰不到的官員，心態也穩了很多，笑著就朝人見禮，謙虛地表示一定會竭盡所能。

沈驚春的田地跟朝廷的棉花試驗田緊挨著，鍾員外也不要求沈驚春每天跟在後面忙前忙後，只叫她隔三差五地過來看看這邊種棉花的進度、有哪裡需要改進。

而戶部的人也能夠比較兩邊的棉花生長進度，從而找出他們在種棉花一事上的不足。

棉花種植進行得如火如荼，辣椒種植也進入了正軌。

京城這邊比祁縣要冷，氣候的原因，一樣的東西在兩個地方播種的時間便不太一樣，前後約相差了一個月左右。

沈延東等人的到來，大大地緩解了沈驚春手上人手不足的狀況。

加上張大柱等人如今也算立起來了，沈家各處產業幾乎都有自家人管事。

沒過幾天就到了穀雨。

茶山那批茶樹，大多都是移栽的，如今要用到異能的地方太多，根本無法像之前在平山村種植玉米一般，現在只能將異能兌水，分批次進行灌溉。

可即便有異能水澆灌，清明的時候，那批茶樹也沒能緩過勁來，茶葉並不多，總共只炒出十斤。兩斤送進宮裡，兩斤送到長公主府，自家留了兩斤待客，餘下的四斤全都送了出去。

穀雨前，幾場春雨一下，移栽的茶樹全部存活，茶葉倒是開始瘋長了。

沈驚春百忙之中抽了空，在附近村子招了些十來歲的少女採茶。

京城這邊哪怕是鄉下，條件允許的情況下也是富養女兒的，十來歲的少女待字閨中，一般很少會下地幹活，多是在家做些家務、繡花。採茶這事都是手上的事，附近幾個村子一走，很輕鬆便招了二十名採茶女。

豆芽炒茶雖不行，但經過去年的兩次採茶，如今也算是老手了，領著人採茶的事便交給了她負責。

沈驚春自己則領著新招的幾個人和姜家派來學習的幾個人，開始炒茶。

炒茶這事，上手不難，可想要炒出好茶遠非一日之功。沈驚春自己是個半吊子，手藝不怎麼樣，可不論是新招的人，還是姜家送來的人，悟性都很高，關鍵是不怕苦、不怕累，兩鍋茶葉炒下來，就似模似樣了。

茶葉採摘的第二天，沈驚秋就帶著幾個人直奔茶山。

他需要的工坊已經建造得差不多了，後續關於收尾之類的事情，則要他本人到場親自指導。

兄妹兩個各忙各的，一天下來，直到晚上吃飯，才算見了一面。

「等工坊建成後，我先試試能不能燒出玻璃來。」這玻璃跟大周朝已有的玻璃當然不是一樣的。

之前沈驚春說的話，其實並不是沒有道理，燒玻璃涉及到的東西很多，以古代的條件，首先溫度就直接卡死了很多的可能性。

沈驚秋之前說的信心十足，其實事實如何，他心裡很清楚，想要燒出現代那種玻璃，是肯定做不到的。

沈驚春頭都沒抬一下。「我覺得相比起燒玻璃，你不如研究一下燒紅磚，或者水泥磚吧？這兩樣東西以現在已有的條件，你努力一下還是能燒出來的。青磚的價格實在太貴了，你只要燒出紅磚或是水泥磚，然後咱再找個合夥人一起辦個廠，發家致富成為大周首富指日可待啊哥！」她扒了幾口飯下肚，才直視她哥道：「或者你研究研究化肥？再不然搞搞肥皂？或者鋼筋？混凝土？其實我覺得以上這些都比玻璃有用。」

她穿越過來好歹還有個空間和高級木系異能呢，她哥只有一個不成熟的金系異能，如今能升級，靠的還是她以前攢下來的晶核。

巧婦難為無米之炊，啥也沒有，談什麼搞發明創造？玻璃燒得再好，以現在的技術也燒不出現代那種可以用在門窗上的玻璃啊，還不如搞點有用的。

沈驚秋被他老妹說得有點動搖了，可工坊都已經造起來，完工在即了，現在說放棄，是不是有點可惜？想了想，他還是道：「我先試試唄，能行最好，不行我再改行做肥皂、燒紅磚。哦，對了，」他說著，從懷裡摸出一張有些縐巴巴的請帖來。「昨日有人上門，說是有位高小姐請妳去賞桃花。」

院子裡，天色已經有點暗，燈籠還沒點起來，沈驚春將碗擱在膝蓋上，翻開帖子看了看。帖子是高靜姝親自寫的，內容就如沈驚秋說的一樣，就是去她家別院看桃花。

沈驚春將請帖一合，隨手丟在一邊，端起碗又開始吃飯。「不去。有什麼好去的？桃花哪有有錢花、隨便花好看？我有這個看桃花的時間，還不如回城看看陳淮呢！算算時間，他第三場是後天出來吧？」

沈驚秋點點頭。「不錯，是後天出來。前兩場據說寫得得心應手，第三場想來也不錯。我看這小子對自己倒是信心滿滿，妳明晚還是早點回城吧。」

沈驚春瞅了他一眼。「你不是一向都不太喜歡陳淮嗎？老愛用話嗆他，今天這態度怎麼變了？」

沈驚秋冷哼一聲道：「這小子走了狗屎運娶到我寶貝妹妹，大舅子不喜歡妹夫不是很正常嗎？我不喜歡他，妳還能離婚不成？」

「哥屋恩（注）。」

「那不得了？說起來這個哥屋恩，妳說我編個新華字典怎麼樣？這要是做出來，我不得成一代大儒，名留青史？」

「想法不錯，等你玻璃搞出來，可以試試。」

時間一晃到了四月會試放榜。

三年一次的會試，每次都是京城頂頂重要的大事，會試放榜雖不比殿試傳臚，但卻同樣引人注意。

沈驚春等人，包括沈延東一家，都是前一天就從茶山回了城。

注：哥屋恩，網路流行語，「滾」的意思。

全家上下都比往日起得早些，早早吃過了早飯，一大群人就往貢院那邊走。

沈家人起得早，但還有比他們更早的，還沒到貢院門口，眼前已經是一片人山人海。

雖然還沒到盛夏，但如此多的人全部擠在街道上，味道並未好聞到哪裡去。

眼見著方氏幾人一臉興奮地往前擠，沈驚春不得不伸手拉住了她們，高聲道：「娘、大伯娘，妳們別往前擠了，人太多，一會兒要是發生踩踏事件，跑都跑不掉。妳們跟大伯他們去一邊等著吧，我跟淮哥他們去看就行了。」

兩人被拉住還有些不高興，放榜這種事可不是什麼人都能碰著的。

沈志清也在一邊高聲道：「是啊是啊，妳們又不識字，去了也看不明白啊！還是好好等著吧，等咱的好消息！」

這話一出，兩人那興奮勁兒就消散了一半。

囑咐了冬至等人好好守著方氏他們後，沈驚春拉著陳淮就往人群裡擠。

二人十指交握，走出去沒多遠，手心就開始冒汗，沈驚春的心怦怦直跳，越跳越快。

跟在後面的沈志清兄弟兩個不如沈驚春力氣大，很快就與他們拉開了距離。

還未等幾人擠到前面，貢院裡就有清脆的鐘鼓聲傳了出來，這是要開始放榜了！

已經擠到前面的幾乎下意識地屏住了呼吸，周圍一下子安靜下來，後面的雖然還不停地往前擠，卻也是不再出聲，眾人耳邊只有衙役們敲鑼打鼓的聲音。

隨著榜單一張張被張貼出來，時不時就有激動雀躍的聲音傳出，大喊「我中了」。

沈驚春的心幾乎已經跳到了嗓子眼，她與陳淮卻被攔在榜單兩公尺外，再不能向前。

前後左右全都擠滿了人，烏壓壓的全是人頭，沈驚春就是想要跳起來看也都做不到。

眼見著最後一張榜單貼出，哪怕不停地在心裡默唸「冷靜、冷靜」，她卻還是無法冷靜下來。正猶豫著要不要暴力撞開前面的人時，一雙手就攀上了她的腰。

陳淮雙臂一用力，穩穩地握著沈驚春的腰，將她往上舉了起來。

視野一下子變得開闊，忽略掉周圍的驚訝聲，沈驚春的視線直接落在最後面一張榜單上面。

這張榜單和前面不同，上面只謄寫了前十名的名字。

幾乎在沈驚春看過去的同時，內圈便有人道：「今科會元陳淮，誰是陳淮啊？」

「啊，是陳淮啊？我押了他，啊哈哈哈，發財了、發財了！」

「第二名徐殿元。」

「第三名何鴻清。」

唱名聲此起彼伏，場面一度十分混亂。

沈驚春摟著陳淮的脖子，被他抱在懷中，雙眼亮得嚇人。

以前雖然就知道這個男人是個學霸，但真等他考了第一名，那種心情簡直激動到完全無法用言語來表達，任何形容詞在此時此刻都顯得蒼白無力。

後面沈志輝兩人總算氣喘吁吁地擠了過來，瞧見兩人抱在一起，忍不住笑著咳了一聲，再看堂妹那一臉高興到不能自已的神色，甚至都不用問就已經知道答案了。

十年寒窗無人問，一舉成名天下知，說的大概就是陳淮現在的狀態。

會試第一名，最後殿試二甲是肯定沒錯了，同時也是一甲強而有力的競爭者。認識陳淮的都備了賀禮上門祝賀，不認識陳淮的則到處打聽此人是誰。附近鄰里更是恨不得宣告全天下，高橋的風水就適合讀書人！會試前十名，有一半以上都住在高橋這邊，尤其是陳會元，更是在高橋這邊買了房子！

如果古代有網路，那「陳淮」這兩個字，妥妥就是熱搜第一，詞條一天之內變了幾次，什麼「已經連中五元，能否再中六元」，到「是個寵妻狂魔」，甚至貢院前抱起媳婦看榜的事情也被人給扒了出來。一時間，「陳淮的媳婦」成了京城所有女性羨慕的對象，到最後眾人的關注點又落在陳會元的長相上。

年紀輕輕，長相俊美，文采斐然，當真就是驚才絕豔，世無其二。

沈驚春和陳淮本人還好，一個借著溫書備考殿試的由頭，推了所有的宴請，整天待在家裡不出門，在書房一待就是一天；一個則天天待在後院，研究新的木屏風隔斷樣式。

而方氏等人才過了兩天，就被騷擾得不勝其煩了。

剛開始一出門，所有人都誇方氏有個好女婿，這的確是令人身心愉悅的事，可每個人都這麼誇，甚至還有人不停地暗示，說能嫁給這樣的夫婿，是沈驚春的福氣，這話方氏可就不愛聽了。她還覺得能娶到她家閨女，才是陳淮這個臭小子的福氣呢！沒有她閨女把臭小子撿回來，能有他今天？恐怕墳頭的草都幾丈高了吧！

沈家的下人更是被各種巴結，許多人妄圖打聽陳淮的喜好，一些商賈人家更是想著將家中庶女送給陳淮當妾。

這事真要幹出來，別說陳淮根本不會接受，只怕才起一個頭，他們這些出賣主家消息的人，就會直接被沈驚春打斷手腳發賣了。

就連在學堂學習的兩個小的，都是被各種巴結。

「尤其是附近幾戶本地人，以前看到我都是不屑跟我說話的，覺得她們京城戶口好像比咱外來的高一等一樣，現在倒是好意思覥著張臉來跟我套近乎了！」飯桌上，方氏的語氣暴躁得有幾分反常，一邊說著話，一邊還忍不住去瞪陳淮。

雖然方氏知道陳淮對自家閨女沒得說，可哪個當娘的能受得了別人詆毀自家閨女？

陳淮接收到來自丈母娘的死亡視線，下意識地挺直了背脊，身體都有點僵硬了。說實話，這眼神給他的壓力可比在貢院考試還要強得多。

兩個孩子在一邊沈默的聽著，等到將嘴裡的食物嚥下，沈蔓才道：「過完年我們學堂來了幾個新同窗，其中一個家裡有錢得很，一直看不起我跟我哥，可姑父考了第一名之後，那個同窗這兩天看見我們可熱情了，還說要給我哥做媳婦。」

沈驚春聽得一臉無語。古代居然有這麼直接的小孩？這才多大啊，就想著給人當老婆了。而且這要是陳淮生的兒子，這還有講法，子承父業嘛，當老子的學問這麼好，做兒子的肯定也差不到哪裡去，可沈明榆不過是陳淮的姪子罷了，跟他又沒有血緣關係！

不過想想古代那種榜下捉婿的傳統，也就不難理解了。

沈驚春想了想道：「要不這樣，乾脆趁著這個機會，咱們直接把家搬了吧？」

果子巷那邊的宅子，有長公主府的柳枝帶著人全權負責，根本用不著沈驚春操心，早在會試開始之前，那邊的宅子就已經修繕完了，只不過最近沈驚春一直在茶山那邊忙活，這才將搬家事宜給耽擱了下來。

「還有十來天殿試，殿試完了之後傳臚，名次下來還有得忙。諸如陸先生、程太醫這些對咱家有幫助的人，請人家來家裡吃個飯還是很有必要的，咱家現在這個院子還是太小了些。」

兩進的院子，放在一般人家裡，已經算得上是豪宅，可偏偏後院做了店鋪和倉庫，一家子這麼多人擠在前面一進的小院子裡，的確是小了些。

要是以前，方氏可能還會猶豫，畢竟剛在一個地方待習慣了就要換地方，確實不太好，但現在每天出門都要被一大群人圍觀，實在是讓人心煩，因此同意了。

陳淮也無所謂，反正住在哪裡對他而言都沒有區別，媳婦說什麼就是什麼唄。

兩個小的更是舉雙手贊成，果子巷的房子他們旬休的時候去看過，修繕之後又大又漂亮，要不是家裡的事情他們作不了主，估計早搬過去了。

一家人說幹就幹，飯吃完了，就開始收拾一些能用的東西。

新房子雖說有長公主添置的全套家具，但這邊有的東西是大家用慣了的，順手搬過去並不妨礙什麼。

很快地，兩輛騾車就拖著東西走了。

新宅子那邊有柳枝帶著人守著，沈家便沒有多叫人過去，一趟運完，戌時末兩輛騾車就帶著另一輛馬車折返回來。

這兩進院子裡的大件家具，沈驚春並不打算搬，留在這邊也能應急，反正新宅子什麼東西都有。

第二趟，除了一些小件，主要就是載人過去。

這邊只留了大寒、小寒、小暑他們三個學徒，其他人全都在第二趟時一併載走了。

古代沒什麼消遣，高橋這邊離夜市又遠，戌時末街道上已經很少能看到行人，沈家人走得毫無聲息。

馬車搖搖晃晃，不過小半個時辰便到了新宅外。

新宅修繕一新，大門外掛著一串紅紅的燈籠，在和煦的夜風中輕微的晃動，門口兩頭小石獅，在昏暗的光線下依舊顯得可愛有趣得很。

馬車到了大門並未停下，而是往旁邊的角門而去。

兩個孩子趴在窗前，探出小腦袋往外看。

燈籠將門上的匾額照得明明暗暗，微瞇著眼睛一直看到快要拐進角門，沈蔓才看清了匾上的兩個字，唸道：「陳宅。」

兩輛騾車在後面拉著餘下的東西和人。

沈驚春夫婦加上方氏和沈明榆兄妹坐在最前面的馬車裡。

「陳宅」兩個字一出口，陳淮和方氏幾乎下意識地看向了沈驚春。

陳淮忙著考試，沈驚春兄妹兩個都在茶山那邊各忙各的，只有方氏會偶爾過來看看裝修進度。

門口的匾額早就掛了上去，但方氏並不識字，根本不知道上面寫的什麼，而陳淮卻是因為只來過這邊一次。

沈驚春摸了摸鼻子，被兩人看得有點心虛。「看我幹什麼？這宅子難道不能叫陳宅？」

方氏沒說話，心裡有點不舒服。

她知道自己嘴上雖然說著兩個孩子都一樣，可潛意識裡還是覺得一直在身邊長大的兒子更親近一些。閨女主意太大，對她雖然尊敬，但卻並不算親近。

這個宅子會到閨女手裡，說白了就是長公主心疼小輩。

給沈驚春不給沈驚秋，方氏覺得問題不大，但現在這宅子變成了陳宅。

馬車穿過角門，進了宅子，順著巷道直接到了二門，方氏一下車就沈默地往前走。

每個人住在哪裡，是早就安排好了的，柳枝做為臨時的管家，將這些事情安排得面面俱到。沈家一行人一下車，柳枝就敏銳地感覺到事情不太對勁，便指了個丫鬟領著方氏往她住的院子去了。

等人一走，陳淮才道：「不然明天找人重新做個匾額，改回沈宅？」丈母娘生氣生得很明顯，剛才走之前甚至連看都沒看他們夫妻一眼。

沈驚春擺擺手。「不用，她針對的不是你，而是我。恐怕在她心裡，這宅子就是長公主給我們家的，我哥作為家裡的長孫，這房子理所應當就應該給他。」

方氏這個想法其實很容易理解。就像沈驚春能那麼容易就接納方氏，僅僅只是因為她一直都無怨無悔地照顧著傻兒子，不曾放棄一樣。

她也能感受到在她們母女之間，其實並沒有多麼深厚的感情。

「長公主把房子給我，自然是因為她想把房子給我，而不是因為其他，我並不覺得我拿這個房子有什麼對不起誰的地方。」

給房子的時候，她哥已經恢復了正常，長公主如果想把房子給她哥，自然能有其他的辦法。況且，在沈驚春看來，這座房子於長公主而言，其實並不算什麼。

皇帝對這位長姊的感情，甚至比夫妻、父子之間還要深，長公主是整個大周朝當之無愧的最尊貴的女人，她手裡的好東西又怎麼可能只有這一座宅子？

夫妻兩人說話時，身邊並沒有其他人跟著，周圍靜悄悄的，只有陳淮手裡提著的燈籠照亮前路。

沈驚春說完後，見他沒出聲，歪頭看了他一眼，問道：「你不會覺得我這麼做傷害了你脆弱的自尊心吧？」

陳淮一愣，皺眉道：「妳怎麼會這麼想？」

「你不說話啊！」沈驚春說著，斂了笑容，嚴肅地道：「不過說實話，我以為這是個小事，就是並不需要夫妻兩個商量的事，我才自己做的決定，如果你真的覺得這樣做不太好的話，我也可以尊重你的想法。」

在古代這種地方，如同陳淮這樣的寒門學子都是潛力股，大多都有個強而有力的岳家，譬如周桐。

人家是看中他們的潛力，才會將閨女下嫁。

前期買股固然是要投入，可若是投對了，後期這支股票能返還給他的將是數倍乃至數十倍的報酬。

以沈驚春對陳淮的瞭解，他並不是個很在乎這些身外名聲的人，可這個社會如他這樣的人實在太少了，正如「人靠衣裝馬靠鞍」這句話一樣，一旦他踏入官場，即使他不想跟人比較，卻還是會被迫跟人比。

要是自家沒有這個房子，沈驚春自然不會打腫臉充胖子，傾家蕩產去買，但關鍵是家裡有啊！陳宅或是沈宅又有什麼區別呢？

「妳這小腦袋瓜不大，想得倒是挺多的。我只是在想周家的事情。」他將燈籠換到左手，空出右手來牽住了自家媳婦的手，二人順著小徑隨意地走著。

這話題跳得有點快，沈驚春也是一愣才道：「跟周家有什麼關係？」

「這次會試，周渭川也考中了，但是他的腳好像出了問題，今天周桐叫人帶了口信給我，後天他旬休，想約我見面談談。」

以前提到周桐，陳淮的語氣裡總是帶著憤恨，現在提到周桐，他語氣卻平靜如常。

這段時間以來，陳淮也算是想明白了，對周桐這種人最好的報復，就是無視。

會元只是個開始，後面他還會走得更高，而周桐許以期望的周渭川卻只能就此止步。

「他找你幹什麼？」提起周桐，沈驚春也是滿心厭惡。「怕不是周渭川把自己給折騰壞了，落下殘疾，不能入朝為官了，所以他想讓你認祖歸宗了吧？」

這還真是典型的渣男行為啊！

用不著的時候一腳踢開，理都不理，兒子長到這麼大，一毛錢都沒出過的人，卻在兒子有出息後，妄想著他能夠認祖歸宗。

以前倒是沒看出來，這周桐臉挺大的啊！

陳淮冷笑一聲。「管他想幹麼，他怎麼想是他的事情。若是之前，他或許還有機會逼我低頭，但是現在，他敢來伸手，只怕長公主第一個就要剁他的手了吧。」

在長公主出現之前，沈家只是個平頭老百姓，他媳婦是有能力自保，但丈母娘跟兩個孩子真遇到什麼事，估計只能束手就擒。

周桐若是用他們來逼他就範，恐怕一逼一個準。

但現在不一樣了。

皇帝和長公主本身就跟先帝沒什麼父子之情，先帝於他們而言不是個好父親，而周桐比先帝還不如，長公主怎麼可能允許他伸手過來。

沈驚春點頭表示同意。「那你的意思就是不去了？」

陳淮道：「不去。」

沈驚春笑道：「行。咱們既然已經搬了過來，之前說過要請你那些同窗來吃飯的，這幾天就下帖子看看他們有沒有時間吧？找個所有人都有空的時間過來吃一頓。再有，明天晚上我想請長公主來家裡吃飯。」

新宅子很大，沈驚春自己買來的下人並不多，所以柳枝帶了不少長公主府那邊的下人到這邊來，目前的月錢卻還是掛在長公主府。

搬家的第一天，沈驚春就要請人吃飯，下人們雖然不知道來的是什麼人，卻絲毫不敢怠慢，連李嬸買菜的時候，身邊都跟著一個長公主那邊過來的丫鬟給意見。

一大早，沈驚春就打發了芒種出城去叫沈驚秋回來。

長公主是他們兄妹兩個血緣上的親奶奶，她自己倒是見過長公主了，但沈驚秋到現在還不知道這位奶奶長什麼樣，今天算是家宴，沒他可不行。

沈驚秋並未立刻回來，而是趕在晚飯前才到家。

長公主來時，天色已經漸黑，她的馬車相當的低調，看上去十分樸實無華，除了常嬤嬤，身邊就只帶了幾個長相普通的護衛。

馬車直接進到二門，一家子全候在門口迎接，全家人只有方氏顯得很緊張。

長公主一下車，沈蔓就「咦」了一聲，沈明榆也睜大了眼睛看著她，顯然對於這位曾有過一面之緣的老人印象深刻。

她今日穿得很樸素，花白的髮髻上也只插了一支祥雲樣式的檀木簪，耳朵上空盪盪的並未佩戴耳飾，臉上的神色倒是比之前祥和得多。

人才一站穩，沈驚秋就已經迎了上去，一把攙扶住老太太，神色乖巧地喊了一聲「祖母」。

長公主倒沒什麼特別的反應，站在二人身後的常嬤嬤卻因為這簡單的一聲稱呼落下淚來。

方氏站在一邊，一雙手在身前絞成了麻花，幾次想張嘴，卻又緊張得說不出話來。

倒是陳淮也跟著喊了聲「祖母」。

「屋裡說、屋裡說！這頓晚飯可是費了我不少心思呢，一會兒還要祖母點評點評可合您的胃口？」

沈驚春笑嘻嘻地扶住了長公主的另一邊胳膊。

一行人直接進了擺飯的花廳。

長公主作為輩分最大的，自然坐在主位，兩個小的一左一右坐在了她的兩邊，餘下眾人也各自落坐。

眼看常嬤嬤還站在一邊，沈驚春忙招呼她一起坐下來。「嬤嬤這麼多年如一日地陪在祖母身邊，也是我們的長輩，嬤嬤要是不坐，我們也不敢坐了。」
兩個小的聽了，一下子就從凳子上滑了下來，乖乖地站著，看著常嬤嬤。
長公主並未說話，而是饒有興趣地看著沈驚春不遺餘力地勸說常嬤嬤坐下，再加上有兩個乖寶在旁邊看著，常嬤嬤很快就敗下陣來，陪坐在一邊。
飯菜很快就上了桌。
這一桌子菜，是根據柳枝提供的長公主的喜好，再由沈驚春定出菜單，跟李嬸做了商量之後，改動幾次才燒出來的，每一道都是長公主喜歡的菜。
一頓飯吃完後，除了方氏有些緊張，放不開，其他人倒是跟平日裡一樣。
飯後，便是認親環節。
長公主是個令人敬佩的人，不論於公於私。
哪怕因為其他的一些原因不能光明正大的認親，沈驚春也希望這私下的一聲「祖母」，能給這個強大了一輩子的老太太一絲慰藉。
首先介紹的就是方氏。
在沈驚春看來，如同方氏這樣一個含辛茹苦照顧傻兒子和兩個年幼的孫子、孫女的人，那是既有功勞也有苦勞的，哪怕方氏的身分低微，可長公主應該不是個有門第之見的人，會對這個兒媳釋放出善意的。

可讓所有人都不太理解的是，長公主的神色淡淡，語氣也並不親近，甚至帶了點公事公辦的態度，叫常嬤嬤遞給了方氏一只樣式精美的匣子。

接著就是兄妹兩個以及陳淮這個孫女婿。

對待沈驚秋，她的態度仍然算不上多熱切，可轉頭對上沈驚春夫婦時，態度倒是和善得多，連禮物都是親手送上的。

沈驚秋向來是個直腸子，當即就問道：「祖母，您怎麼還差別對待了？您對我妹子比對我好這點我沒話說，可怎麼陳淮這小子的待遇也比我好？我才是您的親孫兒吧？」他滿臉委屈，還不忘瞪陳淮一眼，表示不服氣。

長公主似笑非笑地看他一眼，道：「要怪就怪你這張臉長得實在是太像你那個人渣祖父了。」簡直就像是翻版複刻的一般。

沈驚春不動聲色地看了一眼自家大哥僵在原地，滿臉不可置信的表情，她就想笑。

怪不得當初在平山村的時候，那個前來宣讀聖旨的蘇公公看到沈驚秋，會是有些驚訝的表情。

有了這個小插曲，屋裡的氣氛倒是更加和諧了一些。

方氏卻是再也坐不住了。長公主對她的那種冷淡，只要是長眼睛的人都能看得出來。方氏不能理解，甚至覺得有點委屈，完全不知道自己哪裡做錯了？

一頓飯的時間，沈驚春倒是想出了一點頭緒，大概有點明白長公主對待方氏冷淡的原因，但方氏畢竟是這具身體的母親，沈驚春也不想看她這樣如坐針氈的樣子，便道：「時間也不早了，娘妳先帶著明榆跟蔓蔓漱洗吧，明早還要去學堂，差不多要到他們睡覺的時間了。」

方氏如蒙大赦，牽著兩個孩子就要走。

沈驚秋見她連招呼都不打一個，不禁皺了皺眉，輕咳了一聲。

方氏這才反應過來，福身行了一禮，又叫兩個小的與長公主道別，這才領著兩人先離開了。

長公主的目光一直追隨著一大兩小的背影而去，直到他們消失在視線之中，她才神色淡淡地收回了目光，朝常嬤嬤道：「把東西拿來吧。」

常嬤嬤應了一聲「是」，才將隨身帶過來的匣子打開，又從裡面捧出另外兩只小匣子，放在了長公主手邊的茶几上。

「這些年我的積蓄並不算多。」長公主一手落在小匣子上輕輕摩挲。「原本在我百年之後，這些東西都要歸於國庫的，但現在，就給你們兄妹兩個分了吧。」她將其中一只匣子遞給沈驚春道：「原本在外地也有不少地，但是我年紀大了，不想花這個精力，就全賣掉了。

如今手裡只剩下京城附近的幾個州郡還有幾個莊子，妳喜歡種田，這是好事，這些莊子、園子、田產之類的就全交到妳手裡。」

匣子有成年男人巴掌那麼大，兩指多高，裡面放著一疊地契、房契和各種賣身契。

「這是給你的。」她又將另外一只匣子遞給沈驚秋。「是京城幾個鋪子、酒樓的地契，還有張房契，倒是比你妹妹這座宅子小些。」

兩只匣子都打開了，就擺在面前。

兄妹兩個對視一眼，誰都沒有伸手去拿。

這感覺有點像是分遺產。

長公主抬眸看了他們一眼，挑眉問道：「怎麼，看不上？」

「不是、不是！」沈驚秋撓了撓腦袋，有點不知道應該說啥。

別看只是輕飄飄的一疊紙，可隨便拿出一張來，都是別人一輩子也掙不到的。

現在這些東西忽然擺在他們面前，很有種天上掉餡餅的感覺。

要是從小就在長公主眼皮子底下長大，那肯定拿得毫無負擔，可偏偏這是他們第一次見面啊……

「這裡還有幾張杏林春的房契、地契，不過這些東西不是給你們的，杏林春所有的盈利，都用於各處的慈幼院。醫館的掌櫃、管事們都是我用慣了的老人，經營方面不用你們操心，只需要定時查帳，看看店裡的生意就行了。」說著，長公主又將最後一只小匣子放在了桌上。

長公主並未多待，東西分完，略坐了一會兒，就帶著人走了。

花廳裡已經收拾妥當，她一走，裡面就只剩下了三人。

三只小匣子在茶几上排成了一排。

好半天，沈驚春才把屬於自己的那只小匣子勾了過來，伸手翻了翻，裡面的地契、房契、賣身契已經全都過好了戶，現在都是她名下的產業。

她又看了另外兩只匣子一眼，也都是這樣，都改成了沈驚秋的名字。

今天吃飯的氛圍還不錯，雖然一家子是第一次坐在一起吃飯，但並沒有什麼隔閡感，當然，方氏除外。沈驚春是真心想請長公主來家裡吃飯的，並沒有其他任何的想法。

「這……」沈驚秋臉色複雜地道：「一夜暴富啊！但話說回來，是不是有點不對勁？這長公主對親孫子、孫女的態度也太不熱絡了吧？」

沈驚春沒好氣地道：「說得好像你是打心底對這個祖母很熱絡一般！別說你我了，就是咱爹跟她也三十多年沒見了，我覺得這也很正常吧。」

說起來，他們家好像都是那種對情感偏冷漠的。

在現代的時候，她爸媽有自己的事業要奮鬥，沈驚春上大學之後跟他們十天半個月不聯繫都是再正常不過的事，甚至有一年暑假，直到她坐在餐桌前，她爸媽才反應過來學校放假了。

最後，陳淮總結道：「船到橋頭自然直，順其自然吧。我倒是瞧著長公主在席間數次關注著蔓蔓，要是有機會，就問問蔓蔓願不願意偶爾過去陪著長公主說說話吧？」

長公主在家吃過飯的第二天，家裡就陸陸續續有各大店鋪、田莊的管事上門。

這些都是長公主府用慣了的老人，驟然改了東家，也很快就反應過來，並未因為新東家臉嫩而產生任何不該有的想法。

沈驚春這邊簡單一些，都是田莊和別院，帳本一目了然，沈驚秋則麻煩得多。

長公主手裡這些店鋪千奇百怪、五花八門，上到賺錢的金銀首飾店，下到米店、雜貨鋪，應有盡有，最奇葩的是，裡面還有家棺材鋪。

甚至於棺材鋪的老闆在介紹自己的時候，語氣還頗為自豪地說「東家可別看不起咱這鋪子，名聲雖然不好聽，但是賺的銀子並不少」。

人總有攀比心理，尤其是京城這樣的大地方，連棺材的用料都會攀比，這麼大的一個城，每天總有人死、有人生，喪葬業還算景氣，加上這店鋪提供一條龍服務，一年下來，還真能賺不少錢。

哪怕兄妹兩個來自現代，也有種打開新世界大門的感覺。

連著幾天下來，沈驚春得出了一個結論——她自己的那些產業放在長公主給的這些產業面前，就是個弟弟。

沈驚秋現在一聽到有人上門，就一個頭、兩個大。他對做生意本來就沒有什麼興趣，當初連家裡那個家具廠都不想接手，現在名下忽然多了這麼多產業，倒是差不多實現花錢自由了，再研究其他的東西也不用伸手找他妹要錢了，但他真的不想這樣啊！

「唉，咱就是說，要不這些產業全給妳吧？」沈驚秋悵然道：「這才幾天，我就覺得頭髮掉了一把了，再這樣下去不是得英年早禿？妳全拿走，給我點乾股就行了。」

哪怕各家鋪子都有掌櫃和管事，不用他親力親為，但對帳還有一些需要老闆點頭的事情，必須他親自出馬才行。

沈驚春毫不猶豫的拒絕，甚至有點幸災樂禍。「我不要！親兄弟，明算帳。你實在不行就培養你閨女嘛，我看她在做生意這一塊還挺有天分的。」

最近看帳，只要兩個小的在家，沈驚春必然會叫上他們，沈明榆倒是不在意這個，沈蔓卻是一副很感興趣的樣子，短短幾天就學會了打算盤，現在算起帳來，算盤打得那叫一個響。

陳淮煞有介事地點點頭。「對呀大哥，我也瞧著蔓蔓在這上面很有天分。」

沈驚春嘿嘿一笑。「你好好培養培養，再堅持個十年，到時候兩個小的一個混官場，一個混商場，你就可以退休養老，躺著數錢了，妥妥的人生贏家啊！」

沈驚秋朝著夫妻兩個翻了個大大的白眼。

第三十七章

交接好長公主推過來的產業後，離殿試也沒幾天了。

茶山那邊一切進展如常，有沈延東父子看著，沈驚春並不擔心。

沈驚秋自己的玻璃事業則是遇到了瓶頸。燒玻璃不難，甚至燒出那種五顏六色、好看的玻璃工藝品，對於沈驚秋來說也不難，難的是怎麼燒出透明的、質地堅硬、可以用來做門窗的玻璃。

說到底還是條件不行，再試多少次恐怕都燒不出來他想要的玻璃，他索性待在城裡擺爛了幾天。

四月二十六這天，京城本地人幾乎都起了個大早，趕到明德門外看新進貢士入皇城參加殿試。

天矇矇亮，沈驚春就送陳淮出門。

殿試的考試過程並不比會試簡單，且只考一天，時間上短了很多，所有人要先進行搜身之後才能進入皇城，再經由點名、散卷、贊拜、行禮等禮節之後，才會頒發策題，過程很是繁複。

時間太早，沈驚春並未將陳淮送至宣德門外，只將人送至御街，看著馬車過了州橋，消失在視線之中就回了家。

只是這一天下來，表面看著一切正常，但到底掛心著殿試的事情，做什麼都沒辦法集中精力。

等到太陽西斜，才叫芒種套了車去宣德門外接陳淮。

殿試只考策問，要求字體方正，在有些閱卷官的眼裡，有時候卷面比文章本身更重要，陳淮師從陸昀，一手漂亮的館閣體已然給他加分不少。

今次的殿試也一改往日試題風格，全都是針對時弊的題目，與陸昀押的幾道題雖不大相同，卻有異曲同工之妙，陳淮答起題來可謂是得心應手。

與他那種信手拈來的感覺不同，大部分人都沒料到這次出題的方向居然變得這麼大，幾百人從宣德門的側門魚貫而出時，大部分都是耷拉著腦袋，顯得無精打采。

陳淮與張齡棠等人在其中就有如鶴立雞群，不論是身高還是精神面貌，都與其他貢士有很大不同。

沈驚春的馬車停在路邊，她本人則站在車旁，遠遠瞧見人出來，便朝那邊招了招手。

幾個相攜而出的青年並未走近，只遠遠地朝她一禮，就與陳淮道別，上了自家的馬車。

等接到人，芒種開始趕車，車卻不是順著御街往回走，而是沿著皇城外宮牆腳下的路一路往東去。
陳淮掀開簾子，只一眼就發現路線不對，問道：「這是去哪兒？」
沈驚春輕咳了兩聲，難得有些羞澀。「這不是考完了嘛，我作為你媳婦，不得好好犒勞犒勞你？我那一手廚藝是拿不出手的，正巧茶山出的第一批茶葉最近開始販售，兜裡有了點錢，所以咱也上澄樓揮霍揮霍。」說白了就是二人世界嘛！
自從到了京城，就是各種事務纏身，也就是過年那幾天才過了點安穩日子。
看陳淮這個氣定神閒的樣子，這次殿試肯定考得不錯，傳臚之後不論是去翰林院進修，還是授官，只要一入朝，後面就難有這樣的休閒日子了。
陳淮垂眸一笑，自家媳婦那張嬌豔的臉近在咫尺，呼吸間全是她身上那種淡淡的清香。
沈驚春說了半天不見他回答，微一抬頭就瞧見他臉上明晃晃的笑容，勾得人心中一癢。
她問道：「你笑什麼？」
「我想起來一句老話。」陳淮往後靠了靠。「人都說人生三大喜事，他鄉遇故知……」只說了個開頭，他的耳垂就紅得像是要滴血一般。
沈驚春的臉色也倏地一下紅了，夕陽透過薄薄的窗簾照在臉上，一張嬌滴滴的臉更顯得燦若煙霞。她一伸手，直接捂住了陳淮的嘴，將他後面兩句話堵了回去。
「我懂了，你別說了。」

幾天的時間幾乎一晃而過。

狀元樓每天都聚集著一大幫想要下注的人。

「陳淮」這個名字更是從早期中後的位置一躍到了最有希望奪冠的位置，很多人無比後悔，為什麼當初沒有押陳淮？

而一開始就押了陳淮的人更是後悔當初為什麼沒有多押幾注？

沈驚春都恨不得將陳淮供起來早晚三炷香了。

當初剛來京城的時候，她從姜瑩瑩的嘴裡得知了狀元樓可以下注的事情，後來在姜瑩瑩的慫恿下，兩個人還偷偷去狀元樓下了注。

當時沈驚春手裡只有要還房款的四千兩，還不能動，這個下注的錢還是姜瑩瑩先出的。

姜瑩瑩中規中矩，覺得有希望的人都押了幾注；沈驚春則是玩了票大的，直接問能不能押六元？

當時在場的所有人都用一種看傻子的眼神看著她，連姜瑩瑩都覺得沈驚春腦子不清醒。

十兩銀子一注，沈驚春直接押了一百注，一千兩銀子賭陳淮六元及第。

大周朝立朝這麼多年，大三元、小三元出了不少，可六元及第即便算上前朝，也不過才兩人罷了，因此賠率直接拉到了最高，一賠二十。

如今五元已經達成，只等今日黃榜出來就能揭曉答案。

「以前我覺得妳瘋了，現在才發現原來是我太笨了。」

雖然婚期定在了五月初三，但傳臚這天，姜瑩瑩依舊說服了她爹娘，成功帶著人出了門，只因她老爹已經提前拿到了殿試的結果。

陳淮是本屆狀元，榜眼是個三十多歲的中年舉子，探花則是張齡棠。

作為準夫妻，姜瑩瑩覺得打馬遊街這種事，如果她不能親眼見到，將會是一輩子的遺憾。

當初下注，她也撒出去近三千兩，但卻是廣撒網，唯一押中的，還是看在沈驚春的面子上，在陳淮身上押的十注，但哪怕當初的賠率是一賠二十，也不過贏二千兩罷了，這還虧了一千兩呢！

「這聞道書院到底是什麼了不起的地方啊……」姜瑩瑩往椅背上一靠，有點欲哭無淚。

「妳說你們家陳狀元師從一代大儒陸祁山，跟當今天子算是同門師兄弟，勇奪魁首就算了，怎麼張齡棠居然也能中探花……」

喜歡是一回事，盲目的信任又是另外一回事。

姜瑩瑩從頭到尾都覺得，張齡棠這回參加會試，能考中都已經是他這幾年努力用功的結果了，能進二甲說不定都是他老爹在背後出了力。

畢竟一個當初名滿京城、整日就是走狗鬥雞的紈袴，說他能中一甲，誰信啊？

沈驚春瞥她一眼，得意道：「這可不是我自誇，妳家張探花這回能中探花，還真是沾了陳狀元的光了！」

陸昀很少收徒，當初張齡棠去聞道書院求學，他姊夫也是親自求到了陸昀跟前，想叫他收下張齡棠的，可當時陳淮已經先一步入門，此事也就不了了之。後來張齡棠就在聞道書院老老實實地讀書，當時他們雖然同在一個書院，但彼此之間其實並沒有多少交情。

還是回京之後，姜清洲跟陳淮走得近，而張齡棠又跟姜清洲走得近，再有那次打架事件，一來二去的雙方才混熟了。

陸昀後來再給陳淮開小灶，他們幾個也都會死皮賴臉地去蹭課旁聽。

當初來她家吃過飯的那幾個，殿試成績都不錯，全都入了二甲。

姜瑩瑩這段時間都在忙著備婚，連當初姜清洲等人打架去了京兆府的事情，還是很久之後才從她娘嘴裡知道的，張齡棠跟陳淮走得近的消息，她是真不知道。

她現在為難的卻是另外一件事。「殿試之後，他找人帶了書信給我，信中提及了這事，問我有沒有押他進一甲？」別說他了，他們京城三大紈袴，姜瑩瑩一個都沒押！

沈驚春「嗨」了一聲。「我當什麼事呢！妳聽我的，等你們成親之後，如果張探花再問起這個事情，妳就說當初跟我一起去下注，我押了陳狀元六元及第，妳押了張探花進一甲！

不過最近這段時間不是要準備婚禮嗎，因為實在太忙，那張下注的條子不知道去哪兒了！我保證張探花一定感動得不行！」

姜瑩瑩有些遲疑。「這……是不是不太好啊？」

沈鷲春跟陳淮是夫妻關係，再加上陳淮本人又是才華橫溢，在慶陽那邊過來的舉子們幾乎就沒有不認識他的，沈鷲春在他身上押注那是很正常的事嘛！可她當時跟張齡棠又沒關係，賭他能進一甲，是不是有點……

沈鷲春一副「我很懂」的樣子道：「妳聽我的沒錯，男人就吃這一套……」

二人沒說幾句話，皇城那邊就有動靜傳來。

沒一會兒，姜瑩瑩的侍女雨集就「蹬蹬蹬」地從樓下跑了上來，興高采烈地道：「中了中了！陳公子首榜首名，咱們姑爺第三名！」

作為姜瑩瑩的貼身大丫鬟，雨集自然也是昨晚就知道了張齡棠中了探花的事情，但這並不妨礙她今天看到張齡棠的名字出現在黃榜上時仍然興奮。

這讓她們這群在姜瑩瑩身邊服侍的人，很有種揚眉吐氣的感覺。

蓋因當初明知道跟她們家小姐有婚約在身，還犯賤去勾搭家裡三小姐的張弘宇這次吊了車尾！

一甲三人是進士及第，三甲卻只是同進士出身，二者完全不能相提並論。考中一甲的並非都能進內閣，可三甲的卻是幾乎連進翰林院的機會都沒有。

今天過後，張弘宇連給張齡棠提鞋都不配！

兩人都姓張，怎麼就差這麼多呢？

雨集幾人激動極了，姜瑩瑩也沒冷靜到哪裡去。

黃榜才張貼出來，遊街的鼓樂儀仗隊還沒出宣德門，姜瑩瑩已經控制不住地到了陽臺上，伸長了脖子往那邊看了。

外面如她這般的大有人在，甚至很多人比姜瑩瑩還激動。不只是女人，連不少男人手裡都拿著各種鮮花、絹花。

寬闊的御街兩邊擠滿了人，上至白髮蒼蒼的老頭、老太太，下至七、八歲的小孩，人人都是一副歡呼雀躍的樣子，興奮得不得了。

沈驚春以前見過的那些頂流明星應援根本無法與之相比。

很快地，皇城方向就傳來了震天的喜炮聲，等炮聲結束，又是一陣鼓樂聲傳來。

御街兩邊歡聲雷動、熱鬧非凡。

等了沒多久，遊街的隊伍就出現在幾人的視線之中。

大周朝在官服上有明確的規定——三品服紫，六品服緋，九品服綠。

按照規矩，新科進士授官也按黃榜甲第而論，一甲狀元授翰林院修撰，級別剛好六品，可以穿朱紅色官服的品級；榜眼及探花授七品編修，穿的是綠色官服。
一甲三人都端坐於高頭大馬之上，唯有陳淮最為醒目。
他一年到頭都穿得很素，上一次穿紅衣，還是在慶陽的時候，沈鷩春給他買了一套紅色的衣服，但現在這套紅色朝服穿在他身上，卻是與當初那套紅衣給人的感覺完全不同。
御街上的人已經開始尖叫。
皇帝顯然也是個顏控，不只狀元郎長得好看，那位三十多歲的榜眼同樣容貌出眾，下巴上蓄著的鬍子給整個人添色不少，而張齡棠當初在京城與他紈袴之名同樣為人稱道的，就是他的長相。
底下的人很瘋狂。
沈鷩春耳聰目明，即便外面鑼鼓聲喧天，歡聲雷動，她還是將不知誰喊出來的「狀元郎我要給你生孩子」聽了個一清二楚，這是個人都不能忍啊！
她深深吸了口氣，拿出了當初去現場給偶像應援的氣勢，雙手合攏在嘴前做喇叭狀，大聲喊道：「陳狀元，我要給你生孩子！陳狀元看我——」
她聲音很大，後面幾乎喊到破音，身邊的姜瑩瑩一臉佩服地看了過來。
喊聲淹沒在外面喧譁的歡呼聲中，但陳淮還是看了過來。
沈鷩春與姜瑩瑩待的這間包廂，就是當初上元節時皇帝和長公主待過的那間，在三樓，外面帶一個還算寬闊的大陽臺，陳淮騎在馬上，往三樓看上去還需要往後微微仰著身子。

夫妻二人的目光在空中交會，沈驚春用力朝他揮了揮手，嘴裡不停地喊著亂七八糟的話。

姜瑩瑩已經看得目瞪口呆了，誰知更讓她呆的還在後面。

沈驚春不知從哪裡摸了一朵豔麗非凡的花出來，大紅色，看外觀有些像月季，但卻又比月季瑰麗幾分，花瓣在陽光的折射下顯得流光溢彩，下面長長的莖上，還有幾片沾著水滴的綠葉，毫不遲疑地就往外扔。

長長的一枝花，劃破長空，穩穩地往狀元郎的懷裡落去，在無數人的注目下，驚才絕豔的陳狀元一伸手接住了那枝花，並且朝丟花過來的方向露出了一個燦爛的笑容。

這個小小的插曲並未讓遊街的隊伍有所停頓，三人坐在馬背上，漸漸在尖叫聲中遠去。

「我不該質疑妳的。」姜瑩瑩誠懇無比地道：「就妳這樣的，十個陳狀元也逃不出妳的手掌心啊！」

沈驚春聽到的那句人家要給陳淮生孩子的話，姜瑩瑩也聽到了，但底下那麼多人，誰知道是誰說出來的？

可沈驚春就不一樣了，她跟陳淮是夫妻關係，當著這麼多人的面向陳淮表露心跡，且她這長相完全可以稱得上是豔冠群芳，如此熱情似火的小嬌妻，哪個男人能從她的手心逃脫？

姜瑩瑩雙手合十，朝沈驚春拜了拜。「沈先生教教我，何為馭夫之道？」

沈驚春尷尬地咳了兩聲，很想說「如果是真心喜歡妳的人，根本不用多做什麼，只要妳勾勾手指，他就會很高興地過來了」，但這種話顯然不適合這個時候說。她輕咳兩聲，清了清嗓子才道：「什麼馭夫之道，我感覺姜伯母的經驗應該更足一些。」

畢竟她跟陳淮勉強能算得上是自由戀愛，而姜夫人和姜侯爺卻是父母之命、媒妁之言，結婚這麼多年，孩子都生了三個，姜侯爺的後院卻還是只有一個正妻，別說妾室了，連個通房丫鬟都沒有，這才是高手，才是真正的馭夫之道啊！

姜瑩瑩聽得欲言又止，很想說她老娘那算什麼馭夫啊，根本就是她老爹年輕的時候見色起意，一眼就在人群中相中了她老娘，後來還想方設法地攪黃了她娘好幾門親事，才抱得美人歸，他捧在手心裡小心呵護都來不及了，哪還有那個心思到外面玩花頭？

不過這涉及到她老爹的尊嚴，哪怕跟沈驚春關係再好，也不好在沈驚春面前說這些。

兩人在東慶樓坐了一會兒，隨著遊街的隊伍遠去，外面的喧譁聲也漸漸小了下來，幾個人便商量著走。

姜瑩瑩好不容易出來一回，很不想這麼快就回去，索性跟著沈驚春一起回了她家。

那新宅子賞賜下來之後，她就在家開始備婚了，到現在也沒見過是什麼樣子。

一行人下了樓，一樓還在談論著方才的熱鬧。

從科舉制度建立以來，歷朝歷代都是探花郎最為貌美，像今天這樣，探花跟狀元不相上下的情況，還真是少之又少，尤其榜眼也是端方持重的君子長相，今天這一場遊街不失為一樁美談。

幾個人穿行在其中，沈驚春忍不住嘴角上揚。這群人誇陳淮，就像是在誇她一樣，她心裡別提多美了。

主僕幾個出了東慶樓的大門，來接她們的馬車已經提前等在了門口，兩個人帶著丫鬟上車，掀起簾子往外看，御街之上散落著不少鮮花、絹花、手絹。

等馬車開始往前走，沈驚春才想起來還有個重要的事情沒去辦呢！

那六元及第的獎勵，還是拿到自己手裡才穩妥啊！當即便吩咐調轉車頭，往狀元樓去。

今年這屆科舉，絕對是歷年來最爆冷門的一屆，當初榜上有名、最有希望進一甲的人一個都沒進，反倒是幾個在京城這邊籍籍無名的人包攬了一甲。

家境富裕的還好些，沒賭贏也就沒賭贏，損失一些銀子而已，可有的賭徒卻是傾家蕩產。

馬車停在狀元樓前，跟在一邊的下人已經麻利地擺好了馬凳，頭戴帷帽的姜瑩瑩先一步下了車，隨後是沒有戴帽子的沈驚春。

二人一下車就引起了一陣驚呼聲。

沈驚春來狀元樓的次數不算多，但她長得漂亮。

很顯然，這群賭徒裡還有人記得她，她腳還沒踩到地，周圍已經有人開始叫喊——

「啊，是那個押中六元及第的人！」

「我的老天爺啊，我記得當時她押了一千兩吧？」

「當時賠率是一賠二十，這這這……二萬兩……」

聚在門外的人如同炸了馬蜂窩一般，更有靠前的幾個膽子大的湧了上來。

雨集、夏至等人本來就隨侍在一邊，身後則有幾個姜家的人護衛在一旁，誰也沒防備到前面的人！幾個人一下子衝到了前面，沈驚春下意識就準備抬腳踹人。

「幹什麼、幹什麼……」

可惜腳才剛抬起來，樓裡就有厲喝聲傳了出來。「都活夠了是不是？想去京兆府吃板子嗎？知道這是誰嗎？就敢放肆！」

竟然是狀元樓的大掌櫃親自帶著人迎了出來！周圍安靜了一瞬。

由於大掌櫃的神色過於冷厲，攔在沈驚春前面的人下意識地就往旁邊讓了讓。

有人問道：「什麼大人物啊？」

那掌櫃冷哼一聲道：「這可是新科狀元的夫人，當今聖上親封的慶陽縣君！還不讓開？」

人群一片譁然，幾個攔路的人果然不敢再攔，紛紛讓開路來。

掌櫃的換了張笑臉，往前迎了兩步道：「縣君和姜小姐快裡面請！」

沈驚春與姜瑩瑩對望一眼，都看到了彼此眼中的詫異。

能在京城安安穩穩地開酒樓的，背後必然有靠山，這位掌櫃知道姜瑩瑩的身分不稀奇，畢竟姜瑩瑩也是京城首屈一指的貴女。

可沈驚春就不同了，宣平侯府是武將世家，原主喜武不喜文，根本沒來過狀元樓，而她自己從進京到現在，也不過當初下注和今天算是正式踏入了狀元樓。

不論是當初第一面就查清了她的身分，還是今天放榜之後才知道她的身分，這都證明狀元樓不可小覷。

兩家跟著來的下人，除了姜家的車伕在外面，其他人都跟在後面進了狀元樓。

樓外聚著一堆下注失敗的人，樓裡卻聚了一堆書生。

掌櫃說話聲音不小，這群書生自然也是聽到了的，等人一進門，視線在戴著帷帽的姜瑩瑩身上略一停頓，就都落在了沈驚春身上。

陳淮從沒來過狀元樓跟這些學子做交流，直到會試過後名聲才傳了出來，眾人只知道他本人長得好，卻不知道他居然還有個長相如此出眾的媳婦。

沈驚春被這麼多人注視著，也並未有任何的緊張，甚至還朝周圍看了看。

幾個人很快穿過大堂到了後院，那掌櫃態度客氣地將人請進了一間廂房裡。

「銀票已經準備好了，煩請二位稍等一下。」

那掌櫃剛請兩人在一邊坐下，茶水就上了桌，沈驚春低頭一瞧，倒是巧得很，那白瓷茶盞裡浮浮沈沈的可不就是她家茶山產出的春茶嗎？

兩人坐下沒喝幾口茶，那邊銀票就準備好了，銀票都是一百兩的面額，拿過來厚厚的一疊，散發著一陣迷人的芳香。

連姜瑩瑩這種從小在富貴窩裡長大的人都不自覺地挺直了脊背，雙眼盯著那一疊銀票不放。

身邊跟著伺候的人，點錢這種小事自然用不著當主子的親自動手，雨集、乘霞兩人也在姜瑩瑩的授意下一起幫著點。

二萬兩銀票，姜瑩瑩沒見過這麼多現金，當丫鬟的自然更不可能見過，三人幾乎滿懷虔誠地點完了錢，最後銀票裝進了一只狀元樓提供的小木匣裡。

點完沈驚春的錢，接著就是姜瑩瑩的錢，她只下了十注，二千兩銀子倒是好點得很。

等銀票點完，姜瑩瑩才有些好奇地道：「雖然狀元樓家大業大，但二萬多兩銀子也不是一筆小數目，我怎麼瞧著掌櫃的倒還高興得很？」

雖然開門做生意，迎來送往的很需要逢人三分笑，但才賠出去這麼多錢，這掌櫃的卻還是滿臉笑容，不僅不見絲毫勉強之色，反倒是熱情非常。

沈驚春道：「自然是因為相比起給出去的，掌櫃的賺回來得更多啊！」

當初賭局剛出來時，陳淮籍籍無名，哪怕賠率高，並沒有多少人在他身上下注；後來隨著陸昀回到京城，眾人知道了他是陸昀的關門弟子，狀元樓就已經將賠率調低了；再到會試之後，更是直接關閉了下注通道。

買陳淮六元及第的，她們是唯二兩個；買陳淮能進三甲的也不算多，大多都是如同姜瑩瑩一般，廣撒網期待能網住一個；而外面那些人卻是血本無歸了。

跟賠出去的銀子相比，狀元樓那是賺得盆滿缽滿。

掌櫃笑得一臉討好。「這都是託了陳狀元的福，咱們樓裡才不至於賠得傾家蕩產啊！」

眼看著兩個人將錢收好，掌櫃的才搓了搓手，面帶懇求地朝沈驚春道：「那什麼，有個小忙想請縣君幫幫。您也知道，狀元樓向來有收錄新科狀元墨寶的習慣，樓裡以前幾次派人送拜帖，但都沒見到陳狀元，不知縣君可否……」

狀元樓並非是等殿試結果出來之後再去求墨寶，而是在會試之後，就張羅著開始收集有可能考中狀元的學子的墨寶，但是這位陳狀元確實很不好相與，狀元樓幾次找他，都沒能拿到他的墨寶。

掌櫃的話一出口，見沈驚春挑了挑眉，忙道：「當然了，咱不白拿，以後但凡是縣君您或是狀元郎來小店吃飯，一律都是五折優惠，您看這樣行不行？」

京城四大酒樓若按照消費來劃等級，那東慶樓是當之無愧的第一，澄樓和嘉樓並列第二，狀元樓排在最末。

但它這個最末只是跟其他三座酒樓比較而已，跟其他小酒樓、酒肆相比，依舊是天價消費。沈驚春或許不會來這邊吃飯，但五折優惠的確很令人心動。

她微微一笑，毫不猶豫就把陳淮給賣了。「行，晚些時候我叫人給你送來。」

辦好銀子的事，兩人都有點坐不下去了，也就起身告辭。

掌櫃的依舊是親自送她們出門。

一行人前腳才剛踏出狀元樓的大門，後腳就有一個不明物體帶著勁風直衝沈驚春面門而來！

砸東西過來的人顯然離這邊不遠，那東西速度很快，若是一般人很難反應過來，沈驚春也是險而又險地避了過去，那東西幾乎是貼著她的鼻子砸到了後面。

「啪」的一聲響，蛋殼破裂，裡面的蛋清、蛋黃順著門框流了下來。

這顯然是有預謀的。

那掌櫃能執掌這麼大一個酒樓，並非酒囊飯袋之輩，只愣了一下，就反應了過來，手一揮，怒道：「敢在我們狀元樓鬧事，你膽子不小啊？給我把人揪出來！我倒要看看是哪個癟犢子這麼能耐！」

他話音剛落，門口站著迎賓的兩個夥計已經衝了出去，後面跟著掌櫃出來送沈驚春、姜瑩瑩的幾個夥計也躥了出去。

原本就鬧烘烘的人群一下子更亂了起來。

狀元樓裡的夥計們平日裡總是一副笑容可掬的親切樣子，但此刻得了吩咐去抓人，就換了另外一副嘴臉，瞧著滿臉的凶神惡煞表情，一副「老子很不好惹」的樣子。

街道上聚在一起的人下意識的躲避，倒是方便了他們認人，一下子就將手裡還捏著兩個雞蛋的人給抓了出來。

因人群的退讓，狀元樓門前那一片都空了出來，樓裡夥計下手毫不留情，直接一腳就踹了上去，被抓出來的人往前一撲，摔倒在地，手裡抓著的雞蛋也瞬間磕破。

不等沈驚春等人質問，他倒是滿臉凶狠地抬起頭，雙手撐地站了起來。「打的就是妳個小娼婦！憑什麼我們這些從小苦讀的人連會試都過不了，妳男人卻能因為裙帶關係一飛沖天？老天不公、朝廷不公！居然允許這樣公然舞弊。」

沈驚春被他這話說得一愣。

姜瑩瑩也有點沒反應過來。

樓裡、樓外的大部分人都一臉莫名地看著那個男人。

這人單看外貌大約四十左右的年紀，蓄著一把短鬚，中等個頭，看上去很瘦，一雙眼睛布滿了紅血絲，看著就不太正常的樣子。

那男人淒慘一笑。「你們怕是不知道吧？咱們這位新科狀元，在京城可是很吃得開的，跟各大世家的公子都有交情，而這群不學無術的公子哥兒，這次殿試的成績全在二甲之列。那京城三大紈袴想必大家沒忘記吧？張齡棠這樣的人都能中探花，這場科舉真的公正嗎？」

人群一下子安靜了下來，隨即就傳來嗡嗡的討論聲。

顯然有的人相信了這話。

「張齡棠是哪樣的人？」一道柔和中帶著兩分堅韌的聲音響起。姜瑩瑩往前兩步，聲音平穩地道：「我瞧足下的衣著打扮，顯然與張公子不是一類人，您倒是說說，張齡棠是哪樣的人？」

帷帽的帽簷被微風吹得輕輕擺動，姜瑩瑩站得很直，一雙白皙細嫩的手交握在身前，無論是身上的衣著還是體態，都顯示著她的出身不凡。

那男人愣了一下，似乎沒想到這個時候會有人出來幫張齡棠講話。

姜瑩瑩卻沒給他接著發愣的時間。

「你以為張家是什麼破落戶？張公子身為長房嫡孫，你以為他從小學的只有鬥雞走狗？

紈袴之名確實不太好聽，但他是殺人了還是放火了？抑或是仗著家世為非作歹了？他連開蒙請的都是進士，他的先生隨便拉一位出來最低都是同進士出身，他若沒有資格考中探花，莫非足下這般連會試都過不了、只會在這裡怨天尤人，抱怨世道不公的人有資格？」

「說得好！」沈鶯春鼓了幾下掌，往前兩步站在了姜瑩瑩的身邊。「我不知道是誰慫恿你以這種自毀前途的方式，公然往我夫君身上潑髒水，但我想，但凡有點腦子的應該都不會被你挑撥。」她環視四周，態度坦蕩，朗聲道：「眾所周知，在殿試前一日，會有讀卷官聚於文華殿，密擬策題若干道，敬呈皇帝朱筆欽定，接觸過策題的讀卷官在殿試之前都不允許出皇城。而足下所說的裙帶關係，我想無非有二，一是我夫君的老師，時任國子監祭酒的陸祁山陸先生；二便是我。

「足下可能不知道，這次殿試策題，皇帝的確點了陸祭酒出題，可他卻以關門弟子參考的由頭拒了，所以這策題從頭到尾陸祭酒都不知道，更別談徇私舞弊、洩漏考題了。至於我……」沈鶯春頓了頓，微微一笑道：「我這個縣君爵位，來得堂堂正正，先有獻上牛痘之功在前，又有救駕之功在後，足下莫非以為當今聖上是個昏君，會公私不分到用科舉這樣的大事來報恩？」

一頂大帽子「砰」的一聲，把人砸得暈頭轉向，那男人甚至不知道怎麼就變成了這個樣子，急得滿頭是汗，剛想張嘴辯解，卻又被沈鶯春搶了先。

「我夫君四歲開始啟蒙，從正式科考起就一直都是第一名，他十幾年寒窗苦讀，不敢有一絲一毫的懈怠，為的是鞠躬盡瘁、以身報國，而不是有朝一日任憑足下這種內心陰暗的人隨意往他身上潑髒水！而如足下指出的張探花等人，亦是勤勤懇懇讀書。國子監的師資想必不用我多言吧？張探花之前就讀的慶陽祁縣聞道書院，也是舉國聞名的大書院，足下這番懷疑，實在有些居心不良，打的莫非是煽動學子鬧事的主意？」沈驚春吸了口氣，嘆道：「若足下只是針對我一人，此事便也算了，可你如今卻是懷疑到了皇帝身上，甚至挑動學子鬧事，這卻是一樁大事，我即便有縣君爵位在身，也不敢專斷。」她一轉身，朝已經聽得目瞪口呆的狀元樓掌櫃道：「可否借掌櫃人手一用？將此人扭送至官府，好好審問審問，是否受人驅使？」

狀元樓的掌櫃當然不會拒絕這樣的要求。

他們這個酒樓，各方面都有點比不過其他三座酒樓，唯一能勝過另外三家酒樓的，就是狀元樓對於來樓裡吃飯的書生們有優惠。

有時實在阮囊羞澀，甚至還可以用一篇好的詩詞來抵飯錢。

說陳淮以及其他學子舞弊這事要是發生在其他地方，掌櫃的當然不會管，可這群不知死活的東西偏偏在狀元樓鬧事，這不是打他們東家的臉嗎？

掌櫃一揮手，兩名夥計壓著人就要扭送到京兆府去。

這一番動靜倒是又吸引了不少人看了過來，鬧烘烘的人群中也出現了不一樣的聲音。

「堂堂縣君怎麼這樣斤斤計較？這要是進了京兆府，這人這輩子就完了啊！」

「就是就是……這也太得理不饒人了吧？」

「我看這就是心虛了！官字兩張口，只要進了府衙，還不是隨便她們說什麼就是什麼，哪有咱老百姓說話的分啊！」

「若說一人努力上進我倒是信，但是這次以前名聲不顯的可全考了很靠前的名次，這要是一點問題都沒有，說出來誰信啊？」

竊竊私語的聲音並不大，很像是幾個相好的人在說著悄悄話，但這些話卻遍布在各個角落。即便之前有了沈驚春那番高談闊論在前，現在聽到這些話，也難免會受影響。

人群裡的風向一下子就變了，憤世嫉俗的書生們被挑撥得紅了眼，看著酒樓前站著的兩人，彷彿是在看什麼生死仇敵一般。

沈驚春撩了撩眼皮，覺得事情有點不對。

經驗豐富的掌櫃顯然也發現了不對，靠近兩步低聲道：「我瞧著情況不太好，縣君和姜小姐還是先退回樓裡，看是等事情平息再走，或是從後門離開，我叫人去通知附近巡視的差役們來維持秩序。」

如同沈驚春說的，鄉試、會試這些考試還有徇私舞弊的可能性，但是殿試卻是在正式考試的前一天才會確定策題，並且在考試開始之前，讀卷官是不能離開的。

策題洩漏的可能性幾乎沒有，除非是皇帝本人親自把題目透露出去，但是這可能嗎？能到京城來參加會試的書生們，不可能不知道這些，但這些人仍舊鬧了起來，說明這是有組織、有預謀的。

沈驚春點點頭，一手護著夏至，一手護著姜瑩瑩就要往後退，可還沒來得及轉身，又有東西被人從不遠的地方砸了過來。

勁風裹挾著幾個硯臺直奔幾人面門而來。

沈驚春瞧得分明，這樣的勁道和力道，若真是被砸中了，頭破血流都是輕的。

她高喊一聲「蹲下」！

許是她的聲音實在過於嚴厲，姜瑩瑩和身邊跟著的幾個丫鬟們下意識的就彎了彎腿，幾個硯臺貼著頭頂飛了過去，一下子砸在後面狀元樓跟出來的幾個夥計身上。

幾個被砸到的夥計頓時頭破血流。

掌櫃的跟在沈驚春身邊，也被喊得下意識蹲了下去，倒是沒被砸中，一轉頭，瞧著幾個夥計都流著血，火氣一下子上來了。「反了反了，這群人是要謀逆啊！兄弟們，抄傢伙！把這群暴亂分子抓起來扭送官府，也是大功一件啊！」

「暴亂」一詞一出，場面更加混亂起來。

混在人群中的書生有好些沒反應過來，這怎麼就動起手來了？

後面被吸引過來的群眾卻是反應很快，聽見「大功一件」四個字，想也不想就要伸手去抓身邊的書生。反正在他們看來，動手砸人的是書生，這群在其中起鬨的也脫不了干係！

書生們並非全都是弱不禁風，尤其是外面這一群，很多都是家裡條件不怎麼樣，平日裡還要下地幹活的，莫名被人抓住胳膊，想也不想就要回擊。

沈驚春已經護著身邊的人退回了狀元樓。

裡面那群書生顯然也沒反應過來是怎麼回事，等外面的人一進來，雙方中間隔著一段距離，誰也沒有說話。

被砸傷了腦袋的夥計被送至了後院，地上鮮紅的血液灑了一路。

沒多久，附近巡視的差役們就來了。

京城治安很好，是因為投入的人力多，且又在天子腳下，這群差役並不敢做什麼欺男霸女的事情，總體來說，倒是比地方上的差役要負責得多。

腰上掛著的佩刀一出鞘，方才還亂著的人群很快就安靜了下來。

不等衙役們詢問，那掌櫃的已經出門，將事情的前因後果簡單地敘述了一遍。

領頭的差役聽完，便面色不善地盯著這群書生看了看。

如同他們這樣在各大衙門當差的，很多都是世代傳承的職務，大多數人其實識字不多，差役也不是多厲害的職務，在普通老百姓眼裡有點威嚴，但在這群書生眼中，差役算得上是下九流之列。

因此，很多差役都不大喜歡書生，這是通識。

但慶陽縣君沈驚春卻不同，這是為了大周做出過實際貢獻的人，其他人不說，單是今天在巡視值班的差役裡，幾乎每個人家裡都有人種過牛痘，更別提如今這位縣君還在聯合朝廷開展棉花種植業，這可都是實打實能看得見、真正造福萬民的。

「把這些鬧事的都給我帶走！」領頭的差役冷聲道，閃著寒光的佩刀隔空劃拉了一下。

眼見著這群差役一點面子都不給他們，有書生壯著膽子道：「幹什麼、幹什麼？我們可都是有功名在身的，你們怎麼能這麼對我們？真是有辱斯文！」

「功名在身？有辱斯文？」領頭的差役冷笑道：「諸位舉人老爺，既有功名在身，想必也都是讀過大周律的吧？知道尋釁挑事、聚眾鬥毆是什麼罪名嗎？知法還敢犯法，更是罪加一等！天子犯法尚且還與庶民同罪，你們這些功名莫非還能大過當今聖上去不成？」

誰都知道「天子犯法與庶民同罪」就是一句笑話，放在平時沒人會將這句話當真，可在這種情況、這種場合下，這句話卻懟得人無法反駁。

多說一句都是藐視皇權、對天子不敬，那是要抄家掉腦袋的！

眼見著這群書生都要被帶走，沈驚春才出聲道：「且慢。」她朝差役們行了一禮。「這群學子們，大多其實並沒有真正參與其中，有的甚至連一句話都沒說過，若就此被牽連而影響了前程也是可惜，不如就由我作保，放了他們如何？」

人群中的書生們聽到這句話，剛要鬆口氣，便又聽沈驚春道──

「只抓幾個鬧事的就是了。」

她伸手點了幾個人出來，全是剛才吵得最凶、最會挑撥的幾個。

沈驚春的手剛點過去，差役們便在老大的示意下將人給揪了出來，七、八個衣冠楚楚的書生被推搡到了一起，滿口都是冤枉的辯解之詞，可惜這時再沒有一個人為他們說話。

七、八個鬧事的人全被抓走了，來看熱鬧的人沒了熱鬧可看，而有心想藉著這個事看看能不能重考的落榜舉子也不敢再鬧，人群很快就散了。

沈驚春跟姜瑩瑩同掌櫃的打了個招呼，就離開了狀元樓。

這事說大不大，可說小也不小，本來得了一大筆錢，想逛街血拚的想法也沒了，兩人在門前直接分別，各自坐上馬車回家了。

這邊動靜鬧得這麼大，卻絲毫沒有影響殿試一甲遊街。

等沈驚春回到自家，遊街這項活動已經完美落幕。

今日只有這一項活動，五月二日皇帝會在禮部賜下恩榮宴，也就是傳說中的瓊林宴；五月三日休息一天。之後幾日還有諸如賜朝服、狀元率眾進士上表謝恩、新科進士們到孔廟行釋褐禮等儀式。

陳淮到了家，身上那身遊街的紅袍已經換成了常服，八成新的藏藍色道袍穿在身上，將穿著紅衣時的意氣風發也蓋住了幾分，整個人頓時鋒芒銳減。

那枝紅色的玫瑰花就擺在茶桌上，紅豔豔的很是奪目。

「怎麼了這是？剛才不是還很開心？」媳婦高不高興？有多高興？陳淮是一眼就能看出來的。

沈驚春便將狀元樓發生的事情說了一下。

她的確不高興，回來的路上她就在想，到底是什麼人能幹出這樣的事情來？

這件事很有針對性，而且針對的目標很明確，就是奔著他們夫妻來的。雖然中間關於她的部分，只一句裙帶關係，但有心人聽到這句話卻是很難不多想。至於張齡棠等人，不過是順帶罷了。

「我在想，到底什麼人這麼急不可耐地想致我們於死地？」

他們家的仇人並不多，能數得上的，沈驚春想來想去，一共三個而已，就是徐長寧、趙靜芳和周渭川。

其他那些在科舉上跟陳淮有衝突的人基本上都能排除。

本來周渭川沒什麼嫌疑，可偏偏這小夥子為了科舉發了瘋，雖然考中了會試，但是腳落下了殘疾，或許還有為官的可能，但在朝堂上絕對走不遠了。前程沒了，腦子一時不靈光幹下這種事情，也是有可能的。

而趙靜芳和徐長寧，這兩個人一個看上去肆無忌憚，一個給人的感覺就是沒腦子，會做出這樣的事情好像也能講得通。

「我感覺這種事情，好像只有徐長寧才能幹得出來啊！」沈鷩秋揉著眼睛坐了起來。「這事怎麼看都很沒腦子啊！」

「不錯。」陳淮也道：「若是會試鬧出這種事情來，其他兩人倒是很有可能，但現在是殿試，由皇帝親自主持考試，嘉慧郡主再怎麼囂張，也還沒囂張到敢拿皇帝的名聲來攻擊我們。還有周渭川也是，哪怕不再冷靜，也應該不會幹出這種事來……」他頓了頓，又道：「不論是誰在背後指使，這件事情說起來還是書生太容易受挑撥，許多書生都是讀死書，其中道理根本不懂，一天到晚『之乎者也』；而民眾覺得這些都是讀過書的，都是懂大道理的人，說的話自然就是正解，所以沒有自己的見解，反正跟著起鬨就是了。」

確實是這個道理，歷朝歷代這種事情都不少。

沈鷩秋忽然想到一句話——俠以武犯禁，儒以文亂法。

究其原因，還是因為古代條件有限，許多人的文化程度不高，才會被蒙蔽。

「或許……」沈驚秋輕聲道：「我之前說的字典，真的可以開始編寫了。」

新華字典為新中國文化水準的提高，做出了歷史性的貢獻。

給漢字注音是自古以來就有的，但現有被廣泛使用的直音和反切兩種注音方法，用起來都很不方便。

中文拼音卻不同，這是個小學生都能學會的注音方法，只要學會這個，再有一本字典在手邊，哪怕後期自學，都能學會不少字。

陳淮連呼吸都下意識的放輕了。

他知道他媳婦跟其他人是不一樣的人，病好之後的大舅哥大約也是如此。

「字典」這兩個字簡單明瞭，單看字面就能理解，大約便是世人所不知道的一種識字方法。

這麼想著，陳淮立刻起身，很鄭重地朝沈驚秋行了一禮。「請大哥賜教。」

他們就在書房裡，筆架在書桌上放著。

沈驚秋這回倒是沒有陰陽怪氣，而是起身到了桌前，提筆寫了一個字出來。

「醜。」陳淮輕聲讀道。「此字何解？」

沈驚秋道：「舉個例子而已。」

他在旁邊先將注音寫上，而後又將拼音寫上，輕聲讀了兩遍。「這個拼音分為兩個部分，一個是前面的，一個是後面的。」

毛筆分別在兩個音下畫了道線，又注上三聲。

陳淮看得不明所以。注音他能懂，後面的卻是一點也不明白。

沒經過系統的學習，沈驚秋也沒指望他能明白，提筆又在紙上寫了另幾個字——抽、愁、臭。

三個字分別寫上注音和拼音後，道：「你看這四個字，同音但是聲調不同。如果我們按照這個……」說著說著，就有點說不下去了。寫出來還可以，但要是涉及到講解什麼的，沈驚秋是真的不太行。他煩躁地抓了抓腦袋，有點不耐煩地朝自家老妹道：「要不妳直接拿本新華字典出來給他看看唄？」

沈驚春看了看沈驚秋，再看看陳淮，還是有點猶豫。

陳淮是看過她使用異能的，但也只是當初在奉持縣那一次而已，憑空取物這種東西，實在過於駭人聽聞。

「異能都能接受，空間還不能接受？妳放心好了，嚇不死的。」沈驚秋拍著胸脯保證道。

沈驚春看著陳淮一臉期待的樣子，終於還是深吸了一口氣，從空間裡拿了本新華字典出來。

這本新華字典是她從小用到大的那本，並不是最新修訂版。

小時候因為手機還未普及，而她又喜歡看課外書，她老爸特意買了這本字典，一路從幼稚園跟著她到了大學，再到末日。沒想到穿越到古代，這字典還有重見天日的一天。

字典憑空出現，然後被沈驚春放在了書桌上，三雙眼睛盯著那本小小的字典，沒人說話也沒人動。

陳淮看得尤其認真。這本字典除了封面的外殼看上去有點厚，裡面的紙張則是很薄。

「這本字典有多少個字？」

「嗯……」

這話可將兄妹兩個問倒了。

沈驚春遲疑了一下，才道：「不算片語、釋義這些的話，單收字大概一萬出頭吧？你翻翻看唄！」具體多少個字，這普通人誰會記得啊？

沈驚春將字典往陳淮的方向推了推。

陳淮翻開了封面，裡面的字出現在眼前，有大有小，但無一例外全都很清晰，每個字都工整到猶如最好的館閣體。

但……

「這個字……」陳淮指了指中間那個字，發現他居然不認識。

一個寒窗苦讀十幾年、剛剛考中狀元的人，居然被一個不認識的字給困住了！

沈驚春瞄了一眼。「哦，這是個簡體字……新『华』字典。」她往前湊了湊，將字典調了個頭，按拼音檢索，很快就找到了「华」字，再翻到指定頁數，指著上面那個繁體字道：「你看這裡，前面是簡體字，後面是繁體字，再後面是釋義和片語。」

裡面的字相比起第一頁的字來說，更加的小，眼神不好的人，甚至要湊得很近才能看清楚寫的是什麼。

陳淮拿過字典，看得很仔細，這一頁記錄的都是同一個音的字。無論是字典，還是上面的簡體字，都讓他大為震撼。

若大周真的有這樣一部字典，那有的窮人家，即使沒錢去學堂，也能在家學會寫字了。

他一個字一個字地往下看，越看越著迷。

沈驚秋無語地看了一眼。「這人估計一時半刻回不過神來了。」

沈驚春非常認同地點點頭道：「你說的沒錯，不過哥你真要編字典啊？」要知道，這本新華字典當初不知道耗費了多少時間、多少人力才編出來，又經過數十年不斷的修訂，才有了如今這本。「首先咱沒人手，編字典之前，也要先教會人家中文拼音吧？其次這是古代不是現代，很多字都是繁體字啊！比如這個『華』字，如果是按部首檢索，那它的部首也得變。」反正要涉及到的問題很多。

而且，如果忽然提出這種新型的認字方法，很有可能會被老派思想者攻擊。

「這都不是問題，妳別忘了，咱們是有靠山的，只要大靠山不倒，這一切的問題都不是問題。但是我在想……我搞這個幹什麼？」他是個理科生啊，搞搞那些簡單實用的小東西不好嗎？費這個時間編啥字典啊？當時人家人手充足的情況下都費了那麼多時間，現在要是由他來搞這個字典，那不得搭半輩子進去？

沈驚春被他問得一愣。這難道不是他自己提出來的嗎？

沈驚秋嘆了口氣。「唉，我就是嘴賤隨口一提，我也沒啥青史留名的大抱負，要是現代，咱編這字典，也算是造福廣大文盲了，但這封建等級制度下，搞來搞去，還不是為他們老李家做貢獻？咱貢獻再大，也不能封王啊！費這時間幹吃力不討好的事，沒必要。」

沈驚春看了一眼還沈浸在字典裡的陳淮，挑眉道：「哥啊，這事你可能真的推脫不掉了。」

陳淮這個在家裡人面前總是以一副溫和的面目示人，但其實這人很有自己的想法和堅持，譬如編字典這事，假如沈驚秋不願意幹，陳淮表面上不會勉強，但卻會時不時就提起這個事來，用句俗話來說，就叫溫水煮青蛙。

兄妹兩個說著話，陳淮卻看字典看得頭也不抬，哪怕字典上面有很多簡體字，也絲毫沒影響到他看字典的興趣。

第三十八章

等到陳淮從字典中回過神，外面天色已經昏暗了下來，書房裡沈家兄妹不見了蹤影，書房外面的小院子靜悄悄的，唯有遠處的院子裡有人聲傳來。

按照京城這邊的規矩，家裡但凡有人考中進士，幾乎都是要擺宴席請客吃飯的，門第越盛的人家，越愛這樣做。

陳淮中了狀元，本來按照沈驚春的想法也是要請客人上門的，可這兩天他卻改了主意，不請客了，只在今晚請了相熟的人上門來吃頓飯。

他出了門往外走，到花廳時，看見他大舅哥正在指導兩個孩子的功課。

四書五經這些東西沈驚秋沒什麼天分，但算數上，陳淮覺得就是他與老師陸昀加起來，也不是沈驚秋的對手。

這幾日沈驚秋正在教兩個孩子一種名為「九九乘法表」的口訣。

陳淮旁聽過一次，確實比現有的一些演算法更朗朗上口、通俗易懂，只要背會這口訣，在計算上真的是省時省力得多。

客人沒來，菜也還沒上桌，兩個孩子端坐在凳子上，搖頭晃腦，一臉認真地背著口訣。

陳淮兩步迎了上去，笑道：「大哥，那字典的事……」

「什麼字典？」

「兩個孩子在讀什麼？」

兩道溫和的聲音幾乎同時傳了過來。

沈明榆兄妹倆背誦乘法表的聲音一下子就停了。

沈驚秋和陳淮轉頭望去，便見陸昀、程太醫和兩位並未見過面的陌生老者正站在花廳門口。

因太醫院下值比較晚，今天的晚宴時間也定得很遲，所以這個點家裡也沒人到大門口去接人，誰也不知道原本要很遲才下班的程太醫為什麼會這麼早就來了？還是跟陸昀一起。

知道有兩人他們沒見過，一進到花廳裡，陸昀便介紹道：「這位是大理寺卿，你們稱一句溫老，這位是翰林院學士，你們稱一聲曲老。」

陳淮與沈驚秋立刻執晚輩禮行了一禮。

兩個小傢伙也是有模有樣地跟著拜了拜。

陸昀便又朝溫、曲二人介紹道：「這便是我經常同你們提起的關門弟子陳淮，字季淵；這一位則是慶陽縣君的胞兄沈驚秋。溫兄、曲兄之前問的蓮花琉璃盞，便是驚秋親手燒製而成。」

沈驚秋那座玻璃工坊，雖然因為各種原因還沒燒出現代那種玻璃，但卻按照自家老妹的要求，燒出了不少絢爛奪目的玻璃工藝品出來。

這些東西一燒出，就被沈驚春送了幾個出去，陸昀和程太醫手裡都有一個成品。

溫、曲二老對於陳淮是早有耳聞，但沒想到眼前這年紀輕輕的沈驚秋卻有那樣的手藝。雙方各自落坐，年紀雖然相差得有點大，可聊起天來氣氛卻無比和諧。

「還沒說什麼是字典呢？還有孩子們剛才讀的是什麼？」陸昀將沈明榆叫到身邊問道：「明榆剛才讀的是什麼，能告訴陸爺爺嗎？」

沈明榆先看了一眼自家老爹，見他點頭，才道：「是爹教的乘法表。」

曲老饒有興趣地問道：「乘法表？明榆可否通篇背誦一遍？」

沈明榆點點頭，從一一得一開始背，一直背到九九八十一才停。

古代有算數，也有一些演算法口訣，但總的來說並不如這個乘法表來得清楚，尤其是以現在的教育程度，能夠接觸到算數的，更是少之又少，這個口訣若是能傳播開來，倒是功德一件。

陸昀雖有些驚喜，但更多的關注度還是在字典上面。

典，標準法則也，而字典，顧名思大約就是認字的工具書。

別說大周朝了，就是歷朝歷代加起來，也沒有這種書。大家認字大多都是有先生教，先生怎麼教，學生就怎麼學。

若真的有字典……

幾位老者的眼神都亮了，齊齊看向陳淮，又跟著陳淮看向沈驚秋。

「嗯……這個……」沈驚秋覺得自己的頭開始隱隱作痛了。「怎麼說呢……這個說來話長啊……」他總算是明白了之前他老妹說的話是什麼意思了。

曲老和藹一笑。「不急不急，我們幾個老傢伙時間多，驚秋慢慢說就是了。」

這是時間多少的問題嗎？

沈驚秋一個頭、兩個大，但所有人的視線都落在他身上，連兩個孩子也是用好奇中帶著孺慕的神情仰頭看著他。

他深吸了一口氣，想了想措辭，才緩緩道：「我之前摔壞了腦子，這事先生和伯父是知道的。」

「沒錯。」陸昀點頭道：「還是我介紹程兄去給你診治的。」

準確地來說，是沈驚春狗屎運，碰巧在陸昀那裡碰到了程太醫。

但這不是重點。

「我腦子不清楚的那幾年渾渾噩噩的，後來清醒之後，腦子裡忽然就多了一些原來沒有的東西，比如這九九乘法表和一種新的文字注音的方式。」

饒是幾位老人年過半百，聽到這種事情也不免震驚。

但也僅僅是震驚了一下，就平靜下來，因為這種癡傻幾年後忽然清醒，並且忽然懂了很多以前不懂的知識的事情雖然少見，卻並非沒有過。

沈驚秋見這幾個老者接受良好，才接著往下講。「我的意思是，將這些注音的字都編成一本字典，有兩種檢索方式，一種通過注音，一種通過偏旁部首筆劃。」

「偏旁部首？」

幾人下意識地問道。

「那是什麼？」

兩個孩子的書箱就擺在一邊，沈驚秋拿了閨女的文房四寶出來。

陳淮很自覺地開始研墨。

沈驚秋蘸了墨，在紙上寫了兒子和閨女的名字。

他這一筆字並不比沈驚春好多少，尤其是在幾位老人面前，說這一筆字端正都算是勉強。

但此時卻沒人說話，大家的視線都落在那幾個字上面。

沈驚秋指了指那個「沈」字。「這個字若拆出偏旁來，就是從旁邊這三個點，同樣能用這個做偏旁的還有『淮』和『淵』。」他又提筆在下面寫了這兩個字。「陳淮的『淮』，以及季淵的『淵』。我們可以先將所有用作部首的偏旁都確定出來，然後列一個列表，比如『淮』十一畫，『淵』字十三畫，後面再標上注音。只要人們學會怎麼讀音，就能自行根據音來拼出這個字怎麼讀。」

所有人都聽得目瞪口呆。

沈驚秋又提筆將寫出來的幾個字標上注音，接著又拿了一張空白的紙，寫上了聲母表和韻母表。

之前在書房拿出來的那本字典沈驚秋沒翻開看過，又離開了學校多少年，讀倒是還可以，默寫字母表著實有些為難。

好一會兒他才斷斷續續地將字母表給默寫出來。

「這這這……」曲老深吸了一口氣，指著第一個不認識的字問道：「這個字怎麼讀？」

「這個……」沈驚秋邊讀，邊提筆在紙上寫了個「啊」字。

曲老顫抖著手又點了幾個字，沈驚秋一一讀了出來，到後面曲老更是開始組合拼音。

「妙啊、妙啊……簡直太妙了！不行，這樣大的事情須得立刻面呈聖上！走走走，你且跟我們一起去，若這字典真能編成，你便是首功，這可是名留青史的功名啊！」曲老連拍幾下手，站起來拖著沈驚秋就往外走。

陸昀雖然也覺得這注音法很是新奇，但到底跟沈驚秋算熟悉，忙攔住曲老道：「此時再去，宮門已經下鑰了。這新的注音法就在這裡，又不會跑，何必大晚上的折騰人？你且坐下，好好冷靜冷靜吧！」

這一頓晚飯吃到很晚才散。

陳淮在國子監相熟的同窗一個沒請，例如姜侯爺這樣的大人物也沒請，只請了老師陸昀和程太醫兩人，溫老和曲老卻是因為去找陸昀，知道他要來陳淮這邊吃飯，才跟著上門的。

結果最後反倒是溫老和曲老對拼音最感興趣。

沈驚秋將聲母表和韻母表標上了讀法，又在沒有字典的情況下，盡可能地多標了一些音節表出來。

等人全部走完，沈驚秋才癱在了椅子上。「我這是自掘墳墓啊！我到底是哪根腦神經搭錯了，會幹出這種事來……」

短短一個晚上，翰林院學士曲老就已經給沈驚秋規劃好了編字典的任務。

翰林院人多，除去有定員的職位，還有很多沒有定員的職位，這種一般都是從應屆科舉裡選出來，後續會經過考核。

曲老只需要將這件事上呈皇帝，新編字典的事情就會很快立項，到時候沈驚秋作為總編，而他這個翰林最高長官甘願給他打下手。

屆時如同片語、釋義這些可以先往後放一放，先將一些生活常用字編一套字典出來推廣，後續再慢慢修訂。

「我跟你說，你要這麼想，」沈驚春安慰道：「你兒子跟閨女現在還小對吧？如果你只是沈迷於賺錢的話，到時候你在別人眼裡就是個有錢的暴發戶。那你想啊，古代士農工商，還是很講究門當戶對的，你閨女能接觸到啥優質男青年嗎？可如果你編了這套字典，那就不一樣了，你是文人，是清貴，家裡又有錢，到時候這大周好男兒還不是任咱蔓蔓挑？想挑哪個就挑哪個！」

這話正說到了沈驚秋的心坎裡。

兩個孩子裡他並不擔心兒子，沈明榆雖然現在還小，但已經能看得出來頭腦活泛，是個讀書的料子了，不論將來是準備科舉當官還是繼承家業，問題都不大，但沈蔓就不一樣了。古代對於女孩子總是苛待一些，他老妹是因為運氣不錯碰到了陳淮，可這世上又有幾個陳淮這樣的人呢？

原先一直不想編字典的沈驚秋很容易就被說服了。「行吧，這幾天我先整理整理，等曲老那邊的消息過來。」

第二日一早，沈驚春幾人再次忙碌了起來。

宵禁時間才剛過，曲老那邊就派了人過來，將沈驚秋從床上揪了起來，說是要直接帶他去翰林院。曲老已經連夜寫好了奏章，準備直接在御門聽政上奏皇帝，將字典的事情落實下來。

沈驚秋眼睛都睜不開，就被人從床上揪走了。

陳淮也是早早就出了門，因今日是皇帝設榮恩宴款待各位新進進士的日子。

兩個小的也被芒種等人送去了學堂。

沈驚春吃過了早飯，就坐上了姜家派來接她的馬車。

姜瑩瑩是文宣侯唯一的掌上明珠，姜侯爺不僅是個妻奴，還是個女兒奴，這次婚期提前這麼多，顯得這樣倉促，姜侯爺覺得很虧欠閨女，幾乎是姜瑩瑩提出來的任何要求，他都無條件答應。

可姜瑩瑩被教育得很好，不是個會胡鬧的性子，提出的唯一一個要求，就是想叫沈驚春這個好閨密來陪陪她。

這對姜家來說根本就算不上什麼要求。

大戶人家規矩多，京城這邊嫁閨女一般都是在婚期的前一天就將嫁妝抬到夫家去。

沈驚春到姜家時，嫁妝正好出門。

姜瑩瑩這些嫁妝，大多都是從她生下來開始就在準備了，十幾年過去，再加上親朋們的添妝，一共一百二十八抬。

沈驚春以前只在小說、電視裡看到過十里紅妝的場面，那種嫁閨女的排場跟姜瑩瑩這個根本不能比。

只怕真是應了小說裡一句常見到的話，這邊第一抬嫁妝已經到了夫家了，後面的嫁妝還沒從這邊出家門呢！

馬車從偏門進去，直接到了二門口，又換了小轎直奔姜瑩瑩的院子。

一路進來，到處都掛滿了紅綢、紅燈籠，看上去就喜氣無比。

院子裡人來人往，但姜家下人走動間卻毫無聲息，很是安靜。

小轎在院子外一停，接了沈驚春之後跟在轎子邊一路進來的雨集就將人往上房請。

姜家是個大家族，親戚也多，姜侯爺嫁女這樣的喜事，挨得著、挨不著的親戚一窩蜂的全上了門，人家打著送嫁添喜的名頭，姜家也不好將人往外趕。

姜瑩瑩的閨房裡，如今正擠滿了族裡的小姑娘。

沈驚春一進門，姜瑩瑩就先大大地鬆了口氣，抽出被別人挽著的手迎上前，嗔道：「妳總算是來了，再不來可要叫人去催妳了！」

沈驚春笑道：「吃過早飯巴巴地就來了。」

就是姜瑩瑩想要天上的月亮，估計這會兒姜侯爺都得叫人把月亮摘下來，她可不敢不來。

姜瑩瑩本來也是隨口一句，並沒有其他的意思，正要向屋裡幾個沒見過沈驚春的表姊妹介紹，屋裡就響起了一道不友好的聲音──

「咦？這是徐大小姐嗎？」

屋裡原本還算輕鬆的氣氛立刻就變了。

有幾個原先就認識沈驚春的，瞬間就看了過去。

「徐大小姐」這個稱呼，如今可是已經換了個人了。

姜瑩瑩一雙杏眸一瞪，就想張口訓斥。

沈驚春伸手拉了拉她，笑道：「兩年多未見，姜二小姐的眼神還是一如既往的不好啊！我夫君與太醫院程院判關係還算不錯，要不要介紹妳去看看眼睛？」

這麼厲害？居然敢在姜大小姐的房裡這樣不留情面地說她的堂妹？

屋子裡的幾個小姑娘看著兩人，卻是沒人敢出聲當和事佬。

「啊，瞧我這記性！如今倒是不好再稱呼妳為姜二小姐了，聽聞妳嫁到了張家，妳看我是應該稱呼妳為張夫人呢，還是姜姨娘呢？」

這話簡直比直接打了姜蓉蓉一巴掌還要狠！

原本因為她是姜侯爺的姪女，京城貴女間的聚會偶爾也會有人下帖子給她，可自從她成了張弘宇的貴妾後，就被要求待在後院裡不要出來。這次要不是姜瑩瑩成親，她也是不能出來的。

沈驚春這話無異於割了她一刀後，還在傷口上撒了把鹽！

姜蓉蓉整個人都氣得抖了起來。

姜瑩瑩一看，忙朝外喊道：「乘霞！妳叫人來扶二小姐回去休息。」

屋外乘霞應了一聲，轉頭就帶了兩個老嬤嬤進來，半扶半拽地將人給拉走了。

沈驚春這樣不給人面子，簡直出乎所有人的意料，原先還想著跟她套套近乎的小姑娘們也不敢了，各自找了個理由都遛了。

屋子裡眨眼間就剩下沈驚春和姜瑩瑩兩人。

沒了外人，姜瑩瑩才鬆快了兩分，噗哧一笑，高興地道：「剛才可真解氣！」

雖然她本來就不喜歡張弘宇，但任誰被自家堂妹搶了未婚夫，心裡也絕對不會好過，偏偏還是親堂妹，她爹哪怕再疼她，也不能把事情做得太絕，因為一榮俱榮、一損俱損，所以他們家不僅不能在外面說什麼，還要幫著將姜蓉蓉未婚先孕的事情遮掩過去。

甚至於在姜蓉蓉生下孩子後，他們家還送了禮過去！

她爹娘雖然恨得牙癢癢的，卻也說不了什麼重話，這麼久以來，唯有沈驚春當著姜蓉蓉的面，狠狠下了姜蓉蓉的臉。

沈驚春哈哈一笑道：「要不是看在妳大喜的分上，就她今天說那話，我直接就給她兩巴掌了，打完了她我還得叫張弘宇老老實實到我跟前來賠不是！」

這可不是玩笑話。

張承恩作為天子近臣，肯定是最擅長揣摩上意的，本來她就對朝廷有貢獻，現在陳淮又考中了狀元，再加上她哥也即將成為年紀輕輕的一代大儒，哪怕陳淮不是他失散多年的兒子，張承恩也絕不會允許張弘宇的妾室得罪她的。

二人打打鬧鬧沒一會兒，姜夫人就又領著人進了房間，開始檢查各種東西。

一直到晚上兩人漱洗乾淨躺在床上，才算是有了說悄悄話的機會。

姜瑩瑩低聲道：「我真的好緊張啊！」

「緊張是正常的啊！」沈驚春同樣低聲道：「結婚相當於二次投胎，是相當重要的一件事，迷茫、焦慮這都是非常正常的事情，因為是第一次，總會有些好奇和憧憬，我當初也很緊張。」

話是這麼說，可實際上，沈驚春對於結婚當天的印象已經非常淡了，那一天留給她的全部印象，大概只剩下了新婚夫妻騎馬去追被拐的姪兒、姪女。

姜瑩瑩哈哈笑了兩聲。「沒想到妳一向天不怕、地不怕的，居然也有緊張的一天。」

「這不是廢話嗎？我也是正常的人啊！」

姜瑩瑩翻了個身，緊緊挨著沈驚春，將聲音壓得更低了一些。「不過說真的，妳跟你們家陳狀元平日裡到底怎麼相處的？我就沒見過比你們更融洽的夫妻，哪怕是我爹娘這樣的，偶爾還會紅臉呢！」

她爹娘很恩愛這是全家人都知道的事情，但她大哥和大嫂給她的感覺卻是相敬如賓。

姜瑩瑩見陳淮的次數不多，但也能看得出來，他們夫妻之間相處的樣子跟她見過的所有夫妻都不一樣。

「嗯，這個嘛……其實我覺得夫妻之間相處，最重要的就是相互體諒、相互尊重。如果遇到了不明白、不理解的事情就去問，千萬不要憋在心裡，不要憑空猜忌；如果遇到了意見相左的事情，千萬不要吵架，兩人如果不能做到心平氣和的交流，就各退一步，等平靜下來再說。當著他人的面，要給他留足面子，因為在妳的親朋面前，妳對他的態度會決定妳的親朋對他的態度。」

「成親居然有這麼大的學問在裡面嗎？」

「這還不算什麼，我跟妳說，最重要的一條，就是千萬不能沒事找事，問一些奇奇怪怪的問題，比如說妳跟他娘一起掉到水裡，他會先救誰……」

沈驚春都不知道自己昨晚是怎麼睡著的了。

自從穿越到古代之後，她的作息就變得很正常、很規律，已經很久沒有體驗過深夜不睡覺陪人聊天的感覺。

偏偏姜瑩瑩顯得很有精神，奇奇怪怪的問題問了大半宿。

沈驚春甚至覺得，她才剛閉上眼睛，外面天就已經矇矇亮了。

整個文宣侯府似乎一下子鮮活了起來，姜瑩瑩被強行從床上拖起，外面天色還未大亮，屋子裡點了不少燭火。

房間裡，姜夫人身邊的嬤嬤領著下人進進出出。

沈驚春好歹是有過一次經驗的人，很快就用冷水洗了把臉，讓自己清醒過來。

按照結婚流程，張家那邊的迎親隊伍會在巳時之前登門，新娘子要在這之前就梳妝打扮好，然後姜家還要招呼迎親的人吃頓喜宴，喜宴完了之後，新郎攜新娘拜別岳父、岳母，再由新娘的兄弟揹著新娘上花轎，姜家這邊送親的人跟著一起去張家觀禮。

這會兒丫鬟們打了熱水給姜瑩瑩淨面，就有姜家請來的全福人過來要給姜瑩瑩開臉。

細細的線在臉上絞著汗毛。

看著姜瑩瑩明明很痛，卻不得不裝作一副雲淡風輕的樣子，沈驚春就想笑。

很快地，一連串事情就做完了，外面天色也亮了。姜瑩瑩簡單地吃了早飯，就換上了新嫁衣，坐在梳妝檯前準備上妝。

沈驚春腦子裡不由得冒出了當初自己上完妝的樣子，就是天仙來了，化成那樣也夠嚇人的！她微微遲疑了一下，才將姜夫人叫到一邊問道：「我想給瑩瑩上妝，可以嗎？」

這是個聽起來有些無禮的要求，畢竟給新娘上妝的人都是提前規劃好了的。

姜夫人愣了愣，實在有些沒想到沈驚春會提出這麼個要求，但她很快就道：「好，我去說一聲。」

宮裡的公主們很少有出宮的機會，姜瑩瑩的身分在宮外這群貴女裡面算是首屈一指的，可哪怕沈驚春被趕出京城之後再回來，姜瑩瑩仍舊把她當作最好的閨中密友，因此姜夫人相信沈驚春不會亂來。

原本定了給姜瑩瑩上妝的人，因為姜夫人給出豐厚的紅包，倒是答應得很痛快，讓出了位置來。

沈驚春便提著自己的小包包，開始給姜瑩瑩化妝。

她那些化妝品為了方便使用，早就更換成符合這個時代的包裝，現在拿出來雖有些顯眼，但還不至於讓人驚訝。

她的化妝技術其實很一般，但若是跟古代那種結婚妝容比較，簡直就是驚為天人了。

姜夫人全程在旁邊看著，從一開始的隨意到最後不由自主地張大了嘴巴，根本不敢相信眼前這個容貌豔麗的人是她閨女。

屋裡人不多，妝化完了，由姜夫人這個親娘親自給姜瑩瑩蓋上了蓋頭。

沒多久，外面炮竹聲、嗩吶聲、鼓樂聲就響了起來，這是新郎來接親了。

張、姜兩家結秦晉之好，可把眾多看熱鬧的群眾給高興壞了。

新郎這邊跟著來接親的，全是本屆科舉榜上有名的少年郎，不僅請到了狀元，連那位年過三十、相貌儒雅的榜眼也在接親之列。

姜家這邊的隊伍也不差，雖沒那麼多新科進士，卻也都是俊俏少年，姜家門外來看熱鬧的人是裡三層、外三層。

大門處，以姜清洲為首的少年郎並未怎麼為難張齡棠，很輕鬆的就將人給放了進來。

後面或文鬥、或武鬥的關卡，姜清洲也是一路放水，引得接親的人都一片欣喜。

閨房裡，姜瑩瑩雖然已經蓋上了蓋頭，但外面的消息卻是隔一會兒就有人進來通報一聲。今天半個京城的出眾青年都在，姜瑩瑩那些堂姊妹、表姊妹們年紀都不大，早就忍不住跑出去看了，屋裡只有沈驚春和為數不多的幾個小姑娘陪在身邊。

沒多久，就有人跑進來說，迎親的人已經闖過了所有的關卡，家裡開始擺送親宴了。

這個宴席不同於其他宴席，上菜很快不說，為了不誤事，基本上也不會喝酒，由女方這邊的親人陪著迎親的人吃席，說一堆客氣話，譬如「我們家姑娘是嬌養長大的，以後要是有不懂事的地方，還要請婆家人多多見諒」之類的。

等到宴席吃完，就是迎親團隊來女方住的地方請新娘出去，和新郎一起拜別娘家父母。這些事情都是提前就規劃好的，沈驚春拍了拍姜瑩瑩的手就將她身邊的位置讓了出來，另有喜娘換了上去，攙扶著人往主院那邊走。

所有人的注意力都放在了一對新人身上，沈驚春看沒人注意這邊，手腳麻利地就將陳淮拉到了一邊的角落裡。

「等到了張家吃席，要灌新郎酒的人肯定很多，你一會兒可別傻乎乎地去給他擋酒。姜二也去送親了，有什麼事就推他們出去。」

這些話都是老生常談，早在張齡棠請陳淮幫忙接親的時候，沈驚春就已經特意叮囑過了，但這時候還是忍不住繼續嘮叨。

沈驚春自己也是送親隊伍的一員，但是這個年代吃席，都是男女分開，到了張家之後他們夫妻兩個肯定不是在同一個廳堂裡坐席。

雖然已經被反覆叮囑過多次，但再次被叮囑，陳淮還是乖乖的點頭應是。「好，女賓那邊肯定結束得比較早，妳吃完席等等我，我早點脫身，一起回家。」

夫妻兩個沒說幾句，不遠處就有喊聲傳來。拜別父母之後，馬上就要發嫁，兩人一個在迎親隊伍裡，一個在送親隊伍裡。

沒多久，姜瑩瑩就被她大哥揹著出了門，外面炮竹聲震天響，大門口姜夫人還沒落淚，反倒是姜侯爺哭成了淚人兒。

沈驚春在一邊看著，覺得又好笑、又心酸，跟在送親隊伍裡一邊往前走、一邊回望。送親的隊伍並未乘車、騎馬，而是全部的人都走在花轎周圍，如眾星拱月一般，將姜瑩瑩的八抬大轎拱衛在中間。

姜家和張家的直線距離並不算遠，但這接親的路線卻是繞著走了大半個內城，一路上喜錢、喜糖不知撒了多少出去。

等到了張家，繁縟的拜堂儀式全部走完，外面天色都已經暗了，姜瑩瑩被攙扶著進了內院，姜家送親隊伍也分了男女，被人帶著入了席。

沈驚春早就餓了，一天忙下來，也就是早上跟著姜瑩瑩吃了點東西，後面送親的宴席她陪在姜瑩瑩身邊根本沒去吃，雨集倒是準備了一些點心，但那點心乾得很，吃完還要喝水，要是路上想上廁所也很麻煩，她便乾脆沒吃。

張齡棠是新科探花，他娶妻連皇帝都派人送了賀禮過來，張家這頓婚宴那是真正的高朋滿座。

沈驚春如今是縣君，地位在一眾婦人間也算高，張家安排與她同坐的，都是各大世家的宗婦之類，可惜一桌十人有大半不認識，認識的幾個也僅限於認識，從未有過深交，沈驚春臉上全程掛著尷尬而不失禮貌的微笑。

一頓飯好不容易吃到了尾聲，陪著姜瑩瑩進了內院的乘霞就找了過來。

「我們姑爺身邊的小廝說，陳公子喝醉了，原本跟在他身邊的人被打發回去了，如今身邊沒人，便找了奴婢來問問縣君怎麼辦？」

「什麼？」沈驚春下意識地提高了音量，見同桌的人看了過來，忙起身往外走。「怎麼會喝醉？」

千叮嚀、萬囑咐，不要幫張齡棠擋酒，他怎麼還會喝醉？

沈驚春想著想著就想歪了。酒壯慫人膽，這男人該不會是故意的吧？

乘霞臉色複雜地道：「今天來的客人實在太多了，我們姑爺第一個就被灌醉送了回去，二公子他們幾個新科進士也都喝醉了，陳公子還算是其中比較能喝的了。」

好吧。這麼說沈驚春就懂了，就是來的人太多了，揪著這幾個新出爐的進士使勁兒地灌酒唄！

陳淮這人演技不錯，現在都能喝醉，想來叫他喝酒的人裡面有不少都是沒法推脫的那種。

或許張家這個酒也是那種當時喝著沒什麼，但後勁很大的。

兩人走了沒多遠，到了一處月亮門前，等在門邊的小廝就迎了上來，又將事情飛快地說了一遍。

姜瑩瑩那邊還有得忙，乘霞也沒多待，講清楚事情就走了，沈驚春便又跟著小廝往外走。

陳淮這會兒喝醉了卻並不在宴會廳裡，而是在挨著宴會廳的一個小花園裡。

沈驚春到時，他正安安靜靜地坐在涼亭的美人靠上，雙手環著亭柱，閉著眼睛。

嗯，很乖巧。

涼亭是個六角涼亭，不僅六處飛簷上掛著燈籠，涼亭裡面還吊著一盞琉璃燈，光線還算可以。沈驚春進了涼亭，在他臉上輕輕拍了拍。

陳淮一睜眼，瞧是自家媳婦，倒是鬆開了環著亭柱的手，改成了抱著媳婦的腰了。

後面張齡棠身邊的小廝一臉尷尬得不知道怎麼辦才好。

沈驚春卻是氣定神閒地一把將陳淮拉了起來。

身量高大的狀元靠在身形纖細苗條的縣君身邊，竟硬生生的被小廝看出了幾分小鳥依人的感覺來。

「我夫君醉成這樣，也不方便去辭行，還請小哥幫忙轉告，就說我們夫妻二人先行回家了。」

那小廝很是機靈，立刻就去稟報了。

張齡棠被灌醉送回了房裡，如今這場宴會是他爹和族裡叔伯兄弟在照應，酒宴還在繼續，實在沒法出來送行，只得叫管家安排了車馬送他們二人回去。

馬車晃晃悠悠地穿過內城，從城東到了城西。

沈驚春原本以為陳淮這醉酒多少有點演戲的成分在裡面，沒想到他卻是真的醉了，一路上都安安靜靜的抱著她不撒手，直到馬車停在家門外，被晚風一吹，才算是稍微清醒了一點。

門房用的是長公主府送過來的人，如今她家也算是家大業大，不會因為發不起月錢而不敢買下人。

二人一下車，沈驚春就叫了人去通知廚房煮醒酒湯，又給了賞銀謝過了張家送他們回來的車伕，夫妻兩人才回房。

陳淮酒意未散，吹了風後腦子還算清醒，但身體卻還暈著，沈驚春給他灌了一碗醒酒湯後，毫不見外的就將人給扶到洗澡間，扒光了衣服，丟進浴桶裡。

第二天早上，沈驚春醒來時，已經日上三竿，床上只剩下她一個人。

她都不知道昨晚什麼時候睡著的，原本一直期待卻又緊張的事情解決得很有些水到渠成的意思。

昨晚扒陳淮衣服把他丟進浴桶的時候，一百八十幾公分的大高個在她手裡就像是小雞崽子，隨便她搓圓揑扁，但沒想到上了床，她才是那個任人擺布的。

床上已經換上了乾淨的被褥，沈驚春躺了一會兒，覺得沒那麼難受了才從床上爬了起來。

腰痠背痛是難免的，但卻不像很多人描述得那樣痛到下不了床。

等她漱洗好，夏至已經手腳麻利地擺好了飯。

「昨天我大哥回來沒有？」

夏至點點頭道：「回來得挺晚，早上天沒亮又被人接走了。」

這麼看來，大概是昨天曲老上的奏章頗具成效，朝廷已經打算開始找人編寫字典了。

沈驚春心裡有了數，也不再多說，低頭吃了飯，就收拾東西帶著人往茶山去了。

茶山這段時間發展得很順利，沈驚春穿到古代之後，靠種田發家，異能使用的次數比在末世還要高，原本在末世已經很久沒有動靜的異能等級，居然在前段時間升了一級，如今她已經能直接將異能凝結成精華。

需要用的時候，直接取一粒精華出來融進水裡，效果雖然沒有直接使用異能來得好，但卻很適合她現在這種生活。

哪怕她人在京城，只要將凝結出來的精華送到茶山那邊，灌溉事宜就不會停滯。如今栽種下去的果樹基本上都已存活，生長得很是不錯。

至於棉花，朝廷對於這批棉田很在乎，照料得很細緻，追肥也能跟得上，長勢比沈家地裡那些偶爾還用兌了異能的水澆灌出來的棉花還要好一些。

也正是因為這個，戶部那位鍾員外倒是對沈驚春推薦過去教授種棉花的沈志輝很是有幾分青睞。

馬車出了城，離茶山那邊還很遠，就能感受到一種跟以前完全不一樣的氛圍。

以前茶山那片土質不太好，朝廷也不大用心，甚至還出現過雜草長得比農作物還高的情況，但現在一眼望過去，完全就是一副欣欣向榮的繁榮景象。

還未到家門口，沈驚春便在路邊碰到了在田裡巡視的沈延東父子。

天氣漸漸炎熱起來，原本在京城養得白了些的沈志清又黑了回去，古銅色的皮膚看上去倒是很精神。

馬車一停，沈驚春就下了車，總不好她在上面坐著，叫長輩在下面走。

下了馬車，還沒走兩步就聽見沈志清大剌剌地問道——

「妳怎麼了？走路怎麼奇奇怪怪的？」

跟在一邊的夏至臉色一紅。

家裡如今人多了，也不缺伺候的人了，沈驚春就將她調回到自己身邊，有意想把她培養起來當個管事，現在一般出門辦事，都會帶著夏至。

夏至雖然沒有成親，但畢竟以前也是在世家大族裡當差的，該懂的東西都懂。

沈志清話音未落，沈延東就一巴掌拍上了蠢兒子的後腦勺。「胡咧咧啥？跟你有什麼關係？」

到底不敢跟親爹對著幹，沈志清只得滿臉鬱悶地閉上嘴。

芒種已經趕著車先回家，沈驚春幾人沿著地頭走得倒是不快。

辣椒的長勢非常好，京城這邊種得比在平山村時晚了些，如今才剛開始開花結果，水靈靈的小辣椒掛在枝頭上，看著就讓人心情愉悅。

這些在不久後的將來可都是錢呢！沈驚春越看越滿意。

走過了這一大片辣椒地，靠近沈家院子的地方，還種了一些玉米、馬鈴薯、番茄之類適合春天栽種的蔬菜，長勢也都非常喜人。

她當時在這邊待了不少時間，家裡的長工、短工和附近村子的人幾乎沒人不認識她，一路過來不斷有人跟她打招呼。

等回到家，幾個人在桌邊坐下，沈驚春喝了口茶潤潤嘴，才說明今天回茶山的目的。

「我手裡有一批稻種，我想著時間也差不多了，可以曬種育苗了。」

她沒什麼大本事，讀的也不是農業專業，唯一能做的，大概就是讓空間裡那些種子見個光。

現代的種子和古代的種子差異巨大，高科技培養出來的稻種未必能很好地適應古代的環境，但偏偏沈驚春有異能在手。

用異能種出來的水稻，能更好地適應環境，就跟辣椒一樣。或許不如在現代那樣高產，但總比大周土生土長的稻子要高產得多。

沈延東一聽，臉上就露出了喜色。

他跟莊稼打了一輩子的交道，但從來沒見過像沈驚春這樣的種植奇才，好像所有的東西在她手裡，都能種得比別人好。

別的不敢說，起碼以前沈家的各種蔬菜那是甩了別家幾條街，水靈又鮮嫩。

現在這個大姪女說要種水稻，想必也會給所有人一個驚喜。

「有多少稻種？咱們準備種多少畝？」

他們家的田，茶山加果林還有池塘這些就占了幾百畝，又種了一百畝的辣椒，還要留地出來種第二季辣椒，再加上其他雜七雜八的作物，能用來種植水稻的田其實並不多。

但現在不一樣了，長公主給了幾個田莊，有一個五百畝的小莊子就在這附近，可用的地就很多了。

沈驚春抹了把汗，又叫人把馬車上的稻種給搬到了前院來。

稻種不多，也就淺淺的兩麻袋。

沈延東解開了封口的繩子，抓了一把在手上攤開一看，就忍不住「哇」了一聲。「這種子可真是好啊！」粒粒飽滿，一看就是精挑細選出來的種子。

「今年主要還是試試這個稻種怎麼樣？這兩袋子，先種二十畝吧，就種在我們自家這邊的田裡，也方便照看。」

長公主給的那個莊子，雖說跟自家這邊離得近，但到底天氣越來越熱了，沈驚春也不太想大夏天的還要走過去那邊種田。

沈延東說了聲好，就低頭繼續研究稻種。

沈驚春問了幾句最近這邊的情況，就起身拿了頂草帽出門，往茶山那邊去了。

茶山說是茶山，如今倒不如說是果山更合適。

這片山頭原有的茶葉不算多，後來從蓮溪村那邊移栽過來的也不算多，反倒是山上移栽過來的果樹很多。

山上一共就栽種了四種水果——桃子、李子、杏子、葡萄。

原本沈志清還提議要種一些梨樹，但被沈驚春給否決了。山上現在種著的這四種水果，即便賣不出去，還可以做成果脯，桃子和葡萄還可以釀酒，做成果醬，但是梨子好像用處並不是很大。

夏至也戴著一頂草帽，跟在一邊，二人一路穿過農田到了茶山腳下，她指著前方一棵桃樹道：「今年栽種過來的居然就掛了果！」
沈驚春順著她手指的方向看過去，果然，那棵明顯年分不長的桃樹上，掛了稀稀疏疏的幾顆小桃。
夏至看到這個小驚喜，又順著這棵樹繼續往周邊看，掛果的桃樹居然不在少數，有的甚至掛了滿滿一樹果子。
遠處專門伺候這片果樹的人看到有人進了果林，便小跑著過來了，見是東家，忙問了好。
沈驚春作為老闆，先是開口關心了一下底下員工在這邊幹活還習不習慣？吃住怎麼樣？被人稱作袁叔的長工顯然沒想到東家居然是個這樣的東家，一時間很是有幾分受寵若驚，回話的時候更是真誠了幾分。
沈驚春並未跟他說很長時間，隨意聊了聊，就讓他自去忙了，主僕兩個就在果林裡閒逛了起來。
一路逛到山頂，才發現她原本劃出來說要建玻璃花房的地方，已經栽上了爬藤月季。幾株藤蔓中間還搭了個花架子，下面擺著一張不太圓的石桌和幾張石凳。
這些月季顯然有人時常過來打理，長勢很好，現在這個季節，已經陸陸續續開始開花。
夏至一見到就忍不住說了句。「好漂亮啊！」

的確很漂亮。

山頂上不大的地方，周圍一圈已經用木樁圍了起來，都種著月季，裡側還種了些小花，都是鄉間很容易看到的，不是什麼名貴品種，但此時此刻卻顯得格外的好看，有一種野趣，這是在大戶人家精心打理的花園裡看不到的景色。

主僕兩個坐在月季架下吹了會兒風，就順著另一邊的山道下了山。

等到晚上，在飯桌上看到豆芽，沈驚春才知道，山頂上那些全都是豆芽帶著人辦的。

「我想著反正空著也是空著，還不如先種上花呢，到時候要是不好看，再拔掉就是，也不費什麼事。」她說著又高興地道：「上次那個康二娘，姊姊還記得吧？她有個妹子叫康三娘，夫家姓周，是個花農，聽說咱們家要找些花，她就叫她妹夫送了些過來，我前幾天跟著到周家去看了，他們家有好大一片花田。我想著是不是在挖出來的幾口池塘邊上也沿岸栽一些花……」她一直都在茶山這邊待著，沒回京城，與沈驚春也有段時日沒見了，心裡有說不完的話。

沈驚春見了她也高興，高興之餘，又有點欣慰，所有人都在成長，豆芽這個小丫頭也在她看不到的地方默默地努力著。

晚上姊妹兩個難得睡在一張床上聊著天。

沈驚春是真把這小丫頭頭當親妹子看，雖然在她心裡跟她哥是不能比。

沈驚春主要問了豆芽對以後的打算，她要是真的跟沈志清成親了，對未來有沒有什麼規劃？

雖然就現在看來，她大伯娘是個挺開明的婦人，大堂哥沈志輝和妻子周氏也是挺好相處的，但兄弟兩個其實還是分家單過才是最好的。

豆芽也沒多想，絮絮叨叨地說了一大堆，沈驚春偶爾提點幾句。

到了第二天，一大早姊妹兩個就起床，前一天還覺得身體多少有點難受，又過了一夜，沈驚春就覺得自己滿血復活了。

吃過早飯，就到了要種水稻的田裡去了。

沈延東前一天已經交代了下去，這邊要種水稻，手上沒活的長工們早上吃過了飯，就已經開始耕地了。

沈驚春轉了幾圈，發現實在沒有她能幹的事情。錢到位了之後，人手也就不缺了，不論是耕地還是曬種都有專門的人去做，這些人都是老把式，幹起活來效率甩她十幾條街，她只得蹓躂著回了家。

到了中午，城裡就有人來報信了。

前兩天那幾個被送進京兆府的人已經招了，背後主謀就是周渭川。

沈驚春很驚訝。

原本她把人送進去，也沒想著能怎麼樣，畢竟那幾個人怎麼說都是正經的讀書人，進了京兆府衙門，應該不至於被用刑，頂多關幾天就會被放出來了。

事實上也確實如此。

幾個書生關進去之後，就沒人搭理他們了，牢房周圍關的都是作奸犯科的人，像他們這樣關著讀書人的牢房，還真的找不出第二間。

牢房裡的環境並不怎麼樣，黑漆漆的，每間牢房只有一扇天窗透氣。五月的天氣，飯菜倒還不至於餿掉，但也絕對不美味，很多時候都是冷冰冰的。

所以過了兩天，就有心理素質差的主動交代了。

找他們散布謠言的，正是刑部侍郎的公子周渭川身邊的小廝。

本來嘛，涉及到這種貴公子的案子，要是沒人盯著，隨便糊弄糊弄也就過去了，偏偏姜家和張家都派了人來問，所以京兆府只能上周家抓了那小廝。

可小廝是抓到了，也一口咬定是周渭川交代他幹的，但周渭川卻是咬死了不承認。

周渭川是從小就受過良好教育，不是那種死讀書的人，大周律他也是看過的，煽動書生暴亂可是大罪名，要是皇帝計較起來，也足夠抄家的了。

而且他又不傻，真要幹這種事，怎麼可能派自己身邊的小廝去？這不是一抓一個準嗎？

沈驚春聽完，也覺得周渭川說的不無道理。但如果這事不是他幹的，那又是誰幹的呢？趙靜芳和徐長寧的嫌疑度好像都差不多。

底下寒露彙報完京兆府那邊的消息後，又拿了一張請帖和一封信出來。

沈驚春先看了那張請帖，帖子用的是金花箋，這種箋紙都是公中御用的，相當之華貴。請帖還沒打開，她就先皺了皺眉。

不論是她還是原主，跟宮中的人都很少打交道，現在宮裡的人給她下帖子幹啥？

翻開帖子一瞧，遣詞用字十分謙遜，大致內容就是：御花園裡的荷花開了，宮裡準備辦個賞花宴，希望慶陽縣君能夠賞臉參加這個宴會。落款是成安。

這個成安公主，沈驚春是知道的。她的生母尚嫺妃是皇帝那麼多大小老婆裡面最能生的，嫁給皇帝三十年不到，前後生了四子一女，而且這些子女都還平安長大成人了。

成安公主的四個兄弟在朝中名聲並不顯，屬於各大朝臣眼中資質平平的那種，但她本人卻是很得皇帝的歡心，算是公主裡面最受寵的一個，但這位成安公主卻從未恃寵而驕，名聲很好。

所以，這樣一個人，為啥會給她下帖子？

沈驚春想不明白，也就沒有多想，合上了請帖放到了一邊，又打開了另外一封信。

這封信卻是陳淮寫的，信很簡短，就是詢問了一下是否茶山這邊出了事，怎麼這麼著急趕過來？

字跡很俊秀，用詞很正經，但沈驚春捏著這封信，耳朵就不受控制的紅了。以前她也是經常跑茶山，也沒見陳淮寫過什麼信，現在這樣……搞得好像她是特意躲著他一樣！

沈驚春甩了甩頭。「行，我知道了，這幾天正在忙著下種的事情，騰不開手，等這個賞花宴的前一天我會回去的。」

這話當然不是說給寒露聽的，而是透過寒露的嘴說給陳淮聽。

寒露笑嘻嘻地說記住了，吃過了午飯就又趕著車回了城裡。

第三十九章

沈驚春在茶山這邊待了好幾天，她沒什麼架子，每天早睡早起，耕地這種活雖然用不著她，但是她也會做些力所能及的事情，譬如修枝、除草、鬆土之類的。

這些事情之前在平山村的時候也是幹慣了的，倒是又給她在城北郊區這一塊賺了不少名聲。

等到了成安公主主持的賞花宴的前一天，沈驚春才帶著夏至回城。

晚上吃完了飯，沈驚秋只差在親妹子面前大哭了。她這幾天不在，沈驚秋滿肚子的抱怨都沒人可以傾訴。

「妹啊，妳不知道，翰林院那真的是……」簡直槽多無口（注）！

翰林院是國家單位，裡面是來自五湖四海的人，這就導致了一件事——這些人裡很多人的官話說得都不好。

大周官話跟現代普通話差不多，這群人基本上都帶點家鄉口音，這也就算了，最主要的是N、L不分。

注：槽多無口，網路用語，意即能吐槽的地方太多了，都不知該從何下口。

沈驚秋教了幾天的拼音，差點被這群人帶溝裡去了。

沈驚春想想那情景就覺得好笑，可轉念一想，又想到成安公主的請帖上。

顯然，生在皇家，每個皇子心裡都有個皇帝夢，成安那幾個兄弟表面上看著沒什麼，鬼知道實際是什麼樣？

她封縣君到現在也有幾個月了，也沒見這個成安送帖子說什麼宴會的事情，現在她老哥開始帶著人編字典，請帖就送過來了，怎麼想都覺得這裡面肯定有什麼關聯啊！

她皺眉道：「那成安公主不會是想替她哪個兄弟拉攏我們吧？」

陳淮點頭道：「有這個可能。我發現最近有人有意無意地在接觸我們這一科的寒門子弟，伍年兄尤甚，每天身邊都聚著一群人。」

這位伍年兄說的就是新科榜眼伍時樞。

陳淮和張齡棠能中一甲，陸先生這樣的好老師功不可沒，甚至說一句沒有陸昀就沒有今天的陳淮都不為過。

但伍時樞不同，他是真正的寒門學子，從小也沒得到過什麼名師教導，摸爬滾打全靠自己，還能考中一甲，很可能就是下一個張承恩。這樣的人背景清白，被拉攏也不足為奇。

之前還沒科考不覺得有什麼，現在塵埃落定了，正式進入官場，才發現朝廷真的是暗潮洶湧。

連一個小小的翰林院都明爭暗鬥得厲害，如他這種不是世家子卻還不願意投靠一方勢力的，哪怕有曲老這個翰林院最高官員的照顧，還是被排擠得很厲害。

沈驚秋看了一眼自己老妹，本來還想調侃兩句陳淮在翰林院混得差，但是想想還是將到了嘴邊的話給嚥了回去。

第二日一早，沈驚春就起床開始收拾。

沈驚秋名下現在有布莊和成衣店這些店鋪，手底下也養著一幫繡娘，恨不得將這朝代所有好看的衣服全捧回家給寶貝妹妹和寶貝閨女穿，所以沈驚春如今的衣服多到根本穿不完。

原本按照她的想法，這種宴會自然是怎麼低調怎麼來，到時候吃吃喝喝也就混過去了。可陳淮卻說這次她是低調不了的，倒不如狠狠高調一番，告訴那些往日裡看她不順眼的，以後少打些歪主意，今日的她已經不是昨日的她。

早上陳淮去翰林院之前，還特意將沈驚春今日要穿的衣服挑了出來，連首飾都給她拿出來放在了梳妝桌上。

沈驚春仔細一瞧，陳淮挑的卻是一件她從空間裡偷渡出來的漢服——仿真絲織金紗湘妃色豎領斜襟長襖，下搭一件牙白織金馬面裙。

當初為了買這一套，她吃了很久的土，但衣服上身後的效果很不錯，從上到下都寫滿了

「富婆」兩個字。

沈驚春換上衣服後，原地轉了兩圈，遲疑地朝夏至問道：「是不是有點誇張？」

夏至忙搖頭，眼裡全是驚豔之色。「好看！又端莊、又貴氣！」

衣服換完，夏至又手腳麻利地給沈驚春梳頭髮。當初買她回來的時候，就是因為這姑娘是個全能，沈驚春一頭黑髮在她手裡上下翻飛，不一會兒就梳了個嬌俏又富貴的髮髻出來。

上妝這個事，則是沈驚春親自動手。

等到從上到下全都收拾妥當，夏至已經看呆了。

平時不怎麼打扮的美女雖然也很美，但是一旦打扮起來，給人的感覺絕對是驚豔的，夏至沒啥文化，能想到的形容詞就是好看、極好看、京城第一好看、大周第一好看！

沈驚春好看到跟姜瑩瑩在皇宮裡碰頭時，這位才幾日未見的好姊妹居然沒有第一時間認出她來。

賞花宴設在御花園裡，各家貴女進宮之後，便被內侍直接帶到了御花園。

長公主在江南長大，喜好江南的園林，皇帝也算是在那邊長大的，荷花池這邊的建築風格便是按照江南那邊的風格來修建的。

沈驚春跟著人直接到了荷花池附近的石舫裡。

成安公主還未成親，這次邀請的大多都是待字閨中的貴女，已經出嫁的，加上沈驚春和姜瑩瑩也不過四人而已。

沈驚春和姜瑩瑩來得不算早，石舫一共上下兩層，一樓已經坐滿了貴女，二人上前先給成安公主見禮。

賞花宴雖然設在宮裡，但這次到場的只有成安一位公主，身上有爵位的除了一位縣主之外，餘下就是沈驚春這位慶陽縣君。

能被邀請進宮賞花的，身分最低也是三品官的家眷，大部分都是見過沈驚春的。她還是徐大小姐的時候，美則美矣，但在穿著打扮上並不用心，加上崔氏對她也不上心，甚至還因為穿著鬧出過笑話。

現在忽然打扮得這麼好看，幾乎所有人一開始都有點認不出來。

也不知成安是不是真的打著替她兄弟們拉攏沈驚秋這位未來大儒的打算，這次被邀請進宮的，沒有一個是以前跟沈驚春有過矛盾的，除了個別有點好奇她這兩年過的是什麼日子的之外，其他的都很友好。

待了不到半盞茶的時間，沈驚春就有點坐不住了。

女孩們年紀都不大，長得都跟花兒一樣，若是一個、兩個的還好，但成安公主今天邀請了近二十人進宮賞花，俗話說三個女人一臺戲，現在這麼多人不知道能搭多少臺戲了。

各家貴女身上還熏著各式各樣的熏香，加上脂粉香，湊在一起實在算不上好聞。

成安公主的確時刻注意著沈驚春，見她神色不太對，攏在袖子裡的手都攥成了拳頭，明顯在忍耐，便笑道：「咱們出去看花吧！」

這畫舫其實跟現代沈驚春見過的一個石舫有點像，亭臺樓閣一應俱全，若非這裡面的人太多，其實就在石舫裡面賞荷就很舒服。

成安公主一說話，其餘眾人立刻應聲，十多名閨女三五成群地走出去。

姜瑩瑩的小姑子，一個叫張雯的小姑娘，也跟自家大嫂打了個招呼後，同其他人一起出去了。

畫舫裡沒一會兒就走得只剩下了幾個人。

本來沈驚春還以為成安公主要乘機過來說說話，畢竟這麼好的機會，卻沒承想，對方打了個招呼就出去了。

等人一走，姜瑩瑩就拉著沈驚春到了畫舫外面的涼亭裡。

外面荷塘裡荷葉、荷花亭亭玉立，被邀請來賞荷的貴女們散布在各處。

姜瑩瑩小聲道：「我最近幾次叫人去妳家找妳都沒找著人，妳怎麼回事啊？今天居然還打扮得這麼好看！」

妝容和髮髻都跟其他閨女不同，連衣服的工藝看上去都很不一樣。

沈驚春道：「這不是水稻快要下種了嗎？我去茶山那邊盯了一下這個事情。對了，你們家探花郎跟妳說了翰林院的情況嗎？」

她又不是傻子，昨晚飯桌上陳淮跟她哥那樣，明顯就是有問題。她不問，並不代表她沒察覺到不對。

姜瑩瑩點了點頭，也沒多想，隨口道：「說了啊，不過妳也不用擔心，妳家陳狀元那是有真才實學的，現在妳大哥又要帶著翰林院的人編字典，想來也沒什麼人會不長眼刻意排擠他。」

果然是工作上的問題啊！

姜瑩瑩見她臉上露出那種「果然如此」的表情，頓了一下才道：「妳不知道？」沈驚春跟陳淮每天都會在睡前交流一會兒，事情不多就是幾句話，事情多就會多聊一下，但是只要兩人都在家，就會交流。姜瑩瑩跟張齡棠成親之後，也試著用這種方式來培養感情，翰林院的事情也不是特別機密的事，偶爾張齡棠也會提起。不等沈驚春回答，姜瑩瑩便又道：「不過就像我說的，現在已經沒問題了。編字典這件事由妳大哥全權負責，前天已經選出了參與人選，倒是有幾個翰林院的老人不太服氣，但妳大哥直接就說了，他愛選誰就選誰，放著自己才華出眾的妹婿不選，難道選他們幾個只知道嫉妒別人的人嗎？」

沈驚春忍不住笑了笑。

她老哥平時看陳淮是哪兒都看不順眼，但在外人面前還是很護短的嘛！「我們家人都挺護短的，尤其是我大哥。」

姜瑩瑩笑道：「看出來了。翰林院那幾個排擠陳狀元的，這次可是一個都沒進入他們編字典的班子。不過話說回來，妳大哥真的是不鳴則已，一鳴驚人啊！一出手就是影響全大周的著作。妳瞧這些被邀請來賞花的可都是待字閨中的，依我看，我這回大約也是借了妳的光了。」

兩個人說了會兒話，外面日頭漸漸升高，氣溫也升了上去，沿著荷塘邊賞花的貴女們都慢慢回到了石舫內。

裡面桌椅擺得並不規則，貴女們都選擇跟相熟的人坐在了一張桌子。

沈鷺春跟姜瑩瑩沒進去，涼亭就連著一段兩公尺長的連廊，後面是個花廳，大門開著一眼就能看到裡面的情形。

成安公主往這邊走了走，溫聲道：「還要一會兒才吃飯，不如我們做點別的事情吧？」

她話音一落，裡面的貴女們就出聲附和，妳一言、我一語的，很快就定了下來，或是畫一幅荷花圖，或是做一首詠荷的詩。

石舫裡伺候的內侍們很快就拿了文房四寶過來，幾張桌上的東西也都收了起來。

沈鷺春往前走了幾步，到了門口卻沒進去。「我就算了吧，我不擅此道，就不獻醜了。」

「妳倒是很有自知之明！」張揚的聲音中帶著一股明顯的不屑，從樓梯口傳了過來。

「男人是新科狀元，親哥哥也是個奇才，我很好奇，怎麼妳就這麼平庸？」

隨著話音的落下，趙靜芳的身影出現在眾人面前。

她赤著一雙腳沒穿鞋，身上穿著張揚的紅裙，頭髮也沒梳，衣服鬆散地掛在身上，看上去像是剛剛起床一般。

成安皺了皺眉，下意識地看了一眼沈驚春，才朝趙靜芳道：「妳怎麼在這裡？」

這次的賞花宴是為了跟沈驚春套近乎，所以跟沈驚春有仇的人，成安公主一個都沒請，沒承想，趙靜芳這個曾經狠狠得罪過沈驚春的人卻在這裡。

趙靜芳神態慵懶地撩了撩自己的頭髮，走到一邊的椅子上坐了下來，懶懶地道：「我早上就在這兒了。小姨母不必用這種眼神看著我，這麼多人都在呢，放心，我不會對她怎麼樣的。」

這個「她」很顯然，指的就是沈驚春。

在場眾人聽不明白，沈驚春和姜瑩瑩卻是很明白。

二人對望一眼，都在回想剛才她們說的話趙靜芳聽到沒有？雖然她們也沒說什麼大逆不道的話。

屋子裡的人沒有爵位在身，已經紛紛起身朝趙靜芳行禮。

兩人站在門外，也遠遠朝她行了一禮，喊了聲「郡主萬福」。

屋裡，成安公主臉上的笑容已經消失不見，冷著一張臉看著趙靜芳，喝斥道：「妳看看妳現在這樣，哪還有一點大家閨秀的樣子？跟著妳的人呢？都死了不成？」她厲聲往外面喊了一聲，立刻有人進門。「扶郡主上去收拾妥當！去問問今天是誰伺候，自去宮正司領二十板子！」

成安公主一指趙靜芳，後面就有人上前準備將她扶上三樓。

趙靜芳斂了笑，坐直了身體，盯著成安公主道：「小姨母這樣做怕是不妥吧？嚴格來說是我先來的這邊，即便要追責，也是您身邊的人辦事不妥貼，若要在此處賞花，怎麼不提前守好門禁？我在樓上休息，身邊的人聽了我的吩咐去拿吃食了，妳們將我吵醒，我下來瞧瞧，這沒觸犯大周律吧？」

顯然，單論口舌，成安公主遠不是趙靜芳的對手。

屋裡、屋外都沒了聲音。

聽了成安公主的吩咐準備進來扶趙靜芳上樓梳妝的人，也因為她這段話而不知道該怎麼辦了。

一片沈默中，沈驚春的聲音響了起來。「吟詩作畫真的不是我的長項，我身體有些不舒服，就先告辭了。」

她來這個宴會，是因為想看看成安公主想幹麼，而不是迫於其公主的身分不得不來。現在趙靜芳這個令人討厭的人出現在這裡，她是一分鐘也不想待下去了。

屋裡的人都被這話說得愣了一下，顯然沒想到居然有人敢對成安公主說這樣的話。成安公主自己也沒想到，沈驚春會這麼突兀地提出來告辭，她想說點什麼挽留一下，但沈驚春那兩句話很明顯是單方面的通知，而不是在跟她商量。

話音一落，沈驚春跟姜瑩瑩打了個招呼之後，又遠遠地朝裡面行了個禮，轉身就要走。

成安公主畢竟還年輕，見她這樣也有點傻住，想也沒想就跟了上去。

後面的趙靜芳也起身，赤著腳跟了上去。

坐著的貴女們不知道怎麼想的，也有幾人跟著上前。

石舫之所以叫石舫，就是因為它是用石頭建成的一種像是船一樣的建築物。賞花宴這座石舫，一半在水裡，一半在岸上，沈驚春想上岸，就得順著兩邊的走道過去。

這走道並不算寬，突然擠進這麼多人，走動變得很難，一下子顯得混亂起來。

沈驚春剛想要加快腳步往前走，就聽見撲通一聲，有人落水了！

她剛轉頭去看，前面又是撲通一聲，又有人落水了！

接著，趙靜芳涼涼的聲音在旁邊響了起來——

「沈驚春妳膽子挺大的啊，敢推公主下水？」

什麼鬼？沈驚春面無表情地看著趙靜芳道：「妳腦子壞了？我有什麼理由推公主下水？」

趙靜芳倚著船艙的木板，懶懶地道：「那我怎麼知道？反正我看到妳推公主下水了。」她說著還笑咪咪地看向身邊一個早已目瞪口呆的貴女，問道：「妳也看到了是沈驚春推公主下水的對不對？」

那名被問的小姑娘看著也才十三、四歲的樣子，在趙靜芳的注視下沒點頭也沒搖頭，抿著嘴站在了一邊。

石舫伺候的宮女大多會水，已經有人下水將落水的兩人撈了上來。

成安公主是個旱鴨子，撲騰的時候喝了幾口水，此刻正臉色蒼白地喘著氣。

誰也不知道會發生這樣的事情，石舫裡的貴女們都聚集到了成安公主身邊，唯有姜瑩瑩跑了過來。

趙靜芳還是一臉看戲的表情。

沈驚春看著她，怎麼也想不明白這個趙靜芳到底想幹麼？

畫舫兩邊的走道雖然不寬，但也不算窄，要是沒有人暗地裡推一把，正常情況下，根本不會掉下去。沈驚春毫不懷疑，這事肯定是趙靜芳幹的。

宮女們已經將兩個掉下水的人護送到二樓去了，那群小姑娘也都跟了過去。

畫舫外面只剩下了她們三人。

趙靜芳的敵意來得很莫名其妙，沈驚春自問根本沒有主動得罪過她。

以前原主還在京城的時候，跟她年紀相差好幾歲，也沒機會玩到一起，所以更談不上得罪了。

但這幾次的事情仔細想想，真的很莫名其妙，趙靜芳幹這些事情好像真的就是打著一種噁心人的想法。

成安公主落水，這消息很快傳遍了整個後宮。

她的母親嫻妃來得很快，簡單地與各家貴女打了個招呼，就腳步匆匆地往石舫二樓去了，中間並未看趙靜芳一眼。

看來這位嘉慧郡主在宮裡的人緣並不怎麼樣啊！

嫻妃並未在石舫二樓多待，很快就又從樓上下來了。

這個女人在皇帝還在潛邸之時就嫁了過來，年紀要比方氏大不少，但因保養得當，單看面相卻比方氏要年輕得多，說話的聲音聽上去也是溫和可親。

「方才我去問了成安，她是自己不小心掉下去的。攪了大家賞花的雅興，她感到很抱歉，所以給大家備了些禮物。」

嫻妃朝身邊跟著的嬤嬤吩咐了一句，很快就有人捧著木托盤過來了，揭開上面蓋著的紅布一瞧，是一些製作精美的釵環首飾。

宮內製造的，不論是用料還是工藝都屬上品，小姑娘們愛美，只一眼就喜歡上了，謝過了嫻妃就開始挑自己喜歡的。

沈驚春倒是不太想要，宮裡的東西都有標記，拿出去也不能賣錢，但大家都拿，她不拿未免顯得過於出格，便也選了一對金釵。

等分完禮物，嫻妃便叫了人送貴女們出宮，只是在眾人往外走的時候，她又單單點了沈驚春留下來。「聽成安說，縣君有點不舒服，已經差人去請太醫了，縣君不如暫留一會兒，等太醫來了一併請個脈。」

已經走出去的小姑娘們腳下一停，轉頭看了過來。

沈驚春身邊站著的姜瑩瑩也頓了頓。

嫻妃雖然恩寵不及淑妃，實權不及德妃，但怎麼也是給皇帝生了幾個孩子的人，她親口留人，還給人請太醫，這是從未有過的事。

所有人都想知道沈驚春怎麼回答。

「多謝娘娘好意，也不是什麼大問題，想來是因為最近田間勞作過於勞累，回去休息兩天也就好了，倒是不用麻煩太醫。」

這就是拒絕的意思了。

嫻妃的臉色不太好看。

任誰被這樣當眾拒絕了好意，可能臉色都不會太好看。

她是實在沒想到沈驚春怎麼敢？

「聽戶部的人說妳最近在忙著種水稻，要不要朕撥幾個人過去給妳幫忙？」

皇帝的聲音從後方傳來。

包括嫻妃在內，所有人都站起來蹲身行禮。

皇帝道了聲「免禮」，也沒進來，就隔著一段距離站在外面。他穿著一身常服，身邊也只跟著四、五個內侍，排場不大。

但是相比起上元節那天看到的皇帝，今天的他無論是精神還是外表，都好像一下子老了好幾歲，哪怕表現得很淡然，但臉上的疲憊卻是遮也遮不住的。

沈驚春快速地打量了皇帝一眼，疑惑地收回了視線。雖然長公主直接明說了皇帝的身體不好，但是這衰老的程度是不是有點太快了？

「應該不用。」沈驚春站起了身。「我家請的長工都是莊稼老把式，二十畝水稻還是不在話下的。」

這話一出，所有人心裡都閃過了一個念頭——

這沈驚春是真的勇啊！

拒絕了嫻妃不算，還敢當面拒絕皇帝！

皇帝笑了笑。「行，回頭要是人手不夠，妳再來找朕要就是了。」

皇帝對沈驚春的態度，再次讓所有人感到意外。

沈驚春還在想皇帝的樣子。

「一個人變老很正常，但這麼短的時間裡老成這樣，真的不太正常。」

吃過晚飯，幾個人照舊坐在花廳閒聊，沈驚春說起了宮裡的見聞，越想越覺得不對。

沈驚秋無語道：「我看妳才不正常，那太醫院的太醫每天早晚兩次平安脈，人家都沒查出有什麼問題來，妳才看幾眼就覺得不正常，小說看多了吧妳？」

沈驚春忍不住翻了個白眼。「我說的是真的，淮哥你覺得呢？」

沈驚秋之前沒見過皇帝，也就是這次接了編字典的差事，才跟在曲老身邊見了一次。

但陳淮是見過的。

「確實有點奇怪。」

陳淮想了想道：「每天都能見到皇帝的人，或許並不覺得有什麼，這個變化是潛移默化的，但像我們這樣幾個月不見的，再次見面真的會覺得不對。」

皇帝不會真的是有什麼問題吧？

三個人相互看了看，腦中同時冒出這個想法。

皇帝的兒子可是很多的，當初為了上位，娶的妻妾也都是出身不俗，後面為了坐穩皇位，還弄死了不少兄弟。

如今雖然已經立了太子，但皇后早就不在了，皇子們明爭暗鬥，誰都不服誰，說不定皇帝前腳剛嚥氣，後腳這群人就會開始內亂，畢竟他們老爸的皇位就是這麼來的。

沈驚春忍不住打了個寒顫，這可不妙啊！

「我寫封信叫人快馬加鞭送去給長公主，有她老人家回來坐鎮，心裡總歸要安心一點。」

沈驚春說著就回了書房，提筆開始寫信。

長公主並不經常待在京城，她常年禮佛，卻不去相國寺，前段時間她又帶著人去了奉持縣金林寺清修。

寫好的信交給了柳枝，由她找人送去給長公主。

只是誰也想不到，長公主的回信還沒等到，京城卻徹底亂了。

皇帝今年六十整壽，大約是人年紀越大，就越喜歡熱鬧，以前並不大辦，只是宮裡擺宴隨便慶祝一下的萬壽節，今年卻是前所未有的熱鬧。

尤其是到了皇帝壽辰的前幾天，城內更是張燈結綵，周圍一些附屬的小國也派了使臣進京賀壽。

萬壽節當天，京城有品階的官員幾乎都放了一天假去皇城賀壽。

如同沈驚春這樣有爵位在身的女眷，卻是要到後宮跟著四妃賀壽。

皇帝遇刺的消息傳到後宮的時候，沈驚春正借著酒意從大殿裡躲了出來。

內侍驚慌失措的聲音遠遠傳來，大殿裡一下子亂了起來，酒杯砸到地上碎裂的聲音刺耳無比。

淑妃、德妃領頭，帶著一大群後宮的娘娘們出了大殿，直奔前朝。

沈驚春重新進了大殿，在亂烘烘的人群裡，找到了姜瑩瑩。「快走，只怕這事不是刺殺那麼簡單！」

她話音剛落，遠處就傳來了震天的喊聲。

姜瑩瑩嚇得渾身一哆嗦，腿都軟了。

沈驚春豎著耳朵聽了一下，離得太遠，具體什麼情況實在聽不清，但她心中卻忽然冒出兩個字——謀反。

她不再遲疑，拉著姜瑩瑩就往外走。

宮裡舉辦宴會，每個人是可以帶一名婢女伺候的，但沈驚春今天並沒有帶人進來，如今整個後宮跟她相熟的只有姜瑩瑩一個人。

若外面的動靜真如她想的那樣，是有人犯上作亂，那顯然，這次行動是反賊蓄謀已久的。宮裡的禁衛軍是否被策反了猶未可知，待在大殿裡實在不是個好主意。

姜瑩瑩被拖著往前走了幾步，才反應過來。「驚春妳放開我，我娘和婆母還在裡面，我不能就這麼走了！」她用力掙扎，但沒有絲毫用處，沈驚春的力氣很大，她根本掙脫不開。

場面越來越亂，沈驚春閉了閉眼，還是將人放開了，掉頭就往裡走。

整個大殿都亂烘烘的。

賀壽的座位也分三六九等，如同姜夫人和張夫人這樣的誥命，都在主殿裡面，等級低一些的則在左右偏殿。

二人進了大殿，很快就找到了被兩個貼身的大丫鬟護在一邊的夫人們。

沈驚春壓著心裡的躁動低聲道：「前面只怕出了大事，這邊不太安全，還請兩位夫人跟我一起找個安全的地方。」

張夫人跟沈驚春不熟，姜夫人卻是沒少聽閨女在家吹噓沈驚春的事情，再加上沈驚春從京城離開之前確實武藝不凡，因此姜夫人只略一猶豫就跟著一起走了。

一行幾人重新出了大殿，直奔御花園。

走出去沒多遠，沈驚春就覺得不對勁，回頭一瞧，身後不僅跟著姜夫人幾人，後面還跟著一串其他的貴夫人！

瞧見前面帶路的人停了下來，後面跟著的人還討好地笑了笑。

誰都不蠢，外面喊打喊殺的聲音越來越近，本該出現的禁衛軍卻沒出現，用腳趾頭想也能想到是出了事情。宮裡伺候的內侍和宮女們人人自危，穩得住的那一批人早都保護妃嬪們去了。

與其指望那群比她們還慌張的內侍保護，倒不如跟著沈驚春，起碼人家看起來很是鎮定自若。

將人趕走不許人家跟著顯然不現實，於是沈驚春低聲囑咐了姜瑩瑩一句，一行人又小跑著往後面跑。

御花園占地很廣，離拱辰門、東華門、晨暉門都不算遠，沈驚春卻並未直接帶人往那邊走。

「我們為什麼不直接出宮或是去找其他娘娘們？她們那邊肯定會有護衛吧？」

一行人剛在一處地勢很高的閣樓前停了下來，人群裡就有人忍不住發問。

沈驚春理也沒理，推開門就走了進去。

這處小閣樓顯然是供遊園的人休息的場所，地基墊得很高，周圍圍了一圈假山，只有兩個入口，也算得上易守難攻。

負責在這處地方伺候的內侍們也不知是還沒收到消息，還是比較膽大，居然還沒亂起來，仍然盡心盡責地守在這邊。

沈驚春沒去管別人，進去之後便朝姜夫人等人道：「夫人先在這邊等等，我先找兩個人去外面探探情況。我出去之後，妳們把門鎖起來，在裡面待著不要出聲，儘量安靜些。」

姜夫人點點頭。「妳自己小心一些。」

一直待在這裡總不是個事，這個時候其實應該叫姜瑩瑩跟沈驚春一起去的，但她實在開不了這個口，姜瑩瑩跟沈驚春不同，要是碰到什麼事，可能連跑都跑不掉。

沈驚春出了門，閣樓的大門就被人從裡面拴了起來。

倒是有個小內侍跟著一起出來了，年紀不大，長得瘦瘦小小的，看著不過十二、三歲的樣子，臉上全是驚慌。

「你出來幹什麼？」

那小內侍穩了穩心神，小聲道：「小人想跟縣君一起去，縣君放心，小人不會扯後腿的。」

沈驚春挑了挑眉。「我看其他小內侍都恨不得縮在裡面，你倒是勇敢得很啊，跟上吧。」她說著，直接就往外走。

沈驚春身高腿長走得快，小內侍小跑著跟在後面。

等到了御花園的分叉口，她還在憑著記憶想路線時，那叫全福的小內侍已經往一邊走了，還不忘招呼她。

「縣君這邊走，是去晨暉門的。」

二人順著小道沒走出去多遠，就碰到了一群狂奔而來的內侍和宮女，沈驚春一伸手就揪住了一個。「那邊什麼情況？」

被抓住的是個小宮女，眼看著就她一個被抓住，其他人都跑了，急得眼淚都下來了，她使勁掙脫也不能掙脫半分，直到身邊的全福喊了她一聲，小宮女才稍微鎮定了下來，哆哆嗦嗦地道：「晨暉門那邊被一隊禁軍守住了，不讓人出去，有、有幾個人往外闖，直接被……被、被砍死了……」

「禁軍？」是真禁軍還是假禁軍？沈驚春皺了皺眉。「確定是禁軍？你們有跟他們說宮裡出了事嗎？」

那小宮女抹了把眼淚，點了點頭，又搖了搖頭。「反正穿的是禁軍的衣服。管事的說了宮裡的事情，但是他們根本不做回應，只說強闖宮門者死。被殺了幾個人之後，大家就不敢強闖，都跑回來了。」

「他們有多少人妳看清楚了嗎？別緊張，冷靜一下再想，深呼吸……對，再呼吸兩次……」

小宮女慢慢冷靜了下來，想了想才道：「外面多少人不知道，但是門洞裡面和宮牆腳下起碼站著幾百人，個個腰上都配了刀，有的手上還拿著長槍。」

裡面都這麼多人了，外面的人肯定更多。

沈驚春吐出一口氣，手一張就鬆開了那個小宮女，有點不知道該怎麼辦了。

小宮女恢復了自由，立即頭也不回地跑走了。

全福小聲問道：「縣君，咱們現在怎麼辦？」

沈驚春心道：我哪知道怎麼辦？

她即便來自末世，一個或許能打幾個，但現在人家能看到的就有幾百個，更別說還有看不到的，就這樣衝出去，無異於找死。

可轉念一想，又能從這裡面找出點頭緒來。

這群人只守住宮門，不讓人出去也不闖進來，圍而不殺，顯然是有人交代他們這麼做，這麼說來，後宮這群人應該不會有什麼事。當然，也不排除從前面衝進來的人會幹出一些姦淫擄掠的事情來。

她領著全福走回了岔路口，把他往來路上一推。「你回去守著，我自己去看看。」

按現在的情況來看，其實她也回去那個閣樓待著比較好，但坐以待斃從來不是她的做事風格。可要是繼續往前面跑的話，帶著個小內侍，確實有點不太方便。

「我認識路的，我可以給縣君帶路！」全福急了起來，連自稱變成了「我」都不知道。

沈驚春點頭道：「我知道你認識路，但是你年紀太小了，要是動起手來，我反而還要顧忌你。你回去好好守著那群貴夫人，等事情平息後，也算是大功一件。」

沈驚春這麼說，全福想不答應也不行，只得轉身往回跑。

見他走了，沈驚春也沒多待，抬腳就往前朝那邊跑，一路上不斷遇到人，但好在這些都還活蹦亂跳的，暫時還沒瞧見地上有屍體。

到了前朝和後宮的交界處，她才終於看到了一群禁軍。

進出的宮門被堵得嚴嚴實實，禁軍們一身肅殺的氣息，嚴陣以待。

沈驚春試著靠近了一些，才在那群禁軍裡面看到了徐長清。

後宮的人都躲得遠遠的，沒有往這邊靠的，因此沈驚春一靠近，那群禁軍就注意到了她。

徐長清跟身邊的人招呼了一聲，就大步走了過去。「妳怎麼來這邊了？這裡不安全，妳快回去好好待著。」

沈驚春上下打量了他一眼，自從徐長寧把她哥從樓上推下來後，她就沒再見過徐長清了。

這位宣平侯世子，以前說不上多溫文爾雅，但總體來說，還算是一個溫和的人，可幾個月沒見，徐長清不僅曬黑了，臉上的表情也開始變得冷硬起來。

她行了個禮，才道：「外面怎麼樣了？」

之前的喊打喊殺聲已經平息下來，外面靜悄悄的，聽不到什麼明顯的動靜。

徐長清皺著眉往外看了一眼，才道：「是豫王帶兵逼宮，我們跟外面的人被從中切斷，只能退守後宮。聽說聖上被刺了一刀，現在不知道怎麼樣了。」

豫王？皇帝的兒子很多，沈驚春想了好一會兒，才想起來這個豫王。他是太子一母同胞的兄弟，當年皇后早逝，太子被養在德妃膝下，豫王則養在當時一位昭儀的膝下，後來沒幾年，那位昭儀死後，皇帝也沒再給他分配養母，而是帶在身邊親自教養。

而皇后娘家便是開國四公之一的信國公，這也是從柱國公府被查抄了之後，唯一一個手裡還握有兵權的國公府。

但太子是豫王的同胞哥哥，豫王怎麼會逼宮？最重要的是，信國公府沒理由放棄太子，改而支持豫王啊！沈驚春有點想不明白。

徐長清本來不想多說，但看她微垂著腦袋，無聲地站在面前，到底還是開了口。「德妃無子，娘家手裡也是握有實權的，太子與太子妃是青梅竹馬，陛下更是早早就給兩人賜婚，相比起信國公府，太子其實更親近定遠侯府謝家。」

有一個猜測，徐長清沒有直說——太子之所以更親近謝家，恐怕後面少不了皇帝的推波助瀾。

豫王是唯一一個得皇帝親自教養的皇子，哪怕是太子，日常都是太傅授課，到了一定的年紀之後就搬去了冷冰冰的東宮，所以這也給了信國公府一個錯覺。

相比起信國公府兩邊買股的行為，對於太子而言，定遠侯府堅定不移地支持他的行為，就變得可靠得多。

沈驚春恍然，這麼說來，豫王帶兵謀逆就不稀奇了。

畢竟哥兒倆都姓李，還都是一個媽生的，再有信國公在後面拱拱火，很正常嘛！

但是……

「晨暉門和東華門那邊是你們的人，還是豫王的人？剛才我從那邊過來，不少闖宮門的內侍和宮女都被殺了。」

「嗯？」徐長清神色變了。「妳確定？」

沈驚春點了點頭。

徐長清的臉色一下子變得難看起來。

沈驚春也不知道這小夥子是想到了什麼，反正以她的小腦袋瓜而言，能想到的實在不太多。

她現在更擔心的，是陳淮跟她哥在外面有沒有事？

他倆一個六品小官，一個甚至還不是官，本來沒資格參加這樣大的慶典，但誰叫兩個人如今都在翰林院上班呢，皇帝親口點了翰林院全員到場賀壽。

她也沒管徐長清怎麼想，四下一打量，就打算翻牆過去看看。

這邊雖然說是前朝和後宮的交界處，但是離今日宴會場所紫宸殿還有很長一段路要走。

宮牆相對於她的身高來說算高，但是如果借力助跑一段，再踩著路邊的大水缸上牆，其實並不難。

沈驚春搓了兩下手，剛往後退了幾步，還沒來得及助跑，就聽徐長清問道——

「妳幹什麼？不想活了？外面現在什麼情況都不知道，妳就敢往外跑？」

守在宮牆下的禁軍們已經看了過來，徐長清又叮囑了一聲，轉身走了回去。

負責守衛京師的禁軍人數說是有十萬，但其實只有四、五萬，且駐紮在城外，一般不會進城。負責守衛皇宮的雖然也稱作禁軍，但實際上卻是分屬兩個不同的部門。

宮城內的禁軍加起來大約有一萬多人。

城外駐紮的禁軍有多少人投靠了豫王還未可知，但城內的禁軍卻是有大半都投靠了豫王。

被反賊攔腰切斷，退守後宮的，加起來不過一千人不到，現在正分守在宮牆下。

「我覺得你們這樣不是辦法，得想法子反攻。」沈驚春走近了些，壓低了聲音朝禁軍們道。

徐長清沒開口，倒是他身邊另一個看起來出身不凡的武將問道：「妳有辦法？」

沈驚春搖了搖頭，看著他們笑道：「沒有。我又不懂排兵布陣，怎麼會有辦法？但是天快黑了。」天黑之後，她打算看看能不能摸到紫宸殿去。

現在月底，天上沒有月光，星光也有點黯淡，本該點起來的路燈這會兒也沒人會去點，趁著月黑風高，能幹的事情很多。

即便不往前衝，徐長清這邊幾百人去衝晨暉門，也並非沒有勝算。

沈驚春說完就找了個角落坐了下來，靜靜等著天黑。

等了一會兒，天還沒黑，倒是開始飄起了小雨。等到天黑如約而至，小雨已經變成了瓢潑大雨。

沈驚春哈了口氣，雙手使勁一搓，拔腿就衝了出去。

皇城裡面為了防火，到處都擺著裝滿水的水缸，有成年人腰部那麼高。

腳下的水已經積了一層，兩腳下去「啪啪」直響，沈驚春腳下不停，上了水缸後單腳一蹬，人就躍起攀上了牆頭，雙臂往上一用力，人就翻了過去。

這一番動作如行雲流水，不過眨眼間，人就消失在眾多禁軍的視線之中。

牆外沒人，黑漆漆的，很有點伸手不見五指的感覺。

沈驚春想了想，從空間裡拿了個夜視鏡出來。

有了夜視鏡，視線一下子開闊起來。

再翻過一道牆，就到了壽慶宮，兩牆之隔的不遠處，就是這次壽宴所在的紫宸殿。

耳邊依舊寂靜無聲，哪怕正下著瓢潑大雨，空氣中也隱隱傳來一陣若有若無的血腥味。

兩座大殿雖說是前後相連，但其實還有些距離，在這邊都能聞到血腥味，沈驚春想不到那邊的情況究竟慘烈到什麼程度。

她不敢再走大路，想了想，就攀著宮牆直接上了紫宸殿后閣的屋頂之上，再摸著黑甩出一道藤蔓，遠遠纏在了紫宸殿的飛簷之上。

藤蔓來回纏了幾道，這一頭綁得很牢，沈驚春試了試，她這個體重爬上去，藤蔓還是能受得住的。

這個過程很慢，兩隻手都攀在藤蔓上，夜視鏡被暫時收回了空間裡，雨還在繼續下著，底下一片漆黑，根本看不到有人沒人。

過了不知道多久，沈驚春感覺自己手心已經被磨出了水疱的時候，她才終於攀上了紫宸殿的飛簷。

爬了上來，後面就好辦了。

沈驚春先穩了穩心神，才揭開一片瓦片，往下看去——視線所到之處，什麼也沒有！

這大殿並不像電視劇裡拍出來的一樣，揭開瓦片就能看到裡面的情形，這處大殿居然吊了頂。

已經到了這邊，肯定要下去看看的。想到皇帝被刺了一刀的消息，她又從空間裡拿了幾瓶傷藥和細布之類的物品出來，用一個小包袱包好，綁在背上，才將屋頂的瓦片多揭開了幾片，跳了下去。

吊頂是木質，一個人跳上去，發出「咚」的一聲響，底下原本就很小的談話聲一下子就沒了。

這樣的吊頂用腳踩的話，只要一腳就能踩出一個大洞來，但她不確定周圍是否有東西支撐，只能拿刀出來開始來回割，好一會兒才割出一個小洞來。

她輕輕一拍，差不多已經被切斷的木板就掉了下去，沒一會兒就落在了地上，發出「啪」的一聲響，在安靜的大殿之中很是明顯。

底下光線還可以，視線所到之處全是烏壓壓的人頭，這麼多人擠在一個大殿內，氣味很不好聞。

沈驚春才剛扒著小口子將腦袋探了出去，底下就已經有人認出她來。

「沈丫頭?!」

陸昀充滿驚喜的聲音從下方傳了上來。

沈驚春瞇眼一看，這小老頭就在她正下方，旁邊挨著的幾個人也都是見過幾面的熟人，曲老、溫老以及內閣幾個小老頭全在，再往後面一點則是面色蒼白、雙目緊閉的陳淮。

沈驚春找了一圈，也沒找到她哥在哪裡。

她穩了穩心神，朝陸昀打了個招呼，向周圍看了看，在附近找了個柱子，再次弄出一個洞來，順著柱子滑了下去。

周圍的朝臣已經全部站了起來，沈驚春無視他們炙熱的目光，直奔陳淮。「怎麼回事？他怎麼受傷了？」

「都是為了救我。」陸昀的雙手握得很緊，難過地道：「為了救我，被刺了一刀。」

沈驚春幾步躥了過去，解下了身上揹著的小包袱，問道：「太醫院有人在嗎？」

她話音一落，後面程太醫就不知道從哪個角落冒了出來。

沈驚春將小包袱裡的瓶瓶罐罐一股腦兒地拿了出來。「先上藥。」

程太醫站在一邊卻沒動。皇帝也受傷了，這種情況下，不論如何陳淮也應該排在皇帝之後才是，但這話他有點說不出來。

這個藥是沈驚春冒著生命危險帶進來的，他們甚至想像不到，她一個女人是怎麼躲過叛逆分子，並且爬上紫宸殿的屋頂進來的。

可程太醫說不出口，旁邊的人卻毫無顧忌。

「聖上龍體要緊，既然有藥，理當先給聖上治療！」

周圍一片附和之聲。

沈驚春往皇帝的方向看了一眼，他的臉色比陳淮還要白，沒有一點血色，傷口在他腰腹處，出血量雖然不大，但看衣服上的顏色，血一直在往外滲。

沈驚春收回了視線，將瓶瓶罐罐分成了兩份，細布也分了一些過去，沈默地拎起剩下的東西走向了陳淮。

他傷在胳膊上，傷口有點大，起碼有十幾公分長，傷口處被人用布條簡單地包紮了。

雙目緊閉是因為發起了高燒。

大早上還活蹦亂跳的人現在成了這樣子，沈驚春看得眼睛發酸。

她用刀割了袖子，先拿了一小瓶醫用酒精消毒，才開始給他上藥。

傷口這麼長，其實還是要縫起來比較好，可惜她空間裡並沒有工具。上好藥，用細布一圈一圈將傷口包好，又悄悄拿了兩顆特效退燒藥餵他吃下，才看向一直跟在邊上的陸昀道：

「這邊怎麼回事啊？」

陸昀的臉色很不好看。

「我聽宣平侯世子說，是豫王謀逆？」

沈驚春給陳淮包紮完，就將人放了下來。她淋了雨，渾身都濕答答的，一邊說著話，一邊往後面退了幾步，開始擰衣襬上的水。

「不只豫王。」陸昀道：「還有扶風郡王世子李選和嘉慧郡主趙靜芳。」

沈驚春愣了愣。李選謀逆能說得通，但這裡面有趙靜芳什麼事？

陸昀在一邊坐了下來，嘆口氣道：「因為滎陽公主不是陛下的親生女兒，她是先寧王與……」

好傢伙！沈驚春算是整明白了。「我哥呢？怎麼不見他？」

說起沈驚秋，陸昀的表情又有點複雜。「之前他點了一隊禁衛軍，拿著信物，突圍出去送信了。」大殿裡面起碼不下百位官員，還有武將在內，結果最後主動攬下送信任務的，居然是一個無官職在身的平民。

沈驚春「哦」了一聲，倒是不怎麼擔心。

她哥也是有異能在身的，冷兵器時代，即使不能突圍成功，但是他的金系異能足夠保命了。

兩人低聲說了一會兒話，那邊程太醫和另一位太醫已經簡單地處理好了皇帝的傷勢。條件簡陋，手邊又沒有襯手的工具，只能做到勉強止血包紮。

確認了那邊沒問題，一群位高權重的老大人才圍了過來。

首先說話的便是沈驚春還算熟悉的姜侯爺。

「縣君怎麼進來的？外面現在形勢如何？」

一堆人將她圍了一圈。

沈驚春的視線一掃而過，除了姜侯爺和宣平侯，其他沒幾個認識的人。「直接從後閣爬牆上來的。宣平侯世子帶了一隊人退守福寧殿，幾位娘娘本來也在那邊，我從壽慶宮那邊過來的，路上倒是沒遇上什麼人。咱們這邊現在是怎麼樣？等援兵還是趁著雨大搞一波夜襲？」沈驚春是不太懂帶兵打仗，但一直困守在紫宸殿也不是個辦法。「或者，皇宮修建的時候，就沒留下什麼密道嗎？」

眾人聽了這句話，下意識地看向了太子。

如果真的有密道這種東西，那太子應該知道吧？

太子被看得一臉莫名，他也不知道。

沈默間，皇帝虛弱的聲音從後面響了起來——

「諸卿都在……朕走後……」皇帝才說了幾個字就咳嗽起來。

周圍站著的大臣一下子全跪了下來，離皇帝最近的幾個內閣大臣張了張嘴，卻是什麼話也沒說出來。

皇帝的聲音太小，遠處的官員根本聽不到，但看到前面的人都跪下，便也跟著嘩啦啦地跪了一地。

皇帝喘了口氣。「朕走後，由太子李湛繼位，廣陵郡王李逸封太子，平陽長公主攝政，加封鎮國平陽大長公主……」

第四十章

皇帝還在斷斷續續地交代著後事，沈驚春無聲地退了出來。

她對誰當皇帝並沒有興趣，反正這皇位也不可能落在她家頭上。

紫宸殿很大，大殿的門並未關嚴實，從門縫裡往外看，能看到外面守了一圈一圈的禁軍，在外面還有一圈走廊，屋簷延伸出去，將瓢潑的大雨擋住了大半。

她將大門拉開了一些，前面守著的禁軍卻連頭也不回，身形依舊站得筆挺。

雨下了這麼久，外面的血腥味已經被沖散了很多，沈驚春拿了夜視鏡出來往前方看去。

從大殿出去到殿門處，這一片廣場上，到處都是屍體，遠處殿門下面還守了不少禁軍，逆臣賊子並不在這處宮殿裡。

她沿著大殿周邊走了走，禁軍們將這處宮殿守護得很嚴實。

等到再回到大殿裡，皇帝的後事已經交代完了，整個人再次陷入了昏迷之中，大殿裡的氣氛異常的低迷。

沈驚春沒去管那些官員，徑直到了陳淮身邊。也不知道是不是餵的藥起了效果，這會兒人倒是醒了。

「妳不往外跑，怎麼還跑到這裡來了？」

血流得有點多，陳淮的臉色蒼白得很，看到沈驚春時臉上不僅沒有喜色，反倒還皺著眉頭，嚴肅得很。

沈驚春沒說話，上前將他攙扶了起來，往後殿走去。

官員們都圍在皇帝周圍，這後殿裡倒是一個人都沒有，沈驚春扶著陳淮坐了下來，才到處翻了翻。

轉了一圈也沒找到什麼有用的布料，她只得扯了些掛幔下來，又砸了一張椅子，掏了打火機出來點燃掛幔，生了一堆火。

外面人太多，不好拿空間裡面的衣服出來換，但濕衣服穿在身上又難受，只能想出這種辦法來。好在這大殿裡面鋪的都是平整的大理石，倒是不用擔心把地板燒壞。

等到一張椅子燒完，沈驚春身上的衣服也半乾了，又砸了一張椅子丟進了火堆裡。

外面的人沒有淋雨，朝服裡三層、外三層穿得又多，這時候也不冷，倒沒人進來。

沈驚春挨著陳淮坐在火堆邊，漸漸也有了睏意。

不知道過了多久，沈驚春被人搖醒，一睜眼，面前正是陳淮那張放大的臉，外面的殺聲震天，火堆不知道什麼時候已經熄滅了。

「雨停了，外面的逆賊在闖宮門了。」

跟後宮那些矮牆不同，紫宸殿這邊的宮牆建得很高，一般人根本翻不過來，除非有打仗用的雲梯。

沈驚春的睡意一下子消散，伸手在陳淮額頭上摸了摸，這回生病倒是好得快，兩顆藥吃下去，大半夜的時間就退了燒。

「不急。」她說著又將傷藥拿了出來。「先換藥。」

沈驚春飛快地將陳淮的藥換好，兩人才回到了前殿。

皇帝還在昏迷之中，太醫們帶著人守在旁邊。

現在在外指揮禁軍防禦的是宣平侯徐晏，文武大臣們全站在殿外嚴陣以待。

黑夜漸漸褪去，東方露出了一絲魚肚白。

外面紫宸殿的宮門被撞得砰砰作響，每撞一下，似乎連周圍的城牆都跟著抖上幾抖。

沈驚春四下看了看，廊下散落著不少武器，上面原本的鮮血已經凝結，她掃視一圈，選了相對乾淨的兩把佩刀，給陳淮和陸昀一人遞了一把，然後又選了一把大弓，留了一支箭在手邊，其他的弓箭全倒進一只箭囊裡，揹在了背上。

她這番舉動並不避諱他人，箭囊還沒整理好，附近多位官員已經自發去拿武器了。

時間一點一點流逝，紫宸殿的宮門用料上佳，也擋不住這樣的一再衝撞，沒過多久，門就被撞得開始鬆動，在眾人屏息之間，「砰」的一聲被撞開，往兩邊的門洞彈了過去。
震天的喊聲中，「嗖」的一聲輕響，利箭劃破長空，在空中劃出一道弧線，射在了第一個攻進門的禁軍頭上。
守衛皇城的禁軍用的都是最好、最精良的裝備，沈驚春手上這張弓的用料工藝都屬上佳，張力能有一石五，射程約在兩百五十公尺至三百公尺之間。
從大殿外到門洞，距離在兩百公尺左右，還在弓箭的射程之內。
這一箭打了對方一個措手不及，但也僅僅只是愣了一下，門外的逆賊就衝了進來。
沈驚春已經抬手搭上了第二支箭，「嗖」的一聲響，利箭射出，再次命中一人。
哪怕是這種生死攸關的場面，還是有人忍不住側目看向了沈驚春。
她的手很穩，抬手取箭、搭弓射箭幾乎一氣呵成，一雙手沒有任何的抖動，哪怕前方兩邊人馬已經開始混戰，她的箭卻總是能準確地射中敵軍的腦袋。
箭囊裡的箭並不多，四十多支箭很快就見了底。
沈驚春將大弓丟在了一邊，隨手取了把刀握在手上。
不大的廣場之中，已經血流成河、屍橫遍地，血腥味沖天。
對方人多，己方人少，哪怕拚盡全力仍是越戰越少，臺階之上，眾位官員面色悲憤萬分，不少年輕官員已經握著刀劍走下了臺階。

刀劍無眼，禁軍們身穿甲胄依舊逃不過一死，他們這些身穿官服、沒有任何防護的人更是有可能一個照面之間就會被敵軍斬殺，但是卻沒有人退卻。

想要倒向豫王那邊的，早在禍亂剛開始時就已經倒戈相向了。

後排眾人正要舉刀殺敵，便聽得紫宸殿宮牆之外再次喧譁了起來，刀劍相交之聲不絕於耳。

這是援軍來了？

「賊首已伏誅，繳械者免死，負隅頑抗者殺無赦、夷三族！」

隨著震天的喊聲從後方傳來，幾顆人頭也被人高高拋起，滾落在地，停下之後俱是睜著雙眼、死不瞑目的表情。

其中一顆人頭，是禁軍都指揮使。

滿身血污的逆反禁軍們相互看看，最後齊齊丟了兵器，伏跪在地。

危機解除，前面參戰的官員們卻開始抱頭痛哭。

他們之中大多是一輩子循規蹈矩的讀書人，或有位高權重著，判過別人死刑，但是如今天這樣白刀子進、紅刀子出，屬實是第一次。

更有人扶柱子吐了起來。

沈驚春四十多支箭少有射空的，死在她箭下的人雖多，但她卻並沒有什麼不適。

陳淮和張齡棠等人倒是還算穩得住，臉色雖然有些不好看，但到底沒吐。

外面數十名援軍簇擁著平陽長公主從大門外走了進來，她一身銀色輕甲，一手輕輕搭在腰間佩劍之上，另一手抱著一個銀盔。

平陽長公主走得很穩，踩著一地的鮮血進了紫宸殿。

所有人都已經拜了下去，沈驚春等人也不例外。

從沈驚春幾個人身邊走過時，她也只是微微側頭看了一眼，便收回了視線，直接進了大殿。

等到眾人起身，才瞧見那跟在長公主身後的人兩人一組地架著許多人一併進了大殿，打頭一個正是垂著腦袋的豫王李澤。

跟在李澤身後被架進大殿的則是此番投靠了他、意圖謀反的眾位官員。

內閣幾位位高權重的閣老和皇子們緊隨其後進了大殿，而後六部尚書、侍郎這些三品以上的官也進了大殿，餘下一些品階不高的官員卻是不能進殿了。

皇帝受傷的事情，長公主早已從沈驚秋處得知，一眾人才進殿，太醫院諸位搆不上紫宸殿賀壽的太醫也連袂前來會診。

不一會兒，裡面就傳出話來，且叫餘下諸卿先行回家，今日之事待聖上醒來自有定奪。

陳淮和張齡棠這樣的新科進士顯然不夠格進入大殿，沈驚春才要扶著陳淮走，便聽張齡棠低聲問道——

「請問縣君，可知曉瑩瑩現在何處？」

他這一問，沈驚春才想起來，那群夫人們還在御花園裡待著呢！

她一拍腦門，懊惱道：「她們都在永仙閣。」

昨天看見徐長清的時候，沈驚春只說了晨暉門那邊的動靜，卻忘記告訴徐長清，一群貴夫人還在永仙閣那邊等著。

「這樣吧，我去一趟後宮。我夫君受了傷，還麻煩張公子先送他去杏林春看大夫。」

皇帝重傷，所有的太醫現在都圍著皇帝團團轉，肯定騰不出人手來給其他人看病的，杏林春現在好歹也算是自家產業，去那邊看病更方便一些。

陳淮倒是想等自家媳婦出來一起走，但手臂上那麼長一道傷口，雖然已經簡單的處理過了，到底還是令人擔憂，便點了點頭。「我先去看大夫，倒是不用煩勞張兄了。」

自己媳婦自己疼，昨夜沒看到沈驚春之前，陳淮也擔心極了，想必張齡棠的心情比之他昨夜也好不到哪裡去。

張齡棠聞言，倒是很有些不好意思，但想到現在還生死未卜的老娘和媳婦，只得點頭道了謝。

三人當即便在紫宸殿外分開了。

沈驚春轉身順著宮道往後宮去了。

前面平陽長公主帶兵鎮壓了逆賊，消息已經傳到了後宮這邊，坤寧殿、景福殿這些地方一派劫後重生的歡喜氣氛，倒是進了御花園之後周遭才算安靜下來。

沈驚春順著大路一路到了永仙閣外，這處閣樓在御花園深處，少有人來，此刻一邊的入口已經從裡面鎖了起來，沈驚春剛敲響了大門，裡面便有人問道：「誰？」

沈驚春剛回了一句「我」，後面的「慶陽縣君沈驚春」幾個字還沒說出來，門就已經被拉開了，露出了後面小內侍全福的臉。

全福滿臉的疲憊，眼睛裡全是紅血絲，眼睛還有點腫，但看到沈驚春之後的神色卻是帶著一股欣喜。「縣君回來了！」

沈驚春笑道：「我瞧你這樣子，莫非是以為我遭遇了什麼不測不成？放心，外面逆賊已除，咱們已經安全了。其他的夫人呢？都還好嗎？」

全福點了點頭。

只是這邊沒有吃的喝的，晚上待在閣樓裡，怕被別人發現，大家連燭火都不敢點，擔驚受怕一整晚，所有人的氣色都不好。

閣樓的門一打開，姜瑩瑩瞧見沈驚春那張笑臉，眼淚就出來了，一把撲上去抱住了人，難受得幾乎都說不出話來，只有眼淚不停地往下流。

沈驚春的身手很好，要是不帶她們這群人，不論如何，起碼自保不是問題。可她帶著這麼一群人躲進了永仙閣，她們卻沒有一個人跟著她出去。

姜瑩瑩哭得上氣不接下氣，周圍的貴夫人們看著也有幾分尷尬、幾分慚愧。

沈驚春被她哭得腦袋瓜子嗡嗡作響。「快別哭了，這不是沒事了嗎？妳家探花郎還在宮門外等著呢，咱們還是早點出去吧……」

豫王謀逆一事開始得轟轟烈烈，但僅僅過了一天，就以失敗告終。

皇帝遇刺，傷得很重，卻並沒有賓天，所以太子依舊是太子。整個大周的事情依照皇帝之前的口諭，交到了長公主手裡，由長公主攝政。

跟隨豫王謀逆之人有一個、算一個，在一天之內全部被追責，抄家的抄家、砍頭的砍頭。

嘉慧郡主趙靜芳的下場尤為慘烈，被判了凌遲處死。

長公主親口交代了，三千刀要一刀不少地施展在趙靜芳的身上，哪怕少一刀，都要行刑的官吏提頭來見。

幾個城門由駐紮在城外的守軍接手，只進不出，短短一天時間內，城內無數人頭落地。

隨著逆黨被清算，有功之臣也被逐一封賞。

沈家兄妹算得上是勞苦功高，一個帶著藥吊住了皇帝的性命，一個成功突圍叫來了援兵，第三天封賞的聖旨就到了沈家。

沈驚秋授正六品昭武校尉，沈驚春加封慶陽縣主。

等宣讀完封賞的聖旨，跟著一起來的一個做內侍打扮的才態度恭敬地上前道：「請縣主安，小人是長公主身邊伺候的德寶，奉長公主口諭，請縣主和校尉走一趟。」

跟著宣旨的官員一起來的，這身分顯然不可能作假。

兄妹兩個收拾一番，便跟著德寶走了。

馬車出了果子巷，拐上御街，便和前來宣旨的儀仗隊分開了，一邊回去覆命，一邊卻是直接穿過御街，往東邊小甜水巷而去。

馬車走得不快，那跟著來宣旨的德寶就坐在外面的車轅上，周圍還跟著幾個不知道是哪個衙門調過來的侍衛，騎著馬跟在一邊。

兄妹兩個本來還想問問這是去哪兒，可仔細一想，長公主必然不可能害他們，便又將話嚥了回去。

馬車晃晃悠悠不知走了多久，沈驚春都快被晃得睡著了，才停了下來。

外面德寶恭聲道：「到地方了，縣主與校尉可以下車了。」

兄妹兩個下了車，四下一打量，周圍宅院建築並不算多，顯得有些荒涼，但馬車拐上太廟街之後便再沒拐彎，是筆直一條道走到底，這個地方顯然還是在內城之中。

德寶輕聲說了聲「請」就不再多言。

兄妹兩個跟在他身後，又往前走了一段，才到了一處衙門大門外，二人抬頭一瞧，上面龍飛鳳舞地寫著「牢獄」兩個字。

但從外面看，這座監獄的圍牆建得很高、很厚，走進院子就能感受到一股獨屬於監獄的那種陰冷氣息。

門口守著的獄卒瞧見幾人，態度倒是還算不錯。

德寶上前同人交涉，亮出了長公主給的權杖，幾人便順利地進了監獄。

裡面的情形與外面不同，氣氛雖然還是有些陰冷，但各處打掃得都還算整潔。兩邊監獄裡關著的人不多，大多都是空牢房，但有人的牢房裡雖然布置得頗簡陋，總體來說卻還算可以，床上鋪的是被褥而非稻草，牢房一應生活用品齊全。

等通過了一條長長的走道，德寶才道：「豫王府被抄，抓到了許多從犯，其中有一名從犯似乎掌握著不少重要的消息，但點名要見縣主和校尉才肯開口。」

兄妹兩個腦中幾乎同時閃過了一個人名——徐長寧。

能同時跟他們兄妹兩個都搭上關係的，除了她，沈驚春想不到其他的人。

沈驚秋也皺了皺眉，之前他們就討論過，按照分析，這個徐長寧很可能是個重生的人。

自從上次墜樓事件發生之後，他們家並沒有刻意去關注徐長寧，所以關於她的行蹤，他們已經很久沒有聽到過了。

豫王這次謀逆的時機也有點奇怪，莫非就是徐長寧在背後煽風點火？

兄妹兩人對視一眼，無聲地交換了一個眼神。

這個疑惑並未持續多久，很快地，德寶就領著他們站在了徐長寧的牢房外面。

長公主身分高貴，在大周朝一人之下、萬人之上，拿著她的手令來探監的人顯然也不是什麼無名之輩，因此帶著他們來牢房的是一個牢頭。

到了門口一停下，牢頭先是說了聲「到了」，而後就將牢門拍響，高聲喊道：「二十六號犯人徐長寧，有人來探監！」

徐長寧盤腿坐在床上，面朝著牆壁，在牢頭的高聲呼喊中轉過了頭，輕聲道：「你們來了。」

德寶大約是得到了吩咐，朝沈家兄妹二人施了一禮，就跟牢頭走了。

這處牢獄，男犯人跟女犯人分開羈押，徐長寧的牢房在最深處，這前後牢房裡只關了她一人，德寶二人一走，這邊就只剩下了他們三個大活人。

牢門還鎖著並未打開，外面也未放置桌椅，沈驚春往後退了幾步，靠在了對面的牆上。

沈驚秋倒是沒往後退，但也隔著牢門看著裡面的徐長寧，很冷淡地道：「有事說事。」

徐長寧低聲一笑。「大哥真的是一點都不念兄妹情分了。」

「兄妹情分？」沈驚春都忍不住笑了。「真有這種東西，妳還能把我哥從樓上推下來？這邊也沒有外人在，妳就別裝了，有什麼事情趕緊說，我們忙著呢！」

徐長寧因為沈驚春的話沈默了下來，好一會兒才抬頭道：「我不懂，我不懂我到底哪裡不如沈驚春？」

之前約沈驚秋到澄樓說事，她是真的想好好聊聊的，可誰知道沈驚秋開口閉口都是叫她離沈驚春遠一點，話裡話外的意思，就像她是什麼洪水猛獸一般。

十幾年的兄妹情，徐長寧被沈驚秋眼中毫不遮掩的防備和厭惡給深深的刺痛了，她幾乎控制不住自己，腦中全是瘋狂的念頭。

她落到這步田地，憑什麼這對兄妹可以越過越好？

所以她叫了身邊的人將沈驚秋推下了樓，那一瞬間她真的覺得前所未有的暢快。

可惜他沒當場摔死。

沈驚春挑挑眉，這是準備徹底攤牌了？

眼看沈家兄妹兩個不說話，徐長寧才繼續道：「為什麼所有人都要圍著妳轉？明明我才是徐家人，可所有人都覺得妳才是徐家真正的大小姐——」

「等等。」沈驚春出聲打斷了她。「說實話，我沒興趣聽妳這些屁事。」好歹也是身經百戰的老書蟲，發生在徐長寧身上的事情其實很好猜測，真要說起來，無非就是一個真千金重生文。大概這位真千金在上輩子始終被假千金壓了一頭，然後心有不甘地重生了。可是，這並不能成為她作惡的原因。沈驚春看了一眼自家大哥，站直了身體走到徐長寧的牢門邊。

「我就問妳，我有沒有害過妳？我哥有沒有害過妳？」

她的話音一落，徐長寧的臉色就不好看起來。

她想到了上輩子的事情，沈驚春的確沒有害過她。

上輩子是徐家自己發現閨女被掉了包，找到平山村去的。她養父沈延平愛護妻女，不想閨女早早嫁人，硬是頂著鄉下的風言風語，讓她在家裡待到了十七歲才開始說親。

可沈延平眼光很高，覺得鄉下小子沒幾個能配得上自家閨女，等到十八歲才勉強說好了一戶人家，然後徐家找到了平山村，把她帶了回去。

回到徐家之後，所有人都對她噓寒問暖，尤其是沈驚春這個占了她身分十幾年的假千金，更是將她照顧得無微不至。

可越是這樣，她心裡就越不高興。

在她沒有回到徐家之前，這個占了她位置的假千金名聲並不算好，可真假千金的事情爆出來之後，她被接回京城，這個小偷卻踩著她來了個浪女回頭、洗心革面，後來不僅找了個好婆家，還因為救駕有功被封了縣君！

徐長寧沈溺在過往的回憶中無法自拔。

沈驚春看著她低垂的腦袋，卻是越來越不耐煩。

她不說話，這個態度已經擺出來了，這就能說明一切，只怕不論是徐長寧的上輩子還是這輩子，都是她自己在作，根本沒有人對不起她。

沈驚秋看著她，眼神也是冷颼颼的。

「哪怕我娘有點重男輕女，但是我爹、妳的養父，對妳夠好的吧？」沈驚春冷笑一聲道。沈延平這個人，整個平山村都找不出一個挑他刺的人出來。這樣的一個好人，哪怕徐長寧這輩子跟沈老太太走得很近，沈延平對她還是跟對兒子一樣，大房的沈梅、二房的沈蘭有的東西徐長寧有，這兩人沒有的東西徐長寧也有。但凡出去打零工回來，就肯定會給方氏和徐長寧兩個帶點小玩意兒，連沈驚秋這個唯一的兒子都要排在後面。「可妳是怎麼對他的——」

「算了。」沈驚春還想為沈延平打抱不平，卻被沈驚秋攔住了話頭。「不要說了，道不同不相為謀，咱們跟她也不是一路人，走了。」他說著，抬腳就往外走。

沈驚春看了一眼坐在牢房裡的徐長寧，也沒猶豫，跟著就往外走。

等到二人快要走出女牢房的時候，才聽到身後徐長寧大聲喊道——

國大軍入關！」

「北邊梁國這幾天會突襲！信國公府那邊一旦事情敗露被擒，賀朝就會打開關門，放梁國大軍入關！」

徐長寧的話不知真假，但這事卻震驚了整個內閣，其中又以宣平侯徐晏最為震驚。

她被關的牢獄號稱天牢，能被關在那裡面的，幾乎都是無法翻案、等著被處決的。

一個從豫王府抓出來的謀逆案從犯，被各方都關注著，長公主叫人帶沈家兄妹進天牢，也並未瞞著其他人。

這話如果是真的，那事情就大了，因此兄妹兩個不敢有任何遲疑，直接進了宮。

六、七位閣老加上朝廷要員，將文淵閣堵了個水洩不通。

往日裡的派系之爭，到了此時倒是空前的團結，一致認為這事不論真假，都應該慎重對待。

信國公本人領十萬大軍鎮守在大周和梁國的邊境，這次回京也是因為皇帝六十大壽，特召回京。

大周的將士與前朝不同，並非是長久守在一處，每隔十年鎮守各處的將士們就會換防。

信國公是北境的統帥，他下面還有個副帥，而信國公世子賀朝卻是因為信國公年事已高即將退位才調過去的，權力還在那位副帥之下。

但既然徐長寧能說出這種話來，說明那位副帥怕是凶多吉少了。

二人從天牢出來的時候就已經中午，將徐長寧給的消息說完，後面其實就沒他們什麼事，可人家在議事，他們要是直接走了也不太好，但也不能在人家議事的時候去打斷，結果這一等就等到了日頭西斜。

等兄妹兩個回到家，天色也暗了。

這種要打仗的事情不好跟方氏說，匆匆吃完飯，兄妹兩個才拉著陳淮到了書房小聲地說起這個事。

事情雖然沒大範圍的傳開，但內閣召集眾位官員至文淵閣議事，這是很多人都知道的，翰林院眾位翰林也有自己的門路，陳淮多少也聽說了一點。

「恐怕不只北邊有情況。」陳淮嘆了口氣道：「我聽老師說，扶風郡王世子死在了大理寺的牢獄之中。」

謀逆是死罪，但皇帝不至於一下子就把人給砍了，既然把人關到大牢裡，就說明暫時還不想砍他的頭，但李選卻死了。

現成的質子沒了，誰知道扶風郡王一怒之下會幹出什麼事來？

大周朝地處中原，東接東海，北邊是梁國虎視眈眈，西邊和西南方也有別的國家，如果扶風郡那邊和北邊一同發兵……

大周休養生息這麼久，倒是不懼，可京城實在離北邊太近了。

陳淮說的果然沒錯，事情不是梁國犯境那麼簡單。

京城出現這樣的謀逆事件，長公主帶兵鎮壓之後，朝廷的反應很快，幾乎在一天之間，就將所有參與這樁謀逆案的豫王同黨一網打盡。

不僅將信國公和扶風郡王世子羈押，北境和扶風郡都派了欽差大臣過去，同時還下令抽調了西南邊境的將士們北防。

可所有人都想不到，信國公世子賀朝居然喪心病狂到這個地步，京城這邊還沒動手，他在北邊就先反了，根本不管還在京城的信國公一家老小的死活！

邊境線在奉持縣還要過去三個州郡的鄞州邊境，按照一般腳程來算，離京城這邊大約十日路程。

等到朝廷收到消息，叛軍已經兵臨山廣郡城下，距離京城不足四日路程。

一夜過去，整個京城似乎便亂了起來。租房住的拉家帶口的出城；家在城裡的也開始慌張起來，有那穩不住的已經開始張羅著要賣房子往南邊跑了，方氏就是其中之一。

搬到新房子之後，方氏慢慢習慣了呼奴喚婢的生活，日子過好了，臉上笑容也多了。有時候忍不住拿平山村的生活跟這邊比較，都有點懷疑以前那是人過的日子嗎？

當然，這一切的前提是國泰民安。知道有人謀反之後，方氏比誰都慌。

「咱還是回平山村吧？」

等到晚上吃完飯，方氏破天荒地開口說了這話。

慶陽地處南方，不論是離北邊還是西邊都很遠，要是朝廷的軍隊守不住，被打得節節敗退，到慶陽也要些工夫。而且東翠山別看著不高，但山勢連綿起伏，占地很廣，真等到叛軍殺到祁縣，他們這些就住在東翠山山腳下的還能進山裡躲躲，等到朝廷和叛軍分出勝負再出來。越這麼想，方氏心裡回老家的想法就越強。

「打起仗來可不是鬧著玩的，趁著還沒打到京城來，咱們趕快走吧！」方氏恨不得立刻收拾東西走人。

其餘幾個人卻有些傻眼。

幾人對視一眼後，沈驚春朝自家大哥使了個眼色。

沈驚秋會意，安撫道：「娘，妳可別聽那些有的沒的，要是京城守不住了，那些大官還能不跑？京城怎麼說也有幾萬守軍，且城牆又高、又牢固，怎麼也比外面安全啊！」他見方氏半信半疑，便又道：「京城作為一國都城，就算是叛軍打了進來，也肯定不會拿城裡的老百姓怎麼樣的。逆賊想推翻李氏江山自己當皇帝，但這京城的人在逆賊眼裡，以後可都是他的子民，所以肯定不會對咱們怎麼樣的。」

裡。

方氏一想，好像還真是這樣！兒子總不會騙自己，於是提起來的心又再次落回了肚子

叛軍離京城這麼近，大家也沒啥心思閒聊，晚飯吃完後消了會兒食，一家人就各自回到自己的院子去了。

沈驚春進了院子，也沒回房，現在天氣熱了，在院子裡比在屋裡舒服。夫妻兩個一人一把躺椅，在漸漸黑沈下來的夜色中輕輕晃動。

沈默了一會兒，陳淮才率先開口。「京城這邊的守軍大約有四萬，附近幾個州郡，每個地方駐軍約有幾千不等，朝廷已經徵召這些駐軍進京抗敵，但顯然這人數還是不夠。」他舒了口氣，緩緩道：「朝廷打算戰時徵兵。」

大周不是沒有兵，但幾十萬大軍都駐守在邊境，朝廷能抽調一些出來已經很不容易了。北境的十萬守軍到底有多少投靠了賀朝目前還未可知；但從得到的消息來看，七、八萬總是有的。

京城裡各個衙門倒是還能抽調一些人出來，但這些人身上卻還肩負著維持京城治安的責任在身上。

翰林院作為培養內閣大臣的地方，消息說不上多靈通，但絕對不落後。

沈驚春有點懵，驚得一下子坐了起來，看向陳淮。

她是知道現在形勢有點嚴峻，但是居然已經嚴峻到這個地步了嗎？

大周朝徵兵有明確的規定，戰時徵兵四個字聽上去輕飄飄的，但卻完全能反應出現在的形勢有多危急。而且戰時徵兵選的都是身體健康、年紀在二十到四十歲之間的壯丁。

但陳淮接下來的話，更是讓沈驚春直接愣在當場。

「長公主有意調我入都察院，這次隨軍出征。」

都察院說白了作用就是監察百官，陳淮才進翰林院，就要被調入都察院隨軍出征，顯然是長公主不放心，要在裡面安插一個自己信得過的人。

沈家與長公主的關係外人並不知曉，他這個身分簡直再適合不過。

陳淮說完，沈驚春就沈默了。

站在她的立場，她甚至想說乾脆這個官就別當了！打仗那麼危險的事情，哪怕他只是去監軍，可能並不會上前線。但，這話她卻沒法說出口。

都察院好進，但是能被派去監軍的，可都是精挑細選的，按照現代的說法，這大概就叫鍍金，只要能夠安全回來，陳淮的身分就會水漲船高，甚至只要當權者願意，他都不用在翰林院熬幾年資歷了，直接被調入三省六部都有可能。

沈驚春想了想，乾脆盤著腿，抓著陳淮的躺椅，拖著自己的躺椅往他那邊蹭了過去。

躺椅在地板上發出「喀喀喀」的聲音，很快就停了下來。

沈驚春看著陳淮，認真地道：「長公主有說怎麼保證你的安全嗎？」她這會兒算是緩過來了。

戰時徵兵是強行徵召，並非出於個人意願。

如果陳淮現在還是個平頭老百姓，那就要被強行徵召，分到哪裡還未可知，現在能夠以督軍的身分隨軍出征，已經是很好的結果了。

陳淮點了點頭，說道：「有，此番監軍並非只有我一人，會調五百精銳專職保護我們。」

很好。起碼還有隨行的保鏢，比起那些被徵召的平民，陳淮已經幸福多了。

形勢危急，大軍出征的日子不能拖，負責守衛京師的幾萬禁軍已經開拔去往前線。

陳淮這樣的監軍，會隨著後勤部隊一起過去。

沈驚春開始給陳淮準備行李。

空間裡面的東西很雜，亂七八糟的什麼都有，包括幾個熱武器。大件的東西不好拿出來，但是例如小手槍這種能藏得住的，還是可以拿出來，關鍵時刻說不定能救命。

「彈匣共十二發，這是我最後的存貨了，一共兩個彈匣不到，都給你帶著。有效射程大約十六丈左右。」沈驚春拿了個消音器出來裝上，詳細地講解了怎麼開保險、怎麼裝子彈、怎麼換彈匣，完了又教了一下持槍姿勢，然後示範性地打了一槍，又叫陳淮試了一下。「子彈不多，省著點用，就這樣吧。」

教完這個，沈驚春又拿了些諸如壓縮餅乾、夜視鏡、太陽能手電筒、瑞士軍刀等一系列適合戶外生存的東西出來，打了個小包。

中間只隔了一天，京城周圍就強行徵召了一萬的新兵趕往前線。

沒有誓師大會、沒有新兵訓練營，甚至連身上穿的甲冑都有很多舊的，是以前的將士們淘汰下來的。

沈驚春站在城樓之上，看著大軍遠去。

她將能做的都做了，只希望這次大周能夠度過難關，希望陳淮能夠平安回來。

隨著大軍出征，整個京城似乎都安靜了下來。

每天都會有消息從前線傳來。

沈驚春感覺自己的生活並未因為陳淮的離開而發生改變，她的生活很忙。

茶山那邊第一批的青辣椒已經可以開始收穫了，雖然國難當前，但這批辣椒是她和手底下的人辛辛苦苦種出來的，實在沒理由不好好收拾。
除了茶山那邊，長公主那裡交接過來的田莊也要巡視。
因此沈驚春幾乎每天都奔波在各處田莊的地頭上，能用來想陳淮的時間也僅僅是睡前那一會兒。

大軍出征的半個月後，前線那邊總算是傳來了第一個好消息——
大周軍隊大敗叛軍，以少勝多，殺敵一萬之後，叛軍後退了兩百里！
兩百里於大周的疆域而言，是很小的一塊地方，但對於王朝軍來說卻是空前的鼓舞。
京城原本還有些人心惶惶，也因為這個好消息暫時恢復了正常。
沈驚春倒是趁著這短短的十來天，又低價購入了兩套房。
京城一向是寸土寸金，根本就沒有一般城裡的那種貧民區，只有平民區，房價向來高得離譜。
在京城買一套一進小院子的錢拿到慶陽去，買一座三進宅院也足夠了。
奔波了一個月，好不容易閒了幾天，沈驚春回到城裡的家裡。
吃晚飯的時候，前腳她還吃得津津有味，後腳就吐得稀里嘩啦，所有人都嚇了一跳。
方氏到底是生過兩個孩子的，看著閨女這個情形，遲疑道：「怕不是……懷孕了？」
屋裡安靜了一瞬，直到柳枝一臉驚喜地奔出去叫人請大夫，大家才反應過來。

沈驚春自己也有點懵，下意識就伸手摸了摸自己的肚子。月分還很小，怎麼算也不會超過兩個月，摸上去就跟有點肉肉的小肚腩沒什麼區別。

大夫來得很快，柳枝派出去的人請的卻不是杏林春的大夫，而是太醫院一位姓鄭的太醫。

鄭太醫很謹慎，把完脈又請沈驚春換了一隻手，而後才笑道：「恭喜縣主，是喜脈，已經足月……」

鄭太醫還在繼續說話，但沈驚春感覺自己已經聽不見他在說什麼了。

雖然剛才方氏說了可能是懷孕了，但是現在這個消息由醫生嘴裡說出來，她還是有點說不上來自己到底是什麼心情。

真要說，可能就是幾分震驚、幾分喜悅還有幾分迷茫。

鄭太醫已經拿了紙筆出來開始寫字。「脈象正常，胎兒目前很健康，縣主平日裡身體應該很好，保胎的藥就不用吃了，是藥三分毒，吃多了對孩子也不好。我寫一些注意事項，縣主平日裡注意一些就好了。」鄭太醫寫完一頁，揭過吹了吹，放在了一邊才又繼續寫。「來的路上聽貴府的下人說了，縣主孕吐有點嚴重，這種情況下儘量吃得清淡一些，即使吃了會吐，也請縣主多吃一些……」

沈驚春懷孕的消息，除了自家幾個人，長公主是第一個知道的，叫人送來了幾車補品，從吃的、喝的到布疋、首飾，應有盡有，甚至還有一些精緻的小孩玩具。

繼長公主之後，廣陵郡王府也讓人送來了禮物，雖然沒有公主府幾大車那麼誇張，卻也堆了滿滿一車。

這兩個府上送了禮後，幾乎全京城都知道了慶陽縣主沈驚春有孕的事情。

「真是看不出來啊，再過八個月，妳就要當母親啦！」

姜瑩瑩滿臉喜悅的表情中帶著一絲羨慕，看著沈驚春扁平的肚子，還是忍不住伸手輕輕覆了上去。「妳說裡面是個男孩還是女孩？」

沈驚春靠在椅背上，面無表情地看了一眼自己的肚子。「最好一個男孩、一個女孩。」

懷孕是真的太痛苦了，尤其她不知道怎麼回事，孕吐特別嚴重。

雖然陳淮可能並不介意是男孩還是女孩，但沈驚春這個現代人換位思考，站在一個古代人的立場來看，有個兒子傳宗接代還是很重要的，但是她本人又比較喜歡女孩。

她從小跟在她老哥屁股後面混，性格跟個男孩子一樣，穿的也多是中性風的衣服，但這並不妨礙她想有一個閨女，然後從小就把閨女打扮得漂漂亮亮的，成為整個城裡最靚的崽！

姜瑩瑩聽得「哇」了一聲。「這個想法好啊，最好還是哥哥跟妹妹！女孩子就要香香軟軟的，被所有人捧在手心呵護。」她說著，想起來沈明榆兄妹兩個，不確定地道：「我聽說家裡有雙胞胎的人家，後面更容易生出雙胞胎，你們家明榆和蔓蔓就是龍鳳胎吧？妳多跟他們接觸接觸沾沾運氣，說不定就能心想事成了呢！」

沈驚春點點頭。這倒是真的，雙胞胎有遺傳機率，就是不知道沈明榆兄妹兩個遺傳的是自家老哥這邊的機率，還是前嫂子王氏那邊的。「如果真的是這樣就好了。」

姜瑩瑩羨慕地道：「肯定能生個龍鳳胎的！真羨慕妳，可惜我們家沒有過這樣的……」

沈家這兩個小兄妹偶爾也會跟著沈驚春出去走動，兩個小傢伙長得好看，哥哥年少老成、不苟言笑，妹妹就軟軟糯糯、可可愛愛的，不知道融化了多少貴夫人的心。

原本沈驚春說想要個雙胞胎或者龍鳳胎只是隨口一說，誰也沒想到隨著時間一天天的過去，她的肚子卻比尋常婦人的肚子要大上不少，隆起來像是一個超大的寒瓜。

中醫把脈很難診斷肚子裡到底揣了一個娃還是兩個娃，但方氏卻一口斷定，就是雙胞胎。

她給的理由很充分，沈驚春的前大嫂王氏懷沈明榆兩兄妹的時候，情況跟沈驚春現在一模一樣，六、七個月的肚子就跟人家快生的時候那般大了。

沈驚春自己倒沒覺得有什麼，頂多就是平時生活有點費勁，晚上睡覺不能隨便翻身，可身邊的人卻是擔心得很，長公主府那邊更是派了人過來十二個時辰輪班貼身照顧。

衣來伸手、飯來張口，上輩子跟這輩子加起來，沈驚春從沒有過這麼舒心的日子。

甚至沈明榆兄妹兩個不知道從哪裡聽來的小道消息，說是多對著肚子裡的寶寶讀書，對他們以後有好處，於是兩個小的每天從學堂回來後，就開始雷打不動地先到沈驚春的院子裡，對著她的肚子開始胎教，讀一些在學堂裡學到的詩詞文章。

到了十二月，外面天寒地凍，方氏和照顧沈驚春的人乾脆就不讓她出門了，太醫院的太醫三天來請一次平安脈，肚子裡的崽健健康康的。

可誰知道即便如此，沈驚春還是在除夕夜這天摔了個屁股墩，哪怕身邊跟著的人反應很快，及時用身體給她當了肉墊，還是見了紅。

好在從七個月開始，家裡就準備了穩婆隨時待命。

上輩子哪怕被無數喪屍撲上來咬得鮮血淋漓的時候，沈驚春都沒哭，但是被人抬上床開始發力的時候，她哭得視線都模糊了。

想著自己這麼辛苦，孩子爹還不在身邊，她哭著哭著就開始罵人了。

「聽這聲音，應該問題不大，大家都放寬心吧。仔細算算，驚春丫頭這一胎到現在還不夠八個月呢，孩子沒那麼大，肯定沒事的。」

沈驚春的大伯娘到底是生過幾個孩子的，一聽這中氣十足的叫罵聲，提起來的心首先就放了一半下來。

裡面幾個穩婆圍著產婦，面上不顯，心裡全是無奈。

陳淮到家時，一進院子，首先聽到的就是自家媳婦聲音嘶啞地在罵他，不禁一愣。

沈驚春懷孕這件事，並未有任何人告知他這個當丈夫的。

雖說他是去監軍，比起那些衝鋒陷陣的將士而言安全得多，但沈驚春怕他記掛，還是叫家裡人將這個事情給瞞了下來，打算等孩子生下來再告知他，卻不想年前這幾天大雪，雙方暫時休戰，長公主作主將人暫時調了回來。

陳淮一進院子，顧不上跟坐著的眾位長輩請安，就直接往房裡衝去。

屋裡血腥味很濃，裡面伺候的人見到陳淮進來還愣了一下，但很快就反應過來了這是誰。

而沈驚春的罵聲在看到陳淮的一瞬間，戛然而止。

大年初一，慶陽縣主早產生下一對龍鳳胎的消息就傳遍了整座城。

龍鳳呈祥乃是吉祥之兆，天子布德，將致太平。

宮裡的賞賜令人目不暇給，皇帝還親自給兩個孩子起了名。

先出生的哥哥起名陳煥，後出生的妹妹起名陳燦，還在襁褓裡的兄妹兩個一時間風頭無兩。

陳淮雖然很想陪著妻兒，可也僅僅在家待了五天，就由親衛護送，再次去了前線。

年後不過一個月，陳家小兄妹滿月這天，王朝軍再次大敗反賊，收復一州，而後戰火整整持續了大半年，被梁國攻占的城池全部收復。

抓周宴這天天不亮，整個宅子便開始忙碌起來。

不僅作為主角的兩個崽需要盛裝打扮，連作為父母長輩的沈驚春、陳淮和方氏等人也一早就爬起來開始梳妝打扮。

沈驚春直接將兒子丟給了他爹，主要精力全放在了閨女身上。

今天這樣的場面，有來往的勛貴們幾乎都會帶著家裡的小娃娃來湊熱鬧，沈驚春自己穿得怎麼樣倒不用心，關鍵是想讓閨女豔冠群娃。

折騰了小半個上午，才終於將孩子打扮好，賓客們也開始上門。

陳家兄妹的周歲宴辦得很盛大，京城裡但凡有點臉面的幾乎全都送了禮。

短短一年，陳、沈兩家已然成了朝廷新貴。

沈驚秋兄妹兩個與鎮國平陽長公主認了乾親，慶陽縣主沈驚春被封為慶陽郡主，其兄長雖不至於封王，卻也封了明昭侯，又因其在工程營造上頗有建樹，被破例提拔為工部郎中。

而新科狀元陳淮更是因為在大周和梁國和談上表現出色，戰事結束後從都察院直接調入吏部，任吏部侍郎。

抓周的地點就在陳家一進院子的中堂裡，地上墊著厚厚的羊毛毯子，上面擺了許多抓周要用的東西。

賓客們圍著羊毛毯，站得滿滿當當，兩個崽也被放在了地毯上。

小孩子皮膚本就好，兄妹兩個又從小就開始吃沈驚春用異能培養出來的菜蔬，看上去更是玉雪可愛。

如今年紀雖小，但已經能看出兩人的性格了。

長得和親娘有幾分像的哥哥陳煥沈穩一些，五官瞧上去雖然頗為明麗，但被抱上毛毯之後，並未立刻行動，而是穩穩坐在原地打量四周，看了一圈之後才搖搖晃晃地走到了毛毯中間，左手抓了一把小木劍，右手抓了一枝毛筆。

完美繼承了陳淮長相的妹妹陳燦卻是一到地毯上就搖搖晃晃地爬了起來，直接就奔著前面不知道誰放上去的一朵粉色荷花去了。

所有人都以為她是要去拿荷花，包括她親爹、親娘在內。誰知道小丫頭直接繞過了荷花，一把抓住了站在荷花後面不遠處的廣陵郡王世子李策！

沈驚春看了一眼陳淮，心情十分複雜。

廣陵郡王是皇帝欽定的下下任皇帝，作為嫡長子，李策更是出生之後就被請封了世子，只要不出什麼意外，李策就是下下下任皇帝。

沈驚春不由得嘆了口氣。

崽啊，妳可真會給為娘出難題啊！

——全書完

2022年9月出版

閒閒來養娃

文創風 1100~1101

丈夫學問好、皮相佳，偏偏胸無大志，
原本她是恨鐵不成鋼，負氣跟對方鬧和離，
老天卻透過夢來提點她，這婚姻一旦一步錯，
結局就是他失蹤了，她早逝了，兒子變壞了。
行，她不逼他考取功名，他倆好好帶娃總不會錯吧？

描繪日常小事，讀來暖心寫意／君子一夢

因為一場夢，蘇箏看見賭氣和離後的人生是一場悲劇——
兒子長大後成了惡貫滿盈的大貪官，最終不得好死，
她作為生母，在野史記載中則是愛慕虛榮、拋夫棄子的形象……
這一覺醒來，她摸著未顯懷的小腹，心想著這婚可不能離！
既然丈夫無心於仕途，只想在村裡私塾當個教書先生，
她也把名利視作浮雲，這輩子就安分跟著他在鄉下養娃吧～～
正所謂沒有比較沒有傷害，夢中她是一人苦撐孕期不適，
如今她不孤單了，身邊有個體貼又稱職的神隊友，
不僅平時幫忙打點吃食、包辦家務這些芝麻蒜皮的小事，
就連她害喜像孩子般發脾氣時，他也是各種包容呵護，
更別提兒子出生後，帶孩子、換尿布成了他倆的日常。
說實話，越是與他相處下去，越是感受到這個男人的好，
更重要的是，在他悉心指導下，兒子應該不會長歪吧～～

2022年9月出版

娘子別落跑

文創風 1097~1099

從中醫世家傳人變成乾癟的小丫頭，還被賣進王府，這重生太套路了吧！
罷了，聽說她的新主子是個清心寡慾好打點的，自己又是心思純正，
只要安分上工、準時領錢，贖身出府的日子應該不遠吧……

丫鬟妙手回春志氣高，
少爺求婚追妻套路深 ／折蘭

中醫世家傳人卻得了絕症而亡，再睜開眼，成了一個京城牙行裡的小丫頭？
長得瘦瘦乾乾不起眼，怎麼一不小心也被睿王府挑進去當丫鬟，
兩個月後還被老夫人安排去了世子爺的院落當大丫鬟，升職也太快了吧？!
據說這位睿王世子幼時體弱多病，在白馬寺裡住到了十二歲才回府，
是個清心寡慾又喜靜的性子，可怎麼……跟她遇到的完全不一樣啊！
他不但半夜偷偷摸摸地回府治傷，行為又怪裡怪氣瞧不懂，
待她表面客氣，暗裡可是恩威並施，不早點出府還留著過年嗎……

2022年9月出版

全能女夫子

文創風 1095~1096

沒有金手指、沒有法寶或空間，
穿越過來的蘇明月，就是個平凡無奇的文科生。
那些偉大發明雖然她做不出來，但當個生活智慧王還是沒問題的——
不管吃的、用的、穿的，讀書寫字、強身健體，
只要有困擾，全能的她都有辦法解決！

妙筆描繪百味人生／滄海月明

一覺醒來發現自己穿越，成了個嬰兒，蘇明月十分無言。
不過她現在的確是有口難言，只能哇哇大哭，內心無比崩潰。
至於要怎麼當嬰兒她不太會，為了避免超齡表現被當妖孽，
她成天吃飽睡、睡飽吃，畢竟少說話少犯錯嘛。
結果裝傻裝過頭，被街坊鄰居當成傻子欺負，
這哪成？藉此機會教訓那群小屁孩一頓之後，她也不演啦！
從今以後，她要當蘇家聰慧的二小姐！
父親屢試不中，她想出模擬考這招，克服考試焦慮，順利上榜。
出外求學不知肉味？她提供肉鬆食譜，讓學子人人有肉吃。
發現問題再研究解決方法，成了蘇明月最大的樂趣，
靠著一架新式織布機，她成了大魏朝紅人。
可他們安分守己過日子，卻因昔日風光遭人嫉恨，
在毫無防備的狀況下，落進別人下的連環套……

將軍百戰死，壯士十年歸／途圖

2022年8月出版

夫人好氣魄

前世的她早已習慣自己承擔一切，也不太習慣與人親密相處，
自小照顧她的奶奶去世後，她的心更是沒有對別人打開過，
直到入了將軍府，她才慢慢試著接受身邊的人，
老夫人總讓她想起奶奶，而和藹的婆婆則彌補了她缺失的母愛，
這些沒有血緣的親人，讓她更加堅定了想護住這個家的決心……

文創風 1091 1

意外發生前，沈映月是獨力掌控百億業務、手下菁英無數的高階主管，
豈料一睜眼，她就穿成了大旻朝赫赫有名的鎮國大將軍莫寒的夫人，
原來大婚當日，將軍接到了邊關急報，於是撇下新娘，率軍開赴邊疆，
然而世事無常，幾日前將軍戰死的消息傳回了京城，原身便傷心得一命嗚呼。
將軍夫人是嗎？這頭銜倒是新鮮，也算是史無前例的跳槽了，那便試試吧！
說起這莫家，確實是忠臣良將，門前還豎立著一座開國皇帝親賜的巨大英雄碑，
碑上刻著的一個個名字都是為國犧牲的莫家兒郎們，包含將軍及其父兄、姑姑，
但，如今的將軍府竟只剩好賭的二叔、酗酒的四叔及流連青樓的堂弟等廢柴？

文創風 1092 2

當真是虎落平陽，瞧著將軍不在了，如今連個熊孩子都敢欺到頭上來！
小姪子是莫家大哥留下的獨苗，這些年來大嫂一直將他保護得無微不至，
然而卻因為很少磨練他，以至於他在外也不懂得如何保護自己，
在學堂受了同窗的欺凌，回家後大嫂也只叫他忍耐下來，不要聲張，
倘若沈映月不知情也就罷了，既然知曉，便沒有裝聾作啞的道理，
她雖然冷靜自持，但向來秉持著人不犯我、我不犯人的信念，
即便對方是個熊孩子，該打回去的時候她也不會手軟，
不過小姪子太嬌弱，得找個武師父教導才行，只有自己強大了，別人才不敢欺！

文創風 1093 3

莫寒生前一直率領莫家軍與西夷作戰，如今這支軍隊尚有十五萬人之多，
從前手握兵權對將軍府是如虎添翼，而今若還抓住不放恐要招來殺身之禍了，
然而龍椅上那位也不知是怎麼想的，遲遲不肯解決這燙手山芋，
所幸的是，莫家此輩中僅剩的男丁、將軍的堂弟莫三公子一向是紈袴的代言人，
雖說沒有人把他當成兵權繼任者，但難保平時眼紅將軍府的人不落井下石，
還好她這人向來不知何為難事，執掌中饋後就一肩挑起將軍府內外的大小事，
三公子有心疾不能習武無妨，改走文臣仕途一樣能帶領莫家走出康莊大道，
即便他莫老三再是坨爛泥，她也會把他穩穩地扶上牆，成為莫家的頂梁柱！

文創風 1094 4 完

莫寒懷疑朝中出了內鬼，以至於南疆一役中了埋伏，己方死傷慘重，
為了查出真相，他詐死回京，還易容化名為孟羽，成了小姪子的武師父，
一開始沈映月只是懷疑他的來歷，畢竟他說解甲歸田前曾待過莫家軍，
但除了將軍左臂右膀的兩大副將外，其餘同袍似乎都不認得他？
再者，他一個普通小兵，為何兩大副將都如此聽從他的指揮？
後來漸漸與他接觸後，又發現他文韜武略無一不精，實在非常人能及，
果然，他根本不是什麼副將的表哥、平凡的路人甲乙丙，
他根本就是將軍本人，是她素未謀面的夫君啊！

文創風 1114

一妻當關 4 完

國家圖書館出版品預行編目資料

一妻當關 / 不繫舟著. --
初版. -- 臺北市 : 狗屋出版社有限公司, 2022.10-11
冊 ; 公分. --（文創風 ; 1111-1114）
ISBN 978-986-509-373-0（第4冊 : 平裝）. --

857.7　　111014675

著作者	不繫舟
編輯	黃淑珍
校對	沈毓萍
發行所	狗屋出版社有限公司
地址	台北市104中山區龍江路71巷15號1樓
電話	02-2776-5889～0
發行字號	局版台業字845號
法律顧問	蕭雄淋律師
總經銷	知遠文化事業有限公司
電話	02-2664-8800
初版	2022年11月
國際書碼	ISBN-13　978-986-509-373-0

本著作物由北京晉江原創網絡科技有限公司授權出版

定價280元
狗屋劃撥帳號：19001626
網址：love.doghouse.com.tw　E-mail：love@doghouse.com.tw